Hümanizma [illegible] ve duyuş merhalesi, insan varlığının en müşahhas şekilde ifadesi olan sanat eserlerinin benimsenmesiyle başlar. Sanat şubeleri içinde edebiyat, bu ifadenin zihin unsurları en zengin olanıdır. Bunun içindir ki bir milletin, diğer milletler edebiyatını kendi dilinde, daha doğrusu kendi idrakinde tekrar etmesi; zekâ ve anlama kudretini o eserler nispetinde artırması, canlandırması ve yeniden yaratmasıdır. İşte tercüme faaliyetini, biz, bu bakımdan ehemmiyetli ve medeniyet dâvamız için müessir bellemekteyiz. Zekâsının her cephesini bu türlü eserlerin her türlüsüne tevcih edebilmiş milletlerde düşüncenin en silinmez vasıtası olan yazı ve onun mimarisi demek olan edebiyat, bütün kütlenin ruhuna kadar işliyen ve sinen bir tesire sahiptir. Bu tesirdeki fert ve cemiyet ittisali, zamanda ve mekânda bütün hudutları delip aşacak bir sağlamlık ve yaygınlığı gösterir. Hangi milletin kütüpanesi bu yönden zenginse o millet, medeniyet âleminde daha yüksek bir idrak seviyesinde demektir. Bu itibarla tercüme hareketini sistemli ve dikkatli bir surette idare etmek, Türk irfanının en önemli bir cephesini kuvvetlendirmek, onun genişlemesine, ilerlemesine hizmet etmektir. Bu yolda bilgi ve emeklerini esirgemiyen Türk münevverlerine şükranla duyguluyum. Onların himmetleri ile beş sene içinde, hiç değilse, devlet eli ile yüz ciltlik, hususi teşebbüslerin gayreti ve gene devletin yardımı ile, onun dört beş misli fazla olmak üzere zengin bir tercüme kütüpanemiz olacaktır. Bilhassa Türk dilinin, bu emeklerden elde edeceği büyük faydayı düşünüp de şimdiden tercüme faaliyetine yakın ilgi ve sevgi duymamak, hiçbir Türk okuru için mümkün olamıyacaktır.

23 Haziran 1941
Maarif Vekili
Hasan Âli Yücel

HASAN ÂLİ YÜCEL KLASİKLER DİZİSİ

FYODOR MİHAYLOVİÇ DOSTOYEVSKİ
KUMARBAZ
(GENÇ BİR ADAMIN NOTLARINDAN)

ÖZGÜN ADI
ИГРОК
(ИЗ ЗАПИСОК МОЛОДОГО ЧЕЛОВЕКА)

RUSÇA ASLINDAN ÇEVİREN
KORAY KARASULU

Sertifika No: 40077

EDİTÖR
ALİ ALKAN İNAL

GÖRSEL YÖNETMEN
BİROL BAYRAM

DÜZELTİ
NEBİYE ÇAVUŞ

GRAFİK TASARIM VE UYGULAMA
TÜRKİYE İŞ BANKASI KÜLTÜR YAYINLARI

I. BASIM, MART 2013, İSTANBUL
XXVI. BASIM, OCAK 2022, İSTANBUL

ISBN 978-605-360-828-8 (KARTON KAPAKLI)

BASKI
UMUT KAĞITÇILIK SANAYİ VE TİCARET LTD. ŞTİ.
KERESTECİLER SİTESİ FATİH CADDESİ YÜKSEK SOKAK No: 11/1 MERTER
GÜNGÖREN İSTANBUL
TEL. (0212) 637 04 11 FAKS: (0212) 637 37 03
SERTİFİKA NO: 45162

TÜRKİYE İŞ BANKASI KÜLTÜR YAYINLARI
İSTİKLAL CADDESİ, MEŞELİK SOKAK NO: 2/4 BEYOĞLU 34433 İSTANBUL
Tel. (0212) 252 39 91
Faks (0212) 252 39 95
www.iskultur.com.tr

FYODOR MİHAYLOVİÇ DOSTOYEVSKİ

KUMARBAZ
(GENÇ BİR ADAMIN NOTLARINDAN)

RUSÇA ASLINDAN ÇEVİREN:
KORAY KARASULU

I. Bölüm

İki haftalık ayrılıktan sonra nihayet dönmüştüm. Bizimkiler neredeyse üç gün önce Roulettenbourg'a gelmişti. Büyük bir heyecanla beni beklediklerini düşünüyordum ama yanılmışım. General gayet rahat görünüyordu, benimle biraz tepeden bakarak konuştu ve kız kardeşine yolladı. Bir yerlerden borç buldukları belliydi. Hatta generalin bakışlarında bir parça utanç gördüm sanki. Marya Filippovna son derece huzursuzdu, benimle biraz soğuk konuştu; yine de parayı alıp saydı ve raporumu dinledi. Mezentsov'u, Fransız'ı ve bir de İngiliz'i akşam yemeğine bekliyorlardı: Moskovalı alışkanlığıdır, para bulunca hemen birileri yemeğe davet edilir. Polina Aleksandrovna beni görünce, neden uzun zamandır gözükmediğimi sordu, ama cevabı beklemeden bir yerlere gitti. Elbette bunu kasten yaptı. Yine de bir görüşmemiz gerek. Epey şey birikti.

Bana otelin dördüncü katında küçük bir oda ayarlamışlardı. Burada *generalin maiyetinde* olduğum biliniyor. Anlaşılan herkesin dikkatini çekmeyi başarmışlar. Burada herkes generali zengin bir Rus asilzadesi sanıyor. Diğer bir sürü görevin yanısıra yemeğe dek bozdurmam için bin franklık iki banknot da verdi bana. Otelin yazıhanesinde bozdurdum. Artık bize milyoner gözüyle bakacaklar, hiç değilse bir hafta boyunca. Gezdireyim diye Mişa'yla Nadya'yı almak istedim, ama merdivendeyken general beni çağırttı; çocukları nereye götürdüğümü sormak düşmüştü aklına. Bu adam doğrudan yüzüme bakamaz kesinlikle; bunu yapabilmeyi çok isterdi tabii, ama her defasında dik dik, yani saygısızca bakarak karşılık veririm, o da bu işe çok bozulur. Gösterişli bir tavırla başladığı konuşmasında cümleleri birbirine karıştırarak ve en sonunda iyice dili dolaşarak çocukları kumarhaneden uzakta, parkta gezdirmem gerektiğini söyledi. Nihayet iyice öfkeye kapıldı ve sert bir sesle ekledi:

— Belki de onları rulete götürürdünüz. Bağışlayın ama, –diye ekledi,– epey havai olduğunuzdan haberdarım, oyuna dalabilirsiniz. Her hâlükârda akıl hocanız falan değilim, böyle bir sorumluluğu üzerime almak da istemem, fakat deyim yerindeyse benimle uzlaşmanızı rica etmek hakkım...

— İyi de param yok ki, –diye yanıt verdim sakin sakin,– kaybetmek için önce param olmalı.

General hafifçe kızararak:

— Derhâl alacaksınız paranızı, –dedi ve masasının çekmecelerini karıştırıp defterini çıkardı; bana yaklaşık yüz yirmi ruble borcu olduğu ortaya çıktı.– Nasıl hesaplaşalım? –diye mırıldandı.– Talere çevirmeli iyisi mi. Siz şimdilik şu yüz taleri alın, yuvarlak hesap olsun; kalanını vermezlik etmeyeceğim tabii.

Sessizce parayı aldım.

— Rica ederim sözlerimden alınmayın, öyle alıngansınız ki... Sizi uyarmak istedim diyelim, buna da biraz hakkım var.

Akşam yemeğinden biraz önce çocuklarla eve dönerken bir kalabalığa rastladım. Bizimkiler birtakım harabeleri gezmeye gidiyordu. Harika iki kaleska, olağanüstü atlar! Matmazel Blanche, Marya Filippovna ve Polina'yla birlikte kupa kaleskalardan birindeydi; Fransız, İngiliz ve bizim general at üstündeydi. Gelip geçenler durup onlara bakıyordu; yarattıkları etki epey büyüktü, dikkatleri üzerlerine çekmişlerdi; yalnız bu general açısından pek iyi olmayacak. Benim getirdiğim dört bin franka bir de borç almayı becerdikleri gayet iyi anlaşılan parayı eklersek yaklaşık yedi, sekiz bin frankları olduğunu hesaplamıştım, ne var ki bu Matmazel Blanche için epey azdı.

Matmazel Blanche annesiyle birlikte bizim oteldeydi; bizim Fransız da oradaydı. Garsonlar ona "monsieur le comte" diyor; Matmazel Blanche'ın annesineyse "madame la comtesse"; eh varsın desinler, belki gerçekten de kont ve kontestirler.

Yemekte karşılaştığımızda monsieur le comte'un beni tanımayacağından adım gibi emindim. General de bizi tanıştırmayı, hiç değilse beni takdim etmeyi bile akıl etmezdi elbette; monsieur le comte ise Rusya'da bulunduğundan, onların dediği gibi *outchitel*'in[1] sıradan biri olduğunu bilir. Yine de beni çok iyi tanır. Fakat itiraf etmeliyim ki yemeğe davet edilmemiştim; herhâlde general emir vermeyi unutmuştu, yoksa beni lokantaya, tabldota gönderirdi kesin. Kendi kendime yemeğe gittiğimde general hoşnutsuzlukla baktı bana. İyi yürekli Marya Filippovna hemen bir yer gösterdi; Bay Astley'le karşılaşmamın da yardımı oldu doğrusu ve ister istemez kendimi aralarında buldum.

Bu tuhaf İngiliz'le ilk kez Prusya'da bizimkilere yetişmeye çalışırken, bir trende karşılaşmış, karşı karşıya oturmuştuk; sonra Fransa'da, son olarak da İsviçre'de gördüm onu, yani iki hafta içinde iki kez ve şimdi de birden Roulettenbourg'da ona rastlamıştım. Hayatımda onun kadar utangaç birini görmedim; aptallığa varacak kadar utangaçtır, elbette bunu kendisi de çok iyi bilir, çünkü aptal falan değildir. Bununla beraber çok sakin, sessiz biridir. Prusya'daki ilk karşılaşmamızda onu konuşmaya zorlamıştım. Bana o yaz North-Cape'i gezdiğini ve Nijegorod[2] fuarını görmeyi çok istediğini söylemişti. Generalle nasıl tanıştığını bilmiyorum; Polina'ya abayı yakmış herhâlde. Polina içeri girince adam kıpkırmızı

1 Rusça öğretmen kelimesinin Fransızca yazılışı.
2 Nijni-Novgorod'un kısaltması.

oldu. Yanına oturmama pek sevindi, sanırım beni samimi bir dostu sayıyor şimdiden.

Yemekte Fransız kurumlanıp durdu. Herkese umursamaz ve kendini beğenmişçe davrandı. Moskova'da da boş laflar ettiğini hatırlıyorum. Rus ekonomisi ve siyasetinden bahsederek kafa şişirdi. General ara sıra itiraz etmeye cüret ettiyse de onun nazarındaki saygınlığını kaybetmemek için bunu tevazuu elden bırakmadan yaptı.

Tuhaf bir ruh hâlim vardı; elbette daha yemeğin yarısında kendi kendime her zamanki bildik sorumu sormaya başlamıştım: Neden şu generalin peşinde sürtüyorum, çok önce ondan ayrılmam gerekmez miydi? Kimi zaman Polina Aleksandrovna'ya bakıyordum; beni hiç fark etmemiş gibiydi. Nihayet öfkelendim ve kabalık etmeye karar verdim.

Durup dururken, izin bile almadan, hem de yüksek sesle konuşarak sohbetin içine daldım. Özellikle Fransız'a sataşmak istiyordum. Birden generale dönüp handiyse bağırarak, hatta sözünü de keserek bu yaz Rusların otel lokantalarının tabldotundan neredeyse mahrum kaldığını söyledim. General afallamış bir hâlde bana baktı.

— Kendine saygısı olan bir insansanız, –diye sürdürdüm,– son derece tatsız hakaretlere uğramayı göze almanız gerekir. Paris'te, Rhin'de, hatta İsviçre'de tabldot lokantalarda öyle çok Polonyalı ve onların can yoldaşı Fransız vardır ki, Rus'sanız gık bile diyemezsiniz.

Bunları Fransızca söylemiştim. General kararsızlıkla bana bakıyor, bu derece haddini bilmez davranmama kızması mı, yoksa sadece şaşması mı gerektiğini bilemiyordu.

— Anlaşılan birileri bir yerde size dersinizi vermiş, –dedi Fransız kaba ve küçümser bir tavırla.

— Paris'te önce bir Polonyalıyla, sonra da Polonyalıyı destekleyen bir Fransız subayıyla kapıştım, –diye cevap verdim.– Fakat sonra bir monsenyörün kahvesine nasıl tükürmek istediğimi anlatınca Fransızların çoğu benim tarafıma geçti.

General ciddi bir hayretle açılmış gözlerini bana dikerek:

— Tükürmek mi? –diye sordu.

Fransız da inanmamış gibi bakıyordu.

— Aynen öyle efendim, –diye cevap verdim.– İki gün boyunca bizim iş için Roma'ya gitmem gerekebileceğini düşündüğümden vize almaya Paris'teki Papalık elçiliğine[3] gittim. Beni elli yaşlarında, kara kuru, suratsız bir rahip karşıladı ve söylediklerimi saygıyla dinledikten sonra fevkalade soğuk bir sesle beklememi söyledi. Acelem olsa da oturdum ve cebimden "Opinion Nationale" gazetesini çıkararak Rusya'ya fena hâlde verip veriştiren bir yazıyı okumaya başladım. Bu arada yan odada birinin monsenyörün yanına geçtiğini duydum, benim rahibin adamı yerlere kadar eğilerek selamladığını gördüm. Ben de gidip ricamı tekrarladım, öncekinden daha da soğuk bir sesle beklememi söyledi yine. Bir süre sonra iş için bir başkası daha geldi, Avusturyalı falandı herhâlde; onu dinledikten sonra hemen yukarı götürdüler. İşte o zaman fena canım sıkıldı; kalkıp rahibin yanına gittim ve kararlı bir tavırla ziyaretçi kabul ediyorsa monsenyörün benim işimi de halledebileceğini söyledim. Rahip irkildi ve müthiş bir şaşkınlıkla bana döndü. Önemsiz bir Rus'un kendini monsenyörün ziyaretçileriyle eşit görmesine inanamamıştı. En saygısız tavrıyla ve beni incitme fırsatı bulmaktan memnun kalmış gibi tepeden tırnağa süzüp suratıma bağırdı: "Monsenyörün sizin için kahvesini bırakacağını mı düşündünüz?" Ben de ondan daha yüksek sesle bağırmaya başladım: "Tükürürüm sizin monsenyörün kahvesine! Şu vize işimi hemen halletmezseniz, kendim götürürüm pasaportumu!"

Rahip "Ne?! Tam da bir kardinali kabul ettiği anda ha!" diye bağırıp korkuyla yanımdan uzaklaştı ve hemen kapıya koşup, beni içeri sokacağına ölmeyi yeğleyeceğini göstermek ister gibi kollarını iki yana açtı.

---

3 1870'e dek Papalık'ın idari merkezi Roma'ydı ve bazı ülkelerde elçilikleri bulunurdu.

Ben de kâfir bir barbar olduğumu, "que je suis hérétique et barbare", tüm o piskoposların, kardinallerin, monsenyörlerin falan zerre kadar umurumda olmadığını söyledim. Kısacası geri adım atmayacağımı gösterdim. Rahip bana sınırsız bir hınçla baktı, pasaportumu alıp yukarı götürdü. Bir dakika sonra vizemi almıştım. Buyurun işte burada, görmek ister misiniz?

Pasaportumu çıkarıp Roma vizesini gösterdim.

— Fakat siz... –diye başladı general.

— Sizi asıl, kâfir bir barbar olduğunuzu açıklamanız kurtarmış, –dedi Fransız sırıtarak.– "Cela n'était pas si bête."[4]

— Ne yani bizim Ruslar gibi bön bön bakacak mıydım? Buraya bir gelsinler, ağızlarını açmaya dahi cesaret edemezler, hatta Rus olduklarını inkâr etmeye bile kalkışırlar. Paris'teki otelde rahiple kavgamı anlattığımda, bana karşı hiç değilse çok daha dikkatli davrandılar. Lokantada bana en düşmanca davranan Polonyalı da hemen siniverdi. İki yıl önce tanıştığım ve bir Fransız piyadesinin on iki senesinde[5] sırf canı istediği için ateş ettiği birini anlattığımdaysa, Fransızlar şaşkına döndü. Adam o zamanlar on yaşındaymış, ailesi de Moskova'dan çıkamamış.

— Bu imkânsız, –diye parladı Fransız,– Fransız askeri bir çocuğa ateş etmez.

— Fakat olmuş işte, –diye cevap verdim.– Gayet saygıdeğer bir emekli yüzbaşıdan duydum, yanağındaki kurşun izini de gördüm.

Fransız yüksek sesle konuşarak konuyu laf kalabalığına getirmeye çalıştı. General de ona arka çıkacak oldu, ama hiç olmazsa on iki senesinde Fransızların esir ettiği General Perovski'nin anılarından bir şeyler okumasını tavsiye ettim. Nihayet Marya Filippovna konuşmayı yumuşatmak için başka bir şeylerden bahsetmeye başladı. General benden hiç

---

4 Hiç de aptalca değil. (Fr.)

5 1812 savaşı kastediliyor.

hoşnut değildi, çünkü Fransız'la neredeyse ağız dalaşına başlayacaktık. Fakat Bay Astley Fransız'la dalaşmamdan pek hoşlanmış gibiydi; masadan kalkarken birlikte bir kadeh içmeyi teklif etti. Akşamüzeri Polina Aleksandrovna'yla mutat sohbetimizi yapma fırsatını buldum. Gezmeye çıkmıştık. Hep birlikte kumarhaneye giden parka girdik. Polina fıskiyenin karşısındaki banka oturdu, Nadya'nın biraz uzağımızdaki çocuklarla oynamasına izin verdi. Ben de Mişa'nın fıskiyenin yanına gitmesine izin verdim ve nihayet yalnız kalabildik.

İlk olarak işlerden bahsettik elbette. Sadece yedi yüz gulden verince Polina düpedüz öfkelendi. Paris'te mücevherlerini rehine vermekle en azından iki bin gulden getireceğime inanmıştı bir kere.

— Ne pahasına olursa olsun, paraya ihtiyacım var, –dedi.– Bir şekilde para bulmalıyım, aksi takdirde mahvolurum.

Yokluğumda neler olduğunu sordum.

— Peterburg'dan aldığımız iki haber dışında bir şey olmadı: İlk olarak büyükannenin fenalaştığı haberi geldi, iki gün sonra da ölüm döşeğinde olduğu. Bu haberleri Timofey Petroviç'ten aldık, –diye ekledi Polina,– güvenilir biridir. Şimdi de malum haberi bekliyoruz işte.

— Öyleyse buradaki herkesin beklediği bu öyle mi? –diye sordum.

— Elbette, herkes bunu bekliyor; altı aydır tek umudumuz bu.

— Siz de mi bunu umuyorsunuz?–dedim.

— Ne olsa kan bağım yok, generalin üvey kızıyım ben. Fakat vasiyetnamesinde beni hatırlayacağına eminim.

— Sanırım epey kalır size de, –dedim ona hak vererek.

— Evet beni çok severdi, ama *siz* nasıl bu kadar eminsiniz?

Sorusuna soruyla karşılık verdim:

— Baksanıza, bizim marki bütün aile sırlarınızı biliyor olmasın sakın?

Polina bana soğuk ve sert bir ifadeyle bakarak:

— Neden bu kadar ilgileniyorsunuz bununla? –diye sordu.

— İlgilenirim tabii, yanılmıyorsam general ondan borç almayı becermiş.

— Doğru tahmin ettiniz.

— Eh işte, büyükanne hikâyesini bilmese para verir miydi? Yemekte fark etmediniz mi: Büyükanneden bahsederken üç kere büyükannecik, *la baboulinka* dedi. Ne kadar şirin, ne kadar dostça bir tavır!

— Haklısınız. Mirastan benim de pay alacağımı öğrenir öğrenmez evlenme teklif edecektir. Öğrenmek istediğiniz de buydu değil mi?

— Daha etmedi mi ki? Uzun zaman önce teklif ettiğini sanıyordum.

Polina öfkeyle:

— Etmediğini gayet iyi biliyorsunuz! –dedi ve bir dakikalık bir sessizliğin ardından ekledi:– Şu İngiliz'i nereden buldunuz?

— Bunu soracağınıza emindim.

Bay Astley'le daha önceki yolculuklarımda karşılaşmalarımı anlattım.

— Utangaç ve hassas biridir, elbette size de deli gibi âşık.

— Evet bana âşık, –diye cevap verdi Polina.

— Hem Fransız'dan da on kat zengin. Fransız'ın gerçekten de bir şeyleri var mı acaba? Açıkçası epey şüpheli.

— Hiç şüpheli değil. Bir şatosu mu ne varmış. Daha dün generalden duydum. Bu kadarı size yeter mi?

— Yerinizde olsam kesinlikle İngiliz'le evlenirdim.

— Neden? –diye sordu Polina.

— Fransız daha yakışıklı ama aşağılığın teki; İngiliz ise dürüst bir adam olmasının yanısıra on kat da zengin. –diye kestirip attım.

— Evet ama Fransız bir marki ve daha akıllı, –diye karşılık verdi sakince.

— Hakikaten öyle mi? –diye sordum.

— Kesinlikle öyle.

Polina sorularımdan hiç ama hiç hoşlanmamıştı; ses tonundan ve verdiği ters cevaplardan beni sinirlendirmek istediğini sezebiliyordum, bunu da hemen ona söyledim.

— Ne olmuş yani, sizi deli etmek çok hoşuma gidiyor. Bana böyle sorular yöneltmenize, tahminlerde bulunmanıza izin veriyorsam bedelini ödemeniz gerek.

— Sırf bedelini ödemeye hazır olduğum için size böyle şeyler sorma hakkına sahibim o zaman, –dedim sakince,– çünkü hayatıma hiç değer vermiyorum artık.

Polina bir kahkaha attı:

— Son defasında Schlangenberg'de ağzımdan çıkacak tek bir kelimeyle kendinizi baş aşağı atmaya hazır olduğunuzu söylediniz, orası da yaklaşık bin ayak yüksekliğindeydi. Günün birinde sırf sözünüzü tutup tutmayacağınızı görmek için o kelimeyi söyleyeceğim, emin olun sesim bile titremeyecek. Size bu kadar yüz verdiğim için sizden nefret ediyorum; size bu kadar ihtiyacım olduğu için daha da çok nefret ediyorum. Fakat şimdilik size ihtiyacım var... sizi kollamam lazım.

Ayağa kalktı. Konuşurken sinirlenmişti. Son zamanlarda sohbetlerimiz hep bu öfke ve kinle, hem de gerçek bir kinle sonlanıyordu.

Bir açıklama yapmadan onu bırakmak istemediğim için şöyle sordum:

— Bağışlayın ama şu Matmazel Blanche nereden çıktı?

— Nereden çıktığını gayet iyi biliyorsunuz. Ekleyecek yeni bir şey yok. Matmazel Blanche generalın karısı olacak; elbette büyükannenin ölüm haberi doğrulanırsa, çünkü hem Matmazel Blanche, hem annesi, hem de kardeş torunu olduğu marki, hepsi iflas ettiğimizi gayet iyi biliyor.

— General de onu seviyor mu peki?

— Bu artık pek önemli değil. Bakın şimdi: Alın size yedi yüz florin; gidip oynayın ve rulette benim için olabildiğince çok kazanın, zira şu anda bana mutlaka para lazım.

Bunları söyledikten sonra Nadya'yı çağırdı ve bizimkilerin bulunduğu kumarhaneye gitti. Bense şaşkınlık dolu düşüncelere dalarak karşıma çıkan ilk yola, sola sapmıştım. Rulet oynama emri basbayağı başımı döndürmüştü. Tuhaftır, düşünecek onca şey varken, Polina'ya olan duygularımın analizine dalmıştım. Tamam, yol boyunca onu deli gibi özlememe, hatta bir kere rüyamda bile görmeme rağmen, burada olmadığım iki hafta döneceğim günden çok daha rahat geçmişti. Trende (İsviçre'deydim) uyuyakalmış ve herhâlde rüyamda Polina'yla konuşmuş olacağım ki, kompartımandaki herkesi kendime güldürmüşüm. İşte şimdi de kendime aynı soruyu soruyordum: Onu seviyor muyum? Ve bir kez daha bu soruya cevap vermeye cesaret edemedim; daha doğrusu belki de yüzüncü kez ondan nefret ettiğimi tekrarladım kendi kendime. Evet ondan nefret ediyordum. Sırf onu boğabilmek için ömrümün yarısını vereceğim anlar (tam olarak sohbetlerimizin sonunda) oluyordu! Yemin ederim ki, sivri bir bıçağı yavaş yavaş göğsüne sokacak fırsatı bulsam, herhâlde büyük bir zevkle yapışırdım yakasına. Bu arada kutsal olan her şey üzerine yemin ederim ki, Schlangenberg'de o mesirede "Atlayın aşağıya," deseydi kendimi büyük bir zevkle boşluğa bırakırdım. Buna eminim. Öyle veya böyle bu iş hallolmalıydı. O da bütün bunları çok iyi biliyordu; benim için erişilmez oluşundan, ona dair tüm hayallerimin imkânsızlığı düşüncesinden de muazzam bir keyif aldığına kalıbımı basarım; aksi takdirde onun gibi temkinli ve akıllı bir kadın bana karşı bu kadar samimi, açık davranır mıydı? Sanırım bu zamana dek bana bir antikçağ imparatoriçesinin yanında soyunabileceği, insan yerine koymadığı kölesi gibi davrandı. Evet, pek çok kez beni insan yerine bile koymadı.

Yine de bana bir görev vermişti: Ne olursa olsun rulette kazanmak. Neden ve ne kadar zamanda kazanmam gerektiğini, bu sürekli hesaplar yapan kafada hangi yeni fikirler doğduğunu hiç düşünmemiştim bile. Anlaşılan bu iki hafta içerisinde henüz öğrenme fırsatı bulamadığım pek çok yeni olay da yaşanmıştı. Bütün bunları mümkün olduğunca çabuk öğrenmeliydim. Fakat şimdilik buna vaktim yoktu: Rulet masasına gitmem gerekliydi.

II. Bölüm

Bundan hiç hoşlanmadığımı itiraf etmeliyim; gerçi rulet oynamaya niyetliydim, ama başkalarının hesabına oynayacağımı hiç tahmin etmiyordum. Bu durum öyle kafamı karıştırmıştı ki oyun salonuna huzursuzlukla girdim. İlk bakışta hiçbir şeyden hoşlanmadım. Tüm dünyadaki, özellikle de bizim Rus gazetelerindeki boşboğazlık tefrikalarına hiç katlanamıyorum; hemen her baharda gazetelerimizde iki şey tefrika edilir: İlki Rhine kıyısındaki şehirlerin rulet salonlarının muazzam şatafatı, ikincisiyse masalara yığılmış altınlardır. Elbette bunu yazsınlar diye para falan ödeyen yok; karşılık beklemeden, sırf yaranmak için yazıyorlar. Bu beş para etmez salonlarda ne şatafat, ne de masalara yığılmış altınlar var. Tamam, sezon boyunca tuhaf birinin, mesela bu yaz olduğu gibi bir İngiliz, Asyalı ya da Türk'ün ortaya çıkıp, büyük paralar kazandığı veya kaybettiği oluyor, fakat genellikle oyun ufak paralarla oynanıyor ve masalarda da pek yığınla para bulunmuyor. Oyun salonuna girdiğimde (ömrümde ilk kez giriyordum) oynamaya hemen karar veremedim. Üstelik kalabalık da beni sıkıyordu. Fakat yalnız olsam bile oynamaya başlamaz, kısa sure sonra dönüp giderdim sanırım. Açıkçası yüreğim küt küt atıyordu ve pek soğukkanlı sayılmazdım; epey uzun süre önce Roulettenbourg'dan öyle elimi kolumu sallayarak gidemeyeceğime emin olmuştum ve kaderimde radikal, nihai bir değişim olacağı da muhakkaktı. Kaçınılmazsa olsun bakalım. Ruletten bu kadar çok şey beklemem komik olabilir, fakat kumardan herhangi bir şey kazanmayı ummanın aptalca ve manasız olduğunu savunan o genel inanç daha komik bence. Neden kumar para kazanmanın diğer yollarından, mesela ticaretten daha kötü olsun ki? Doğru, yüz kişiden ancak biri kazanır. İyi ama bundan bana ne?

Sonuçta o akşam önce dikkatlice gözlemlemeye, hiçbir şeye kalkışmamaya niyetliydim. Oynayacak olursam da rastgele, pek umursamadan oynayacaktım, kararım kesindi. Ayrıca oyunu öğrenmem lazımdı, çünkü ruletin daima yutarcasına okuduğum binlerce tarifine rağmen, bizzat görmediğim için o zamana dek prensiplerine dair hiçbir şey anlamamıştım.

Başta her şey bana çirkin, yani manen çirkin ve iğrenç göründü. Masaların etrafını çevirmiş onlarca, hatta yüzlerce hırs ve kaygı dolu yüzden hiç bahsetmeyeceğim. Kısa sürede mümkün olduğunca çok para kazanma isteğini iğrenç bulmuyorum kesinlikle; "ne de olsa küçük bir miktarla oynadıklarını" söyleyenlere, hırsın küçüklüğünü gösterdiği için bunun daha kötü olduğu cevabını veren iyice semirmiş, hâli vakti yerinde ahlakçının düşüncesi de bana hep aptalca gelmiştir. Hırsın küçüklüğü ya da büyüklüğü önemli sanki. İzafi bir mesele bu. Rothschild için küçük olan miktar, bana göre muazzam bir servettir; kâr ve kazanma meselesine gelince, insanlar sadece rulette değil her şeyde sürekli kâr ediyor, birbirlerine karşı bir şeyler kazanıyor zaten. Zahmetsiz kazancın ve menfaatin iğrenç olup olmadığıysa başlı başına bir sorun. Burada bunun tahliline girişecek değilim. Bende de fena hâlde kazanma isteği olduğu için, salona girdiğimde bütün o hırs, isterseniz hırsın iğrençliği deyin, gayet makul, hatta tanıdık geldi. İnsanların merasimi bir yana bırakıp birbirine teklifsiz davranabilmesi harika bir şey. Kendi kendini kandırmanın âlemi var mı? Ne gereksiz, ne beyhude bir çaba! Masaların etrafını çevirmiş tüm o kalabalıkta ilk bakışta çirkin görünen, yaptıkları şeye duydukları saygı, ciddiyet, hatta basbayağı ağırbaşlılıklarıydı. İşte bu yüzden buradaki mauvais genre[1] denen kumarla, saygın bir insanın oynadığı mazur görülebilecek kumar keskin bir çizgiyle birbirinden ayrılır. İki tür kumar vardır: Centilmen kumarıyla, ayaktakımının kaba, hırs dolu kumarı. Buradaki fark keskin bir çizgiyle belirlenir ve... aslında ne iğrençtir o fark! Mesela bir centilmen beş veya on louis altını yatırabilir, nadiren fazlasını da koyabilir ortaya, çok zenginse bin frank koyduğu da olur, fakat sırf kumar için, sırf kendi keyfi için, kazanma veya kaybetme sürecini takip etmek için; kazanmakla hiç ilgisi yoktur. Kazanırsa gürültülü kahkahalar atmaya, çevresindekilere görüşlerini belirtmeye başlayabilir, kazancının iki katını masaya sürerek yeniden oynayabilir, fakat bunu sırf meraktan, şansını denemek için yapar, ayaktakımına has bayağı bir kazanma isteğiyle değil. Kısacası tüm oyun masalarına, rulete, trente et quarante'a[2] sırf onun keyfi için uydurulmuş eğlenceler gözüyle bakmalıdır. Kazancı da, bankonun tertiplediği tuzakları da hiç düşünmemelidir. Diğer tüm kumarbazları, bir gulden için içleri pırpır eden tüm o ciğeri beş para etmezleri de sırf meraktan veya eğlence için oynayan, en az kendisi kadar zengin birer centilmen olarak görseydi hiç fena olmazdı. Gerçeklerden bu kadar bihaber olmak ve insanları bu kadar masum görmek elbette son derece soylu bir tavır olurdu. Ellerine birkaç altın vererek kızlarını, on beş on altı yaşlarında masum, terbiyeli missleri masalara iten ve onlara nasıl oynandığını öğreten bir sürü anne gördüm. Genç kız kazansa da, kaybetse de hep gülümseyerek ve gayet memnun ayrılıyordu masanın başından. Bizim general de ciddi ve vakur bir tavırla masaya

1 Kötü tür. (Fr.)

2 Otuz - Kırk (Fr.) Kırmızı ve Siyah da denilen, kartla oynanan Fransa kaynaklı bir kumar oyunu.

yöneldi; bir uşak ona sandalye uzatmak için atıldı, fakat beriki onu fark etmedi; çok ağır hareketlerle cüzdanını çıkarıp, yine çok ağır hareketlerle içinden üç yüz frank aldı, siyaha oynadı ve kazandı. Parasına dokunmadı bile, masada bıraktı. Yine siyah geldi; general yine parasını almadı ve üçüncüsünde kırmızı gelince bir anda bin iki yüz frank kaybetmiş oldu. General gülümseyerek, hiç renk vermeden masadan uzaklaştı. Yüreğinin mengeneyle sıkıştırılmış gibi olduğuna kalıbımı basarım; ayrıca bahis iki üç katı olsaydı kendini tutamaz, heyecanını belli ederdi. Bu arada yanımdaki bir Fransız hiçbir heyecan işareti göstermeden, gayet keyifli bir ifadeyle yaklaşık otuz bin frank kazandı, hemen sonra da tüm parayı kaybetti. Gerçek bir centilmen bütün servetini kaybetse de heyecanlanmamalıdır. Para bir centilmenden neredeyse umursamayacağı kadar aşağıda olmalıdır. Elbette etrafındaki o ayaktakımının ve durumun rezilliğinin farkında değilmiş gibi davranmak da epey soylu bir tavır olurdu. Fakat kimi zaman tam tersini yaparak her şeyin farkına varmak, mesela saplı dürbünü alıp göz ucuyla ya da dikkatle o ayaktakımına bakmak da az soylu bir tavır sayılmaz hani; yalnız tüm o kalabalık ve rezilliği sırf centilmenleri eğlendirmek için düzenlenmiş değişik bir gösteriden başka bir şey olarak düşünmemeli. Bu kalabalığa karışılabilir, fakat onlardan biri olmadığına sarsılmaz bir inanç besleyen bir gözlemci vasfıyla. Elbette gözlerinizi dikip incelemek uygun olmaz: Zira büyük bir merakla incelemeye değecek bir gösteri yoktur ortada, ayrıca bir centilmene yakışmaz. Gerçi bir centilmenin gözlerini dikip merakla inceleyeceği gösteriler de fazla değildir. Fakat bana sorarsanız bunların hepsi ilgiye değer şeylerdi, özellikle buraya sırf gözlem yapmaya gelmemiş, kendisini tüm samimiyetiyle bu ayaktakımından sayan biri için. Benim en gizli ahlaki kanılarımınsa hâlihazırdaki koşullar arasında elbette hiç yeri yok. Diyelim ki bunu sırf vicdanımı rahatlatmak için söylüyorum. Fakat dikkatimi çeken bir şey var: Son zamanlarda eylemlerimi ve düşüncelerimi herhangi bir ahlaki ölçüyle değerlendirmekten neredeyse tiksinir oldum. Başka bir şey yönlendiriyor beni...

Ayaktakımı epey çirkin oynuyor. Hatta masa başındayken sıklıkla o malum ufak hırsızlıkların yapıldığı fikri aklımdan çıkmıyor. Masanın uçlarındaki krupiyeler bahisleri izleyip hesap yapıyor, muazzam bir iş doğrusu. Ayaktakımının bir başka parçası işte! Büyük bir kısmı da Fransız. Bunları burada dikkatle izlememin sebebi ruleti tasvir etmek falan değil; sadece ileride nasıl davranacağımı belirlemeye çalışıyorum. Mesela siz kazanmışken birinin elini uzatıp paranızı almasından daha doğal bir şey olmadığını görmüştüm. Hemen bağrışmaların eksik olmadığı bir tartışma başlıyor ve siz de rica minnet paranın size ait olduğunu kanıtlayacak bir tanık aramaya başlıyorsunuz!

Başlangıçta bütün bu iş bana şifreli bir yazı gibi geliyordu; sonradan sayılara, tek veya çifte, bir de renklere para yatırılabildiğini anladım. O akşam Polina Aleksandrovna'nın parasından yüz guldenle şansımı denemeye karar verdim. Kumar oynamaya kendim için değil, başkasının adına başlama düşüncesi tuhaf bir duyguya kapılmama neden olmuştu. Son derece tatsız bir duyguydu bu ve bir an önce kurtulmak istiyordum. Polina adına kumar oynayarak kendi şansımı tersine çevirmiş gibi hissediyordum hep. Batıl inançlara kapılmadan kumar masasına yaklaşmak imkânsız mı acaba? Beş frederik, yani elli gulden çıkarıp çifte oynadım. Çember döndü ve on üç geldi: Kaybetmiştim. Hastalıklı bir duyguyla, sırf bu işi bir an önce bitirip de gideyim diye beş frederik daha çıkarıp kırmızıya koydum. Kırmızı geldi. On frederiki koydum, yine kırmızı geldi. Parayı hiç almadan bıraktım, yine kırmızı geldi. Kırk frederik kazanmıştım, yirmisini sonunu hiç düşünmeden ortadaki on iki numaraya oynadım. Bana üç katını ödediler. Böylelikle benim on frederik seksene yükselmişti. İçimdeki olağandışı, tuhaf duygu öyle bir hâl almıştı ki bir an önce gitmek istedim. Kendi hesabıma olsa böyle oynamazdım herhâlde. Yine de seksen frederikimi tekrar çifte oynadım. Bu kez de dört rakamı geldi; bana seksen frederik daha verdiler ve ben de yüz altmış frederiki toplayıp Polina Aleksandrovna'yı bulmaya gittim.

Parkın bir yerlerinde geziyorlardı, onu ancak akşam yemeğinde görebildim. Bu kez Fransız yoktu, general de rahatlamıştı: Laf arasında beni kumar masasında görmek istemediğini bir kez daha belirtme ihtiyacı duydu. Dediğine bakılırsa yüklü miktarda kaybetmem hâlinde itibarı zedelenirmiş. "Yüklü miktarda kazanmanız hâlinde de itibar kaybına uğrarım," diye ekledi manalı bir tavırla, "Elbette size karışmaya hakkım yok, ama kabul edersiniz ki..." Burada her zamanki gibi cümlesini yarım bıraktı. Ona soğuk bir tavırla çok az param olduğunu, dolayısıyla oynamaya karar versem bile dikkate değer bir meblağ kaybedemeyeceğimi söyledim. Odama çıkarken, kazandığım parayı Polina'ya verme fırsatı buldum ve bir daha onun için oynamayacağımı söyledim.

— Niye ki? –dedi endişeyle.

Ona hayretle bakarak:

— Çünkü kendi hesabıma oynamak istiyorum, –diye karşılık verdim,– oysa bu durum bana engel oluyor.

— Yani ruletin tek kurtuluş yolunuz olduğuna inanmakta ısrarlısınız öyle mi?– diye sordu alaycı bir tavırla. Muhakkak kazanacağıma dair inancımın komik göründüğünü kabul ederek, büyük bir ciddiyetle "Evet," dedim, "fakat bunun için beni rahat bırakmalısınız."

Polina Aleksandrovna günün kazancını onunla paylaşmam için ısrar etti ve ileride de aynı koşullarda oynamaya devam etmemi teklif ederek seksen frederiki bana uzattı. Kazancın yarısını kesin olarak reddettim ve ona sırf istemediğim için başkası hesabına oynamayacağımı düşünmemesini, kesinlikle kaybedeceğimi bildiğim için oynayamayacağımı açıkça söyledim.

— Aptalca görünüyor, ama aslında benim de neredeyse tek umudum rulet, –dedi dalgın bir tavırla.– İşte bu yüzden mutlaka benimle ortak oynamaya devam etmelisiniz ki –orası kesin– bunu da yapacaksınız.

Bunları söyledikten sonra itirazlarımı daha fazla dinlemeden uzaklaştı.

III. Bölüm

Yine de dün kumar oynama hakkında tek bir söz bile etmedi bana. Aslında genel olarak benimle konuşmaktan kaçtı. Bana karşı önceki davranışları değişmemişti. Karşılaşmalarımızda beni zerre umursamayan, hatta küçümseyen ve tiksinti dolu davranışları. Benden tiksindiğini saklamaya bile çalışmıyor, bunun farkındayım. Fakat buna rağmen her nedense bana ihtiyacı olduğunu ve bu yüzden beni kollamaya çalıştığını da saklamıyor. Aramızda tuhaf bir ilişkiler silsilesi kuruldu, gururu ve herkese tepeden bakması göz önüne alındığında bu ilişkilerin çoğu bana anlaşılmaz geliyor. Mesela onu deli gibi sevdiğimi biliyor, hatta ona tutkumdan bahsetmeme de izin veriyor... elbette ona olan sevgimden serbestçe ve kendime hiçbir sansür uygulamadan bahsetmeme izin vermesinin sebebi beni ne kadar küçümsediğini göstermekten başka bir şey değil. "Bana karşı hissettiklerini öylesine umursamıyorum ki, ne söylediğin, ne hissettiğin hiç önemli değil," der gibiydi. Öteden beri özel işlerini anlatırdı bana, ama asla tamamıyla anlatmazdı. Üstelik beni küçümsemesinin bazı zariflikleri de vardı: Mesela yaşamında cereyan eden bazı olaylardan veya onu kaygılandıran bir şeyden haberim olduğunu bilir, hatta amacına ulaşmak için beni köle veya emir kulu olarak kullanma ihtiyacı duyarsa bu olayları kendisi anlatırdı, fakat sadece bir emir kulunun bilmesi gerektiği kadarını elbette; şayet olayların bütün ayrıntılarını henüz öğrenememişsem, onun acı ve kaygıları yüzünden huzursuz olup endişelendiğimi görse bile dostça bir açık sözlülükle beni rahatlatmaya kalkışmazdı asla. Bana sık sık zahmetli, hatta tehlikeli görevler yüklüyorsa, açık sözlü davranması gerekiyordu bence. Benim duygularım da, onun kaygıları ve başarısızlıkları yüzünden belki ondan üç kat fazla acı çekmem de umursamaya değmezdi ya!

Üç haftadan beri rulet oynama niyetinden haberdardım. Hatta bizzat oynaması uygun olmayacağından onun yerine oynamam gerektiğini bana önceden bildirmişti. Ses tonundan işin içinde sadece para kazanma isteği değil, ciddi bir şeyler olduğunu o zaman bile fark etmiştim. Sanki para çok umurundaymış gibi! İşin içinde tahmin edebileceğim, ama henüz bilmediğim bir amaç, bazı olaylar var. Elbette beni sürekli maruz bıraktığı o küçümsenme ve kölelik hâlleri onu doğruca ve kaba bir biçimde sorguya çekme hakkı verebilirdi (ki sık sık da böyle oluyordu). Onun gözünde zerre değeri olmayan bir köleysem, kaba merakım onu hiçbir şekilde incitemez de. Ama işin aslı başka: Ona soru sormama sesini çıkarmasa da hiçbirine cevap vermiyor. Bazen sorularımı hiç duymuyor! İşte bu hâldeyiz!

Dün dört gün önce Peterburg'a çekilen ve cevabı gelmeyen telgrafın epey sözü edildi. General heyecanlı ve düşünceli görünüyor. Şüphesiz iş büyükanneyle ilgili. Fransız da heyecan içinde. Dün yemekten sonra uzun uzun ve ciddiyetle konuştular. Fransız hepimize karşı son derece kibirli ve lakayt davranıyordu. Tıpkı atasözündeki gibi: "Domuzu yemeğe çağırırsan masaya ayaklarını koyar." Hatta Polina'ya karşı lakaytlığını kabalığa kadar vardırıyordu; yine de kumarhane seferlerimize, şehrin civarındaki atlı veya yaya gezilerimize büyük bir keyifle katılıyordu. Fransız'la generalin arasındaki bağın dayandığı olayların bir kısmını önceden biliyorum: Rusya'da ortak bir fabrika kurma planları varmış; bu plan patladı mı, yoksa hâlâ lafı ediliyor mu bilmiyorum. Ayrıca bir aile sırrını da tesadüfen öğrenmiştim: Fransız gerçekten de geçen yıl generale yardım etmiş ve görevinden istifa ettiği sırada açık veren bütçesini kapatması için otuz bin ruble vermiş. Elbette general adamın avucunun içinde; yalnız bütün bunlarda başrolü şimdi, özellikle şimdi Matmazel Blanche oynuyor, bundan eminim.

Peki kim bu Matmazel Blanche? Bizimkiler onun annesiyle yaşayan, muazzam bir servete sahip tanınmış bir Fransız olduğunu söylüyor. Bizim markinin akrabası, ama epey uzak bir akrabası olduğu da biliniyor; kuzini veya kardeş torunu gibi bir şey. Dediklerine bakılırsa benim Paris seyahatimden önce Fransız'la Matmazel Blanche birbirlerine karşı çok daha resmiymiş, topluluk içerisindeyken daha nazik davranıyorlarmış; oysa şimdi dostlukları da, akrabalıkları da daha yakın, içten ve teklifsiz görünüyor. Belki de işlerimiz onlara artık çok kötü göründüğünden, bize karşı resmi veya ketum davranmayı gereksiz buluyorlardır. Üç gün önce Bay Astley'in Matmazel Blanche'la annesine nasıl baktığını fark etmiştim. Onları tanır gibiydi. Hatta bizim Fransız da Bay Astley'le daha önceden karşılaşmış gibi geldi bana. Fakat Bay Astley öyle utangaç, çekingen ve ketum bir adamdır ki, ondan bir şey öğrenmek imkânsız gibidir; ser verip sır vermeyen cinstendir. Fransız ona belli belirsiz, neredeyse yüzüne bile bakmadan selam veriyor; demek ki hiçbir korkusu yok. Hadi bu anlaşılır bir şey diyelim, peki neden Matmazel Blanche da onu görmezden geliyor? Hem marki dün ağzından kaçırdı: Şimdi hatırlayamadığım genel bir konudan bahsederken Bay Astley'in çok zengin olduğunu bildiğini söyledi; işte tam bu sırada Matmazel Blanche'ın Bay Astley'e bakması gerekiyordu! Neyse general epey kaygılıydı. Teyzesinin ölümünü bildiren bir telgrafın onun için ne anlama geleceği açık!

Polina'nın benimle konuşmaktan mahsus kaçındığına emin olsam da, soğuk ve kayıtsız bir tavır takındım: Öyle veya böyle bana geleceğini düşünüyordum. Bu yüzden dün ve bugün bütün dikkatimi Matmazel Blanche'a verdim. Zavallı general kesinlikle mahvolacak! Elli beş yaşında böylesine şiddetli bir tutkuya kapılmak felaketin dik âlâsıdır. Buna dul oluşunu, çocuklarını, meteliksizliğini, borçları ve âşık olduğu kadını ekleyin, tamam. Matmazel Blanche güzel bir kadın. Fakat –böyle deyince anlaşılır mı bilmiyorum ama– insanı korkutan yüzlerden birine sahip. En azından ben bu tür kadınlardan hep korkarım. Herhâlde yirmi beş yaşlarında. Uzun boylu, biçimli, geniş omuzları var, boynu ve göğüsleri muhteşem; teni sarı kara; gür, hem de iki kuaföre yetecek kadar gür saçları çini mürekkebi gibi kapkara. Gözleri de kapkara, gözaklarıysa sarımtırak; küstah bir bakışı, bembeyaz dişleri, hep boyalıymış gibi görünen dudakları var; misk kokusu yayıyor etrafına. Çarpıcı, gösterişli giyiniyor, ama gayet zevkli ve şık. Elleri, ayakları olağanüstü. Sesi kısık bir kontralto. Bazen bütün dişlerini gösterecek şekilde kahkahalar atar, ama çoğunlukla sessizce, küstah bir tavırla bakar etrafına, hiç değilse Polina'yla Marya Filippovna'nın yanında öyle. (Tuhaf bir söylenti var: Marya Filippovna Rusya'ya dönüyormuş.) Bence Matmazel Blanche'ın hiçbir eğitimi yok, hatta pek akıllı da sayılmaz ama şüpheci ve kurnaz bir insan. Sanırım pek macerasız bir hayatı olmamıştır. Kısaca söylersek, belki de ne markinin akrabasıydı, ne de annesi gerçek annesiydi. Fakat ona ve annesine ilk kez rastladığımız Berlin'de hatırı sayılır tanıdıkları olduğuna dair istihbaratımız var. Markiye gelince, şimdiye kadar onun markiliğinden hep şüphelensem de, mesela Almanya'nın kimi yerlerinde de en az Moskova'daki kadar toplumun saygın bir üyesi olarak kabul edildiği şüphe götürmez gibi görünüyor. Fransa'da ne hâldedir bilmiyorum. Bir şatosu olduğu söyleniyor. Şu iki hafta içerisinde köprünün altından daha çok su akacağını sanıyordum, ama hâlâ Matmazel Blanche'la general arasında kesin bir söz verilip verilmediğini tam bilmiyorum. Aslında artık her şey durumumuza, yani generalin onlara yeterince para gösterip gösteremeyeceğine bağlı. Mesela kazara büyükannenin ölmediği haberi gelirse, Matmazel Blanche anında ortadan kaybolur. Dedikoducunun teki olup çıkışım, bana bile hayret verici ve komik geliyor. Ah ne kadar iğrenç bunlar! Büyük bir zevkle herkesi ve her şeyi bir yana bırakıp öyle bir kaçardım ki aslında! Fakat Polina'dan ayrılabilir miyim, çevresinde ispiyonculuk yapmadan durabilir miyim hiç? Elbette ispiyonculuk alçakçadır ama umurumda bile değil!

Dün ve bugün Bay Astley de ilgimi çekti. Evet, Polina'ya âşık olduğuna eminim! Âşık, utangaç ve hastalıklı denecek ölçüde namuslu bir insanın bir kelimesi veya bir bakışıyla durumunu sezdirmektense, bir an evvel yerin dibine geçmeyi tercih edeceği zamandaki bakışları bazen çok ilginç ve komik oluyor. Bay Astley gezilerimizde sıklıkla karşımıza çıkıyor. Bize katılma isteğiyle yanıp tutuştuğu hâlde şapkasını çıkarıp selam veriyor ve geçip gidiyor yanımızdan. Davet edilirse de hemen reddediyor. Kumarhanede, müzik dinlemeye gittiğimizde veya fıskiyenin karşısındaki banklarda otururken muhakkak yakınımızda oluyor; neresi olursa olsun, parkta, ormanda, Schlangenberg civarında şöyle çevreye bir göz gezdirecek olsanız, Bay Astley'in silüetini yakındaki bir patikada veya bir çalılığın ardında görmeniz mümkündü. Galiba benimle yalnız konuşabilmek için fırsat kolluyor. Bu sabah karşılaştık ve bir çift laf ettik. Bazen çok aceleci davranıyor. Daha bir "merhaba" bile demeden şunları söyledi:

— Ya Matmazel Blanche!.. Matmazel Blanche gibi kadınları çok gördüm!

Birden susup anlamlı anlamlı bana baktı. Bununla ne demek istediğini bilmiyorum, çünkü bununla ne demek istediğini soruşuma karşılık kurnaz bir gülümsemeyle başını sallayarak şunları ekledi:

— Sözün gelişi işte. Matmazel Pauline çiçekleri sever mi?

— Bilmiyorum, hiç bir bilgim yok, –diye cevap verdim.

— Nasıl olur, bunu bilmiyor musunuz? –diye haykırdı büyük bir şaşkınlıkla.

Gülümseyerek:

— Bilmiyorum işte, hiç dikkat etmedim, –diye tekrar ettim.

— Hım! Aklıma bir şey geldi.

Sonra başıyla selam verip yoluna devam etti. Hâlinden gayet memnun görünüyordu. Bu arada ikimizin de Fransızcası feci.

IV. Bölüm

Komik, berbat ve saçma bir gün oldu. Şimdi saat on bir. Odamda oturmuş hatırlamaya çalışıyorum. Bu sabah Polina Aleksandrovna hesabına oynamak üzere rulete gitmeye mecbur kaldım. Yüz altmış frederikini aldım ama iki koşulla: Birincisi kazancı yarı yarıya bölüşmeyi kabul etmedim, yani kazanırsam hiçbir şey almayacaktım; ikincisi de akşama Polina neden bu kadar para kazanmak istediğini ve tam olarak ne kadara ihtiyacı olduğunu bana anlatacaktı. Sadece para için olduğuna ikna olmuyordum bir türlü. Bir an önce para kazanması lazımdı belli ki, ama özel bir amacı olmalıydı bunun. Açıklama yapacağına söz verdi, ben de kumarhaneye yollandım. Salonlarda muazzam bir kalabalık vardı. Ne kadar arsız, ne kadar açgözlü herkes! Ortalarına sıkıştım ve tam krupiyenin yanında durdum; başlangıçta sadece iki üç altın koyarak çekine çekine oynamaya başladım. Bu arada dikkatle inceliyordum; sanırım birtakım ince hesapların pek anlamı yok ve pek çok kumarbazın zannettiği kadar önemli de değiller. Orada oturmuş, ellerindeki çizgili kâğıtlara büyük bir dikkatle çıkan sayıları yazıyor, olasılıkları hesaplıyor, sonunda paralarını yatırıyor ve hesapsız kitapsız oynayan biz sıradan ölümlüler gibi kaybediyorlardı. Buna rağmen ben de bana doğru gibi gelen bir yargıya vardım: Çok tuhaf ama olasılıkların gerçekten bir sistemi olmasa bile rastlantısal bir düzeni var sanki. Mesela ortadaki on iki sayıdan sonra, son on iki sayının geldiği oluyordu; bu son on iki sayı diyelim ki iki kez geldikten sonra da ilk on ikiye geçiyor. Top ilk on iki sayıya düştükten sonra oyunun yönü tekrar ortadaki on ikiye dönüyor ve üç dört kez üst üste ortadaki sayılar çıkıyor; sonra yeniden son on iki çıkıyor ve iki kere ortadakiler geldikten sonra yeniden ilk sayılar gelmeye başlıyor; ilk on iki yine sadece bir kez geliyor, ortadakiler ise en az üç kez üst üste geliyor; bu durum bir buçuk, iki saat kadar sürüyor. Bir, üç, iki; bir, üç ve iki. Çok tuhaf bir şey doğrusu. Bazı günler veya bazı sabahlar kırmızıyla siyahın hiçbir düzen olmaksızın geldiği oluyor, öyle ki kırmızının veya siyahın üst üste iki üç kez gelmesine pek rastlanmıyor. Ertesi gün ya da akşama doğruysa, üst üste yirmi kereden fazla tek bir rengin geldiği de oluyor, hatta bu uzun süre, bazen bütün gün sürüyor. Bunların çoğunu bütün bir sabah masanın başında dikilip bir kez olsun oynamayan Bay Astley açıkladı. Bense elimdekinin hepsini, hem de çabucak kaybettim. Önce çift sayıya yirmi frederik oynayıp kazandım, kazandığımı tekrar oynadım ve tekrar kazandım; iki üç kez böyle devam etti. Herhâlde beş dakika içerisinde dört yüz frederik kazanmıştım. Tam o anda gitmem gerekirdi ama içimde kadere meydan okumak, ona bir sille indirmek, dilimi çıkarmak gibi tuhaf bir duygu uyandı. İzin verilen en yüksek parayı, dört bin florini koydum ortaya ve kaybettim. Sonra da hırslanıp tüm paramı çıkardım, aynı bahse oynadım ve tekrar kaybettim, sonra da yıldırım çarpmış gibi masadan uzaklaştım. Ne olduğunu bile anlamamıştım, kaybettiğimi de ancak yemekten hemen önce Polina Aleksandrovna'ya açıklayabildim. O zamana kadar parkta dolanıp durdum.

Yemekte üç gün önceki gibi heyecan içindeydim. Fransız'la Matmazel Blanche da yine bizimleydi. Matmazel Blanche'ın da o sabah kumarhanede olduğu ve benim zaferlerimi gördüğü ortaya çıktı. Benimle daha ihtiyatlı konuşuyordu bu kez. Fransız ise bodoslama, kaybettiğim paranın bana ait olup olmadığını sordu. Sanırım Polina'dan şüpheleniyor. Kısacası bir şeyler sezmişti. Elbette hemen yalana başvurdum ve kendi param olduğunu söyledim.

General çok şaşırmıştı: O kadar parayı nereden bulmuştum? On frederikle başladığımı, hep iki katı oynayarak altı yedi kez üst üste kazandığımı, beş altı bin florin yaptığım parayı da iki turda kaybettiğimi açıkladım.

Elbette hepsi makuldü. Bunları açıklarken Polina'ya bakıyordum, ama yüzünden hiçbir şey anlayamadım. Hiç sesini çıkarmadan yalan söylememe izin veriyordu; ben de bundan yalan söylemem ve onun hesabına oynadığımı saklamam gerektiği sonucuna vardım. Her hâlükarda, az da olsa söz verdiği açıklamayı yapmalı diyordum içimden.

General beni ikaz eder diye bekliyordum, ama hiç sesini çıkarmadı; yine de yüzündeki heyecanlı ve huzursuz ifadeyi fark ettim. Belki de o bunca zor durumdayken benim gibi müsrif bir aptalın on beş dakika içerisinde önemli miktarda parayı kazanıp, bir anda kaybettiğini duymaya dayanamamıştır.

Dün akşam Fransız'la epey sert bir tartışma yaptıklarından şüpheleniyorum. Kilitli kapılar ardında uzun süre ateşli ateşli konuştular. Fransız epey öfkeli çıktı odadan, bu sabah da erkenden gelip herhâlde dünkü konuşmayı sürdürmek için generalin yanına gitti.

Fransız kaybettiğimi öğrenince iğneleyici, hatta kötücül bir sesle daha dikkatli olmak gerektiğini belirtti. Sonra da her nedense Rusların çok fazla kumar oynadığını, ama ona sorarsanız bu işte pek yetenekli olmadıklarını ekledi.

— Bense ruletin özellikle Ruslar için icat edildiğini düşünüyorum, –dedim.

Bu yorumuma cevaben Fransız'ın küçümser bir tavırla gülümsediğini görünce, haklı olduğumdan şüphem olmadığını, zira Ruslara kumarbaz demekle aslında onları övmekten çok yerdiğimi söyledim; yani sözüme güvenilebilirdi.

— Bu düşüncenizin temeli nedir? –diye sordu Fransız.

— Şöyle: Tarihsel olarak uygar batı insanının erdem ve meziyetlerinin başlıca temellerinden biri para biriktirmek olmuştur. Oysa bir Rus para biriktirme yeteneğinden mahrum olmakla kalmaz, kazandığını boş yere, hem de çirkin bir biçimde harcar. Her hâlükarda biz Ruslara da para lazım olur, –diye ekledim,– bu yüzden hiç emek harcamaksızın iki saat içinde birden zengin olabileceğimiz rulet gibi yollara pek düşkünüz. Böyle şeyler bizi hemen cezbeder, fakat hiç emek harcamadan, aklımıza estiği gibi oynadığımız için hep kaybederiz!

— Bir ölçüde doğru, –dedi Fransız mağrur bir tavırla.

Generalse sert ve vakur bir tavırla itiraz etti:

— Hayır yanlış, siz de ülkeniz hakkında böyle konuştuğunuz için utanmalısınız.

— Bağışlayın, –dedim,– çirkin davranan Rusların mı, yoksa dürüst emekleriyle birikim yapan Almanların mı iğrenç olduğu henüz belli değil elbette.

— Ne çirkin bir düşünce! –diye haykırdı general.

— Ne kadar "Rus" bir düşünce! –diye haykırdı Fransız da.

Bense gülüyordum; canım fena hâlde onları kışkırtmak istiyordu.

— Alman idolüne tapmaktansa, bütün ömrümce bir Kırgız çadırında göçebe yaşamı sürmeyi yeğlerim!– diye bağırdım.

— Ne idolüymüş o? –diye bağırdı general, artık cidden öfkelenmeye başlıyordu.

— Almanların birikim yapma yöntemi. Uzun zamandır burada değilim belki, fakat Tatar damarımı kabartacak kadar gözlem yapmaya ve bunları doğrulamaya fırsat buldum. Yemin ederim böyle erdem istemem! Dün etrafta on verst[1] kadar dolaştım. Her şey Almanların o resimli, küçük, didak-

---

1 1 verst 1,05 kilometredir.

tik risalelerindeki gibiydi: Burada her evin korkunç derecede erdemli ve olağanüstü namuslu bir vater'i[2] var. O kadar namuslu ki, yanına yaklaşmaya korkarsınız. İnsanın yanına yaklaşmaya korktuğu namuslu adamlara hiç katlanamam. Her vater'in bir ailesi var, akşamları hep birlikte şu ibret verici kitaplardan okuyorlar. Küçük evlerinin üzerinde karaağaçlar, kestaneler hışırdıyor. Güneşin batışı, çatıda bir leylek, her şey son derece şiirsel ve dokunaklı...

Kızmayın general, izin verin ben de biraz dokunaklı konuşayım. Huzur içinde yatsın babamın akşamları küçük bahçemizin ıhlamur ağaçları altında annemle bana böyle kitaplar okuduğunu hatırlıyorum... Yani bu konuda konuşmaya hakkım var. Neyse buradaki her aile vater'in itaatkâr kölesi. Ailenin bütün fertleri öküzler gibi çalışıyor, Yahudiler gibi de para biriktiriyor. Diyelim ki baba ileride bir iş kursun veya bir miktar toprak alabilsin diye büyük oğluna belli bir miktar gulden ayırdı, sırf bu yüzden kızına drahoma vermez ve kızcağız evde kalır. Küçük oğlanı da köle veya asker olarak satarlar ve parayı da ana sermayeye katarlar. Gerçekten burada böyle yapılıyor, araştırdım bile. Bütün bunların nedeni de namus, aşırı bir namus; öyle ki satılan küçük oğlan sırf namus uğruna satıldığına yürekten inanıyor... İşte ideal dedikleri budur, kurbanın ölüme götürülürken bile sevinmesi. Ya sonra ne oluyor? Sonrası büyük oğlan için de pek kolay sayılmaz: Onun da bir yerlerde gönlünü kaptırdığı bir Amalhen'i vardır, fakat onunla evlenemez çünkü henüz yeterince para biriktirememiştir. Onlar da olanca terbiye ve samimiyetleriyle gülümseyerek kurban edilmeyi bekler. Amalhen'in avurtları çöker, kupkuru bir kız olur. Nihayet yirmi yıl sonra servetleri artar; guldenler namuslu ve erdemli biçimde birikmiştir... Vater kırkına varmış büyük oğlunu ve otuz beşine gelmiş, kupkuru göğüslü, kırmızı burunlu Amalhen'i kutsar... Bu esnada ağlar, ahlak üzerine bir vaaz

2 Baba. (Alm.)

verir ve sonra ölür. Bundan sonra büyük oğlan erdemli vater olur ve hikâye baştan başlar. Elli ya da yetmiş yıl sonra gerçekten hatırı sayılır bir sermaye biriktirmiş olan ilk vater'in torunu onu oğluna, o da kendi oğluna, öbürü de yine kendi oğluna bırakır ve böylelikle beş altı kuşak sonra bir Baron Rothschild veya Hoppe ve Ortakları –artık adı ne olursa– çıkar ortaya. Ne muhteşem bir gösteri değil mi efendim: Kuşaktan kuşağa geçen birkaç asırlık bir emek, sabır, zekâ, namus, karakter, metanet, hesapçılık ve bir de çatıda leylek! Daha ne istersiniz ki, bundan daha yüce bir şey olamaz; sonra kendi bakış açılarından bütün dünyayı yargılamaya ve suçluları, yani onlardan biraz olsun farklıları cezalandırmaya başlarlar. İşte böyle efendim: Ben Rus usulünce serserilik etmeyi veya ruletten servet kazanmayı tercih ederim. Beş kuşak sonra Hoppe ve Ortakları olmak istemiyorum. Kendim için paraya ihtiyacım var ve kendimi herhangi birinin sermayesinin vazgeçilmez parçası gibi hissetmiyorum. Bir sürü şey uydurduğumun farkındayım, ama varsın öyle olsun. Benim inançlarım böyle işte.

— Söylediklerinizde haklılık payı var mı bilemiyorum, –dedi general düşünceli bir tavırla,– fakat bir an olsun kontrolsüz kalınca dayanılmaz ölçüde çalım satmaya başladığınızı gayet iyi biliyorum...

Her zamanki gibi cümlesini tamamlamadı. Bizim general günlük gevezeliklerden biraz olsun önemli bir konu açılacak olursa cümlelerini asla tamamlamaz. Fransız gözlerini hafifçe açmış, kayıtsız bir tavırla dinliyordu. Polina mağrur bir umursamazlıkla bakıyordu. Sadece benim söylediklerimi değil, sofrada konuşulanlardan hiçbirini duymamış gibiydi.

V. Bölüm

Polina olağandan daha dalgındı, ama sofradan kalkar kalkmaz onunla birlikte gezintiye çıkmamı buyurdu. Çocukları da alıp parktaki fıskiyeye doğru yürüdük.

Epey heyecanlı olduğumdan aptalca ve kaba bir soru sordum: Neden bir yere gittiği zaman bizim Fransız, Marki Des Grieux artık ona eşlik etmiyordu ve neden günlerdir tek sözcük etmemişlerdi?

— Alçağın biri olduğu için, –diye tuhaf bir cevap verdi.

Des Grieux'den böyle bahsettiğini hiç duymamıştım; bu öfkeyi anlama korkusuyla sustum.

— Bugün generalle araları pek iyi değil, fark ettiniz mi?

Polina soğuk ve öfkeli sesle cevap verdi:

— Siz de sebebini öğrenmek istiyorsunuz demek. Biliyorsunuz, general bütün mal varlığını Fransız'a ipotek etti... Büyükanne ölmezse Fransız her şeyin sahibi olacak.

— Ya, demek her şeyin ipotek edildiği doğru. Duymuştum ama her şeyi ipotek ettiğini kesin olarak bilmiyordum.

— Başka nasıl olacaktı?

— Bu durumda elveda Matmazel Blanche! –dedim.– General eşi olmayacak! General o kadar âşık ki, Matmazel Blanche onu bırakırsa kendini vurur bence. Onun yaşında aşk tehlikelidir.

— Ben de başına bir şeyler geleceğini düşünüyorum, –dedi Polina Aleksandrovna da dalgın bir tavırla.

— Harika değil mi? –diye haykırdım.– Sırf para için evlenmek istediği bundan daha kaba biçimde gösterilemezdi doğrusu. Nezaket kurallarına bile uyan yok, işler hiç merasimsiz yürüyor. Muhteşem! Büyükanne konusu da epey komik, "Öldü mü? Öldü mü?" diye sormak için telgraf üstüne telgraf çekilmesi rezillik değil mi? Ha? Buna ne dersiniz Polina Aleksandrovna?

— Hepsi saçmalık, –dedi sözümü tiksintiyle keserek.– Asıl sizin bu kadar neşeli olmanız beni şaşırtıyor. Niye bu kadar keyiflisiniz? Paramı kaybettiğiniz için mi yoksa?

— Peki siz niye kaybedeyim diye bana para verdiniz? Başkasının, özellikle de sizin hesabınıza oynayamayacağımı söylemiştim. Verdiğiniz tüm emirlere uyarım, fakat sonuç bana bağlı değil. Bundan bir şey çıkmayacağını size önceden söylemiştim. Onca parayı kaybedince çok mu üzüldünüz yani? Hem niye o kadar çok para lazım?

— Niye bunları soruyorsunuz?

— Bana açıklama yapmaya söz vermiştiniz ya... Bakın, kendi hesabıma oynamaya başladığımda kazanacağıma eminim (on iki frederikim de var). O zaman ne kadar lazımsa benden alırsınız.

Küçümser bir tavırla yüzünü buruşturdu.

— Böyle bir teklifte bulundum diye bana kızmayın, –diye devam ettim.– Sizin gözünüzde bir hiç olduğum öylesine içime işlemiş ki, benden gelecek parayı rahatlıkla kabul edebilirsiniz. Vereceğim hiçbir hediye sizi incitemez. Dahası sizin paranızı kaybettim.

Bana şöyle bir göz attı, öfkeyle ve alaylı bir tonla konuştuğumu fark edince de bir kez daha konuyu değiştirdi.

— Benim işlerim sizi hiç ilgilendirmez. Çok merak ettiyseniz sadece biraz borcum var diyelim. Borç aldım ve ödemek istedim. Anlamsız, tuhaf bir şekilde de burada, kumar masasında kazanacağımı sandım. Neden bu fikre kapıldığımı bilmiyorum, ama buna inanmıştım işte. Kimbilir belki de başka hiçbir seçeneğim kalmadığına inandığımdandır.

— Belki de kazanmaya çok *ihtiyacınız* vardı. Tıpkı uçuruma düşen birinin bir tutam ota sarılması gibi. Kabul edersiniz ki uçuruma düşmeyen biri ağaç dalı diye ota sarılmaz.

Polina şaşırmıştı.

— Ne yani? –dedi.– Siz de aynı şeyi ummuyor musunuz? İki hafta önce bana rulette kazanacağınıza kesinlikle inandığınızı anlatıp durmuyor muydunuz, size deli gözüyle bakmamamı söylemiyor muydunuz, o sırada şaka mı ediyordunuz yani? Yok, gayet iyi hatırlıyorum, öylesine ciddi konuşuyordunuz ki kimse şaka olduğunu düşünmezdi.

— Doğru, –diye cevap verdim dalgın dalgın.– Bugüne kadar kazanacağıma hep emindim. Hatta itiraf edeyim ki, şu anda kendime şu soruyu sormaya yönlendirdiniz beni: Neden bugünkü anlamsız, berbat kaybım içime hiç şüphe düşürmedi? Kendi hesabıma oynamaya başlayınca kazanacağıma eminim hâlâ.

— Nasıl bu kadar emin olabiliyorsunuz?

— Doğrusu ben de bilmiyorum. Sadece kazanmam *gerektiğini*, tek çıkış yolumun bu olduğunu biliyorum. Belki de bu yüzden mutlaka kazanmam gerektiğini sanıyorum.

— Böyle aşırı bir inanç besliyorsanız, sizin de kazanmaya epey *ihtiyacınız* var demek ki.

— Bahse girerim benim ciddi bir ihtiyacım olabileceğinden şüpheleniyorsunuz.

— Hiç umurumda değil, –dedi Polina sakin ve kayıtsız bir tavırla.– Fakat madem sordunuz *evet*, herhangi bir şeyin sizi cidden üzeceğinden şüpheleniyorum. Üzülebilirsiniz belki ama ciddi olarak değil. Savruk ve istikrarsız birisiniz. Para neyinize? Vaktiyle ileri sürdüğünüz nedenlerin hiçbirini de ciddi bulmadım doğrusu.

— Sahi, –diye sözünü kestim,– borcunuzu ödemek zorunda olduğunuzu söylemiştiniz. Anlaşılan miktar da yüklü! Fransız'a mı borçlusunuz yoksa?

— Ne biçim soru bunlar? Bugün diliniz fazlasıyla sivri. Sarhoş falan mısınız?

— Her istediğimi söyleyebileceğimi biliyorsunuz, bazen de açıkça soru sorarım. Tekrar ediyorum, sizin kölenizim; köleler utandıramaz, bir köle incitemez.

— Hepsi saçmalık! Şu "kölelik" teorinize de katlanamıyorum.

— Yalnız dikkat edin, köleniz olmayı istediğim için köleliğimden bahsetmiyorum, bana hiç bağlı olmayan bir gerçek olarak bahsediyorum.

— Dosdoğru söylesenize, neden paraya ihtiyacınız varmış?

— Neden bunu öğrenmek istiyorsunuz?

— Keyfiniz bilir, –diye cevap verdi gururla başını çevirerek.

— Kölelik teorime katlanamıyorsunuz, ama kölelik edeyim istiyorsunuz: "Düşünme, cevap ver!" Öyle olsun bakalım. Neden paraya ihtiyacım olduğunu mu soruyorsunuz? Ne demek neden? Para her şeydir!

— Anlıyorum da bunu isterken çılgınlığa kapılmamalı! Siz işi hezeyana, aşırılığa vardırıyorsunuz. Başka bir şey, özel bir amaç var mutlaka. Ben de lafı dolandırmadan söylemenizi istiyorum.

Sanki öfkelenmeye başlıyordu, merakla beni sorguya çekmesiyse fazlasıyla hoşuma gidiyordu.

— Şüphesiz bir amacım var, –dedim,– ama ne olduğunu söyleyemem. Yalnız parayla bambaşka bir insan olacağım, sizin gözünüzde kölelikten de kurtulacağım.

— Ya? Peki bu amaca nasıl ulaşacaksınız?

— Nasıl mı ulaşacağım? İşte bakın, beni bir köle gibi görmeyeceğiniz bir hâle nasıl ulaşabileceğimi dahi anlayamıyorsunuz! İşte bu şaşkınlıkları, şüpheleri yaratmayı hiç istemiyorum.

— Bu köleliğin size zevk verdiğini kendiniz söylediniz. Ben de doğru olduğunu sandım.

— Öyle sandınız demek, –diye haykırdım tuhaf bir keyifle.– Ah pek de hoş bir saflık! Evet efendim, köleniz olmak benim için zevktir. Sefilliğin, alçalmanın en son mertebesinde bile bir zevk vardır, –diye saçmalamaya devam ettim.– Belki kamçılanmakta da, kamçının sırtta şaklayıp eti parçalamasında da zevk vardır... Fakat ben başka zevkler de duymak istiyorum belki. General az evvel sofrada, sizin önünüzde, belki de hiçbir zaman alamayacağım yedi yüz ruble yıllığımı ima ederek beni uyardı. Marki Des Grieux de kaşlarını kaldırmış, kayıtsız bir tavırla bana bakıyordu. Oysa ben Marki Des Grieux'nün burnuna sizin önünüzde bir fiske atmak için müthiş bir istek duyuyorumdur belki?

— Süt kuzusu lafları bunlar. İnsan her durumda saygınlığını koruyabilir. Mücadele yüceltir, alçaltmaz.

— Özdeyişlerden alıntılar! Tek yaptığınız benim saygınlığımı korumayı beceremediğimi ileri sürmek. Yani saygıya değer biriyim, fakat bu erdemi korumayı beceremiyorum. Böyle bir şeyin mümkün olduğunu anlıyorsunuz değil mi? Hoş bütün Ruslar böyledir zaten, neden biliyor musunuz? Çünkü Ruslar, kendilerine uygun bir tarz yaratabilmek için haddinden fazla çok yönlü ve yeteneklidir. Oysa bütün iş tarzda. Biz Ruslar genellikle öyle üstün yetenekliyizdir ki, kendimize uygun bir tarz bulmak için mutlaka dehaya ihtiyaç duyarız. Eh deha da pek bulunmaz bizde, zira genellikle nadir rastlanan bir şeydir dünyada. Fakat bu tarz Fransızlarda, belki birkaç Avrupa ülkesinde daha öyle harika biçimlenmiştir ki, hiç hak etmedikleri hâlde son derece saygın görünürler. Bu yüzden tarz onlar için çok önemlidir. Bir Fransız bir hakarete, hakiki ve sert bir hakarete gıkını çıkarmasa bile, burnuna atılacak bir fiskeyi hiçbir surette kaldıramaz, zira böyle bir davranış genel geçer, ebedi görgü kurallarına aykırıdır. Kızlarımızın Fransızlara bunca düşkün olmasının sebebi de bu hoş tarzlarıdır. Bana sorarsanız bir tarzları falan yok, belki sadece bir horoz, le coq gaulois[1] görülebilir bunda. Gerçi

---

1 Galya Horozu. (Fr.) Fransa'nın ve çoğunlukla da Fransız milliyetçiliğinin sembolü.

bunu anlayamam, kadın değilim. Belki horozlar da iyidir. Deminden beri zırvalıyorum ama beni durdurmuyorsunuz. Daha sık sözümü kesmelisiniz; sizinle konuşurken, size her şeyi, her şeyi anlatmak istiyorum çünkü. Hiçbir tarzım yok. Hatta sadece tarzım da değil, hiçbir yeteneğim olmadığını da kabul ederim. Bunu böylece bilin. Dahası hiçbir yeteneği de umursamıyorum. Donakalmış gibiyim artık. Sebebini de biliyorsunuz. Kafamda tek bir insani düşünce kalmadı. Uzun süredir dünyada, Rusya'da veya burada neler olup bittiğini bilmiyorum. Geçenlerde Dresden'den geçtim, ama nasıl bir yer olduğunu hatırlamıyorum bile. Beni neyin böyle tükettiğini çok iyi biliyorsunuz. Gözünüzde bir hiç olduğumdan ve umut dahi besleyemeyeceğimden açık konuşuyorum: Her yerde siz varsınız, geri kalanı umurumda değil. Sizi nasıl, neden sevdiğimi bilmiyorum. Yüzünüzün güzel olup olmadığını bile bilmiyorum, düşünebiliyor musunuz? Muhtemelen yüreğiniz kötü, zekânızınsa soylulukla ilgisi yok.

— Belki de soyluluğuma inanmadığınızdan beni parayla satın almayı tasarlıyorsunuzdur, –dedi.

— Sizi satın almayı ne zaman tasarladım ki? –diye haykırdım.

— Sözleriniz birbirini tutmuyor, ipin ucunu iyice kaçırdınız. Beni değilse de, saygımı satın almayı düşünüyorsunuz o zaman.

— Hayır hiç öyle değil. Açıklamanın zor olduğunu söylemiştim. Beni ezmeye çalışıyorsunuz. Zırvalıklarıma kızmayın. Bana neden kızılmayacağını da biliyorsunuz: Basbayağı deliyim çünkü. Aslında bana ne, isterseniz kızın. Yukarıda, odamda tırnaklarımı kemirmeye başlamak için sadece elbisenizin hışırtısını hatırlayıp gözümde canlandırmak bile bana yeter. Hem ne diye kızacaksınız? Kendime köle dediğim için mi? Faydalanın, faydalanın öyleyse köleliğimden! Sizi bir gün öldüreceğimin farkında mısınız bu arada? Sevgimden veya kıskançlıktan değil ama... Sadece sizi bazen yutmak istediğimden öldüreceğim. Ah gülüyorsunuz...

— Hiç de gülmüyorum, –dedi öfkeli bir sesle.– Susmanızı emrediyorum.

Öfkeden soluğu kesilmiş gibi birden sustu. Güzel mi değil mi bilmiyorum, ama yemin ederim karşımda böyle durduğunda ona bakmaya doyamıyordum, işte bu yüzden de onu sık sık öfkelendirmek çok hoşuma gidiyordu. Belki o da bunu fark ettiği için kasten kızıyordu. Bunu ona da söyledim.

— Ne iğrenç! –diye haykırdı tiksintiyle.

— Umurumda değil, –dedim.– Biliyor musunuz birlikte dolaşmamız çok tehlikeli: Kaç kez sizi dövme, parçalama, boğma isteğine kapıldım bilmiyorum. İşi oraya vardırmayacağımı düşünüyorsunuz değil mi? Beni kuduracak hâle getiriyorsunuz. Rezalet çıkarmaktan korkar mıyım sanıyorsunuz? Ya da gazabınızdan? Bana ne gazabınızdan? Sizi hiç umudum olmaksızın seviyorum, bundan sonra bin kez daha fazla seveceğimi de biliyorum. Günün birinde sizi öldürürsem, kendimi de öldürmem gerekir; öyle olsun bakalım, ama yokluğunuzun katlanılmaz acısını daha uzun hissetmek için olabildiğince geç öldürürüm kendimi. İnanılmaz bir şey oluyor: Sizi her gün *daha* fazla seviyorum, oysa bu handiyse imkânsız. Bundan sonra da nasıl aşırı davranmayayım? Hatırlayın, geçen gün Schlangenberg'de beni kışkırttığınızda size tek sözcüğünüzle kendimi uçuruma atacağımı fısıldamıştım. O sözcüğü söyleseydiniz atlardım. Atlayacağıma inanmıyor musunuz yoksa?

— Ne aptalca zırvalar! –diye haykırdı.

— Aptalca veya akıllıca konuşmak umurumda değil! –diye haykırdım.– Tek bildiğim karşınızda konuşmak, konuşmak istiyorum ve... konuşuyorum. Karşınızda kendime olan tüm saygımı kaybediyorum, ama bu da umurumda değil.

Polina soğuk ve sanki kasıtlı yapar gibi incitici bir sesle:

— Neden sizi Schlangenberg'de atlamaya zorlayayım? –dedi.– Hiçbir işime yaramaz böyle bir şey.

— Harika! –diye haykırdım.– Bu harika "yararsız" sözcüğünü kasten, beni ezmek için kullandınız. Şimdi içyüzünüzü görüyorum. Yararsız mı demiştiniz siz? Zevk her zaman yararlıdır; vahşi, sınırsız bir hâkimiyet duygusunda da –bir sinek üzerinde olsa bile– kendine has bir zevk vardır. İnsan yaradılıştan zorbadır ve acı çektirmeyi sever. Sizse buna bayılıyorsunuz.

Bakışlarını tuhaf bir ilgiyle yüzüme dikerek beni dinlediğini hatırlıyorum. O esnada kapıldığım sersemce, anlamsız duygular yüzüme yansımıştı herhâlde. Aramızda geçen ve az sonra yazacağım konuşmayı neredeyse kelimesi kelimesine hatırlıyorum. Gözlerim kan çanağı gibiydi. Ağzımın kenarında köpükler de belirmişti. Schlangenberg konusuna gelince, şimdi bile şerefim üzerine yemin ederim ki, o anda kendimi aşağı atmamı emretseydi atardım! Hatta sırf şaka olsun diye, hakaret ederek veya yüzüme tükürerek de söylese atlardım!

— Yok, olur mu, size inanıyorum, –dedi.

Fakat bunu kimi zaman yaptığı gibi öylesine küçümser bir ses tonuyla, öylesine hırçın ve küstah bir tavırla söyledi ki yemin ederim onu oracıkta öldürebilirdim. Hayatını riske atıyordu. Bu konuda da ona yalan söylememiştim.

— Korkak değil misiniz? –diye sordu birden.

— Bilmem, belki de korkağım. Bilmiyorum... Uzun zamandır bunu düşünmedim.

— Tutup size falanca adamı öldürün desem, öldürür müydünüz?

— Kimi?

— Kimi istersem.

— Fransız'ı mı?

— Soru soracağınıza cevap verin. Kimi istersem. Demin ciddi olup olmadığınızı öğrenmek istiyorum.

Öylesine ciddi ve sabırsızca cevap bekliyordu ki, tuhaf geldi.

— Yetti ama, burada neler döndüğünü söylesenize bana! –diye haykırdım.– Ne yani, benden korkuyor musunuz? Buradaki kargaşanın farkındayım. Sıfırı tüketmiş, aklını kaçırmış, şu Blanche şeytanına tutulmuş bir adamın üvey kızısınız; sonra üzerinizde gizemli bir etki yapan şu Fransız... en sonunda da bana böyle bir şey soruyorsunuz. Hiç değilse bilmeliyim; yoksa şimdi çıldıracağım ve olmadık bir şey yapacağım. Beni samimiyetinizle ödüllendirmekten mi utanıyorsunuz yoksa? Benden niye utanacaksınız ki?

— Size böyle şeyler söylemedim. Bir soru sordum ve cevabını bekliyorum.

— Tabii ki kimi isterseniz öldürürüm, –diye haykırdım,– ama böyle bir şey elinizden gelir mi... bana bunu emredebilir misiniz?

— Size acıyacağımı falan mı sandınız? Emri vereceğim, sonra kenarda bekleyeceğim. Bunu kaldırabilir misiniz? Yok canım, nerede! Herhâlde gidip emri yerine getirir, sonra da sizi cinayet işlemeye yollamaya cüret ettiğim için gelip beni öldürürdünüz.

Bu sözlerle beynimden vurulmuşa döndüm. Elbette o esnada sorusunu yarı şaka, yarı da meydan okuma gibi almıştım, fakat Polina çok ciddi konuşmuştu. Bu şekilde konuşabilmesi, üzerimde bu şekilde hak iddia edebilmesi, böyle bir hâkimiyete sahip olduğunu varsayarak bana dosdoğru, "Git kendini mahvet, ben kenarda bekleyeceğim," diyebilmesi beni şaşkına çevirmişti. Bu sözler öylesine arsız ve dolaysızdı ki, bu kadarı da fazlaydı doğrusu. Peki bundan sonra ne gözle bakacaktı bana? Köleliğin, alçalmanın sınırlarını aşmıştı bu kadarı. Böyle bir düşünce insanı kendine getirir. Konuşmamızın bütün saçmalığına ve inanılmazlığına rağmen yüreğim sızlamıştı.

Polina birden bir kahkaha attı. O sırada oyun oynayan çocukların karşısında, tam arabaların durup yolcularını bıraktığı, kumarhanenin önündeki yolun çaprazında bir bankta oturuyorduk.

— Şu şişman baronesi görüyor musunuz? –diye haykırdı.– Barones Wurmerhelm. Daha üç gün önce geldi buraya. Kocasına baksanıza: Şu uzun boylu, sıska Prusyalı, elinde bastonu var hani. Geçen gün bize nasıl bakmıştı hatırlıyor musunuz? Hemen baronesin yanına gidin ve şapkanızı çıkarıp, ona Fransızca bir şeyler söyleyin.

— Neden?

— Kendinizi Schlangenberg'den aşağı atacağınıza yemin ettiniz; bir emrimle cinayet işleyeceğinizi de söylüyorsunuz. Bütün bu cinayetler, trajediler yerine sadece eğlenmek istiyorum. Bahane aramayın da gidin haydi. Baronun sizi bastonuyla dövmesini izlemek istiyorum.

— Beni kışkırtıyorsunuz; yapmayacağımı mı sanıyorsunuz yoksa?

— Evet sizi kışkırtıyorum, haydi bakalım.

— Peki, tuhaf bir fikir olsa da gideceğim. Yalnız general veya sizin için bir tatsızlık yaratmaz mı bu istediğiniz? Yemin ederim kendim için kaygılanmıyorum, sizi ve... generali düşünüyorum. Hem gidip bir kadına hakaret etmem fikrini nereden buldunuz?

— Yok, anlaşılan yalnızca gevezenin tekisiniz, –dedi küçümsemeyle.– Gözleriniz de yemekte çok içki içtiğiniz için kan çanağına dönmüştü herhâlde... Bunun aptalca, bayağı bir şey olduğunu, generalin de kızacağını ben bilmiyor muyum? Sadece eğlenmek istiyorum. İstiyorum işte o kadar! Hem bir kadına hakaret falan etmeyeceksiniz ki zaten. Ondan önce bastonu yersiniz.

Arkamı döndüm ve ses çıkarmadan emrini yerine getirmeye gittim. Elbette aptalcaydı, elbette bundan sıyrılmayı becerememiştim, ama baronese yaklaşırken tıpkı bir ilkokul çocuğu gibi içimde bir taşkınlık hissettiğimi hatırlıyorum. Sarhoş gibi coşmuştum iyice.

VI. Bölüm

O aptalca günün üzerinden iki gün geçti bile. Ne bağrış çağrış, ne patırtı, ne velveleydi ama! Bütün bu kargaşanın, aptallığın ve bayağılığın sebebiyse benim. Yine de bazen komik geldiği oluyor... hiç değilse bana yani. Bana ne olduğunu anlayamıyordum; gerçekten bir çılgınlık hâlinde miydim, yoksa iyice yoldan çıkmıştım da biri beni bağlayıp götürene kadar terbiyesizlik mi yapıyordum? Bazen kafam karmakarışık oluyor. Bazen de hâlâ ilkokula giden bir çocukmuşum da kaba yaramazlıklar yapıyormuşum gibi geliyor.

Hep Polina'nın yüzünden, bütün suç Polina'da! O olmasaydı yaramazlık yapmazdım belki. Kimbilir, belki de her şeyi (ne kadar aptalca da olsa) umutsuzluktan yapmışımdır. Fakat bir türlü anlamıyorum, Polina'da iyi olan ne var gerçekten anlamıyorum? Tamam güzel bir kız; yani güzel galiba. Başkalarının da aklını başından alıyor sonuçta. Uzun boylu, biçimli bir vücudu var. Yalnız incecik. Vücudu o kadar ince ki onu düğümleyebilir veya ikiye katlayabilir insan. Daracık, uzun bir ayak izi var; insana ıstırap veren bir ayak izi... Gerçekten öyle: Istırap verici. Saçlarının kızıla çalan bir tonu var. Gözleri gerçek bir kedinin gözleri, fakat öyle mağrur, öyle kibirli bakıyor ki. Yaklaşık dört ay önce, yanlarında çalışmaya yeni başladığım zamanlarda, salonda Des Grieux ile uzun ve hararetli bir konuşma yapmıştı. İşte o sırada adama öyle bir bakmıştı ki... sonradan, yatmak için odama çekildiğimde, adama bir tokat attığını, tokadı attıktan sonra karşısında dimdik durup yüzüne baktığını düşündüm... İşte o akşam ona âşık oldum.

Ama konuya dönmeli.

Yola varan patikadan çıktım ve bulvarın tam ortasında durup baronesle baronu bekledim. Aramızda beş adım varken şapkamı çıkarıp onları selamladım.

Baronesin son derece geniş, açık gri renkli, çemberli etekli, farbalalar ve bir de kuyrukla süslenmiş ipek bir elbise giydiğini hatırlıyorum. Kısa boylu, epey şişmandı, çenesi ve gerdanı öyle dolgun ve sarkıktı ki boynu neredeyse görünmüyordu. Yüzü kıpkırmızıydı. Düğme kadar gözlerinde kötücül, küstah bir ifade vardı. Varlığıyla etrafına şeref verirmiş gibi yürüyordu, Baronsa sıska, uzun boyluydu. Bütün Almanlarınki gibi çarpık yüzünde binlerce kırışıklık vardı; gözlük de takıyordu; kırk beş yaşlarındaydı. Bacakları handiyse göğsünden başlıyordu; ırk özelliği işte. Bir tavus kuşu kadar kibirliydi. Çuval gibi sarkmıştı elbiseleri. Muhtemelen derin düşüncelilik sandığı koyunsu bir ifade takınmıştı.

Bütün bunları üç saniye içinde, bir bakışta fark ettim.

Selamıma ve şapkamı çıkarışıma önce pek dikkat etmediler. Yalnızca baron hafifçe kaşlarını çattı. Barones hiç aldırmadan üzerime yürüdü.

İyice anlaşılsın diye her kelimeyi vurgulayarak:

— Madame la baronne, j'ai l'honneur d'être votre esclave,[1] –dedim.

Sonra tekrar selam verip şapkamı giydim ve nazik bir gülümsemeyle barona bakarak yanlarından geçtim.

Polina sadece şapkamı çıkarmamı emretmişti, ama selam verip haylazlık etmek içimden gelmişti. Kimbilir hangi şeytan dürtmüştü beni? Bir dağın tepesinden yuvarlanır gibiydim.

---

1 Barones, köleniz olmaktan şeref duyarım. (Fr.)

Baron öfkeyle karışık bir şaşkınlıkla bana doğru dönerek:

— Gein![2] –diye bağırdı, daha doğrusu gakladı.

Döndüm, ona gülümseyerek bakmaya devam ederken saygılı bir tavırla durup bekledim. Şaşkına dönmüştü anlaşılan, kaşları da nec plus ultra[3] kalkmıştı. Yüzü gitgide bulutlanıyordu. Barones de bana dönmüş, öfkeli bir şaşkınlıkla bakıyordu. Gelip geçenler bize bakmaya başlamıştı. Hatta kimileri durdu da.

Baron iki kat daha öfkeli ve yüksek bir sesle gakladı yine:

— Gein!

Ben de gözlerimi gözlerinden ayırmadan ve heceleri uzatarak:

— Jawohl,[4] –dedim.

—Sind Sie rasend?[5] –diye bağırdı bastonunu sallayarak.

Galiba titremeye de başlamıştı. Belki de giysilerim yüzünden kafası karışmıştı. Gayet şık, hatta yüksek sosyeteden biri gibi züppece giyinmiştim.

Birden avazım çıktığı kadar ve Berlinliler gibi *o* harfini uzatarak bağırdım:

— Jawooohl!

Berlinliler konuşurken sürekli "jawohl" der dururlar, farklı duygu ve düşünceleri vurgulamak için de *o* harfini az veya çok uzatırlar.

Baronla barones birden döndüler ve korku içinde, neredeyse koşar adım uzaklaştılar. Etraftaki kalabalıktan bazı sesler duyuldu, bazıları da şaşkın şaşkın bana bakıyordu. Fakat bu kısmını pek hatırlamıyorum.

Geri döndüm ve sakin adımlarla Polina Aleksandrovna'nın yanına gittim. Fakat oturduğu banka daha yüz adım

---

2 Çekilin! (Alm.) gehen fiilinden bozarak.

3 Son sınırına dek. (Lat.)

4 Evet, elbette. (Alm.)

5 Delirdiniz mi siz? (Alm.)

bile yaklaşmamıştım ki, kalkıp çocukları çağırdı ve otele doğru yürümeye başladı.

Verandada ona yetiştim.

— Yaptım işte o... aptallığı, –dedim.

Yüzüme bile bakmadan:

— Ee ne olmuş, şimdi de katlanırsınız sonucuna, –dedi ve merdivenlere yöneldi.

Bütün akşam parkta dolaştım. Oradan geçip ormana girdim ve diğer prensliğe kadar yürüdüm. Bir kulübede yumurta yiyip şarap içtim: Bu pastoral yemek bir buçuk talerime mal oldu.

Ancak saat on birde otele dönebildim. Hemen generalin beni görmek istediğini bildirdiler.

Bizimkiler otelde iki daire tutmuştu; dört odaları vardı. İlki piyanolu, geniş bir salondu. Onun yanındaki büyük oda generalin çalışma odasıydı. Burada, odanın tam ortasında son derece mağrur bir tavırla dikilmiş beni bekliyordu. Des Grieux kanepeye yayılmıştı.

— Sayın bayım, müsaadenizle neler yaptığınızı sorabilir miyim? –diye başladı general.

— Bense doğrudan konuya girmeyi tercih ederim general, –dedim.– Bugün bir Almanla aramda geçenleri soruyorsunuz galiba.

— Bir Alman mı?! O Alman dediğinizin adı Baron Wurmerhelm ve çok da önemli biri! Bugün ona ve baronese kabalık etmişsiniz.

— Hiç de değil.

— Onları korkutmuşsunuz bayım! –diye bağırdı general.

— Hiç öyle olmadı. Daha Berlin'deyken Almanların iğrenç biçimde uzatarak sürekli kullandığı şu "jawohl" kelimesi kulağımı tırmalamıştı. Onlarla yolda karşılaşınca her nedense "jawohl" kelimesi geldi aklıma ve çok sinirlendim. Üstelik evvelce en az üç kere karşılaştığım barones de rahatça ezebileceği bir solucanmışım gibi üzerime yürür hep. Takdir edersiniz ki benim de bir onurum var. Şapkamı çıkarıp nazikçe (yemin ederim naziktim) şöyle dedim: "Madam, j'ai l'honneur d'être votre esclave." Baron bana dönüp "Gein!" diye bağırınca, aklıma "Jawohl!" diye bağırmak geldi nedense. İki kez bağırdım: İlkinde olağan sesimle, ikincisindeyse avazım çıktığı kadar. İşte bu kadar.

Bu son derece çocukça açıklamadan müthiş keyif aldığımı itiraf etmeliyim. Bütün bu hikâyeyi mümkün olduğunca aptallaştırarak anlatmayı çok istiyordum.

Uzadıkça daha çok zevk alıyordum.

— Benimle dalga mı geçiyorsunuz! –diye haykırdı general.

Sonra Fransız'a döndü ve Fransızca olarak, kasten olay çıkarmaya çalıştığımı söyledi. Des Grieux küçümser bir gülümsemeyle omuz silkti.

— Yo, sakın öyle bir fikre kapılmayın, çünkü asla öyle bir şey yapmadım, –dedim generale.– Tüm samimiyetimle itiraf edeyim ki yaptığım hiç hoş değildi. Hatta aptalca, terbiyesizce, çocukça bir yaramazlık da diyebilirsiniz, ama bundan fazlası değildi. Hem ne kadar pişmanım bilemezsiniz general. Yalnız bu olayda beni pişmanlık duymaktan bile kurtarabilecek bir ayrıntı var bence. Son zamanlarda, iki üç haftadır falan kendimi pek iyi hissetmiyorum: Tuhaf bir hastalığa yakalanmış gibiyim, hırçın, asabi bir ruh hâlim var; hatta bazen kontrolümü kaybediyorum. Gerçekten, hatta birkaç kez de Marki Des Grieux'ye sataşmak için şiddetli bir istek duydum ve... Neyse daha fazla konuşmayayım, belki alınır. Kısacası bütün bunlar hastalık belirtisi olmalı. Özür dilediğim zaman (ondan özür dilemek niyetindeyim) Barones Wurmerhelm bunları dikkate alır mı bilmiyorum. Sanırım umursamaz bile, çünkü bildiğim kadarıyla hukukçular şu son günlerde bunu kötüye kullanmaya başlamış bile: Avukatlar cinayet davalarında müvekkillerini aklamak için, olay anında hiçbir şey hatırlamadıklarını ve bunun da güya bir hastalık olduğunu iddia ediyor. "Öldürdü ama hiçbir şey hatırlamıyor," diyorlar. Tıp da onları destekliyor, düşünebiliyor musunuz general? Gerçekten böyle bir hastalık olduğunu, geçici cinnet denen bu hastalığın etkisindeki birinin yaptıklarına dair neredeyse hiçbir şey hatırlayamayacağını, en çok yarısını veya çeyreğini hatırlayacağını söylüyorlar. Fakat baronla barones eski kuşaktan; üstelik Prusyalı soylu pomeşçikler. Adli tıptaki bu gelişmeden henüz haberleri yoktur, bu yüzden açıklamalarımı kabul etmezler. Siz ne dersiniz bu işe general?

General öfkesine hâkim olmaya çalışarak:

— Yeter bayım! –dedi.– Yeter! Sizin yaramazlıklarınızdan bir kerede ve kesin olarak kendimi kurtarmaya niyetliyim. Baronesle barondan özür dilemeyeceksiniz. Özrünüzü dinlemek için olsa bile sizinle herhangi bir şekilde ilişki kurmak onlar için epey küçük düşürücü olur. Benim maiyetimde olduğunuzu öğrenen baron kumarhanede benimle konuştu ve itiraf edeyim, beni neredeyse düelloya çağıracaktı. Başıma ne işler açtığınızı gördünüz mü bayım? Barondan özür dilemek ve hemen bugün maiyetimden ayrılacağınıza söz vermek zorunda kaldım...

— Bir dakika general, bir dakika; sizin deyiminizle "maiyetinizden" ayrılmamı isteyen o muydu yani?

— Hayır, ama tatmin olması için bunu teklif etmek zorunda hissettim, elbette baron da memnun oldu. Artık ayrılıyoruz sayın bayım. Size buranın parasıyla dört frederik ve üç florin borcum var. İşte buyurun paranız, bu da hesabınız; kontrol edebilirsiniz. Uğurlar olsun. Şu andan itibaren iki yabancıyız. Sizden hep dert ve tatsızlık gördüm. Şimdi görevliyi çağırıp yarından itibaren otel hesabınızdan sorumlu olmadığımı bildireceğim. Bir ihtiyacınız olursa yine de emrinizdeyim.

Parayı, hesabımın kurşunkalemle yazıldığı kâğıdı aldım, generali selamladım ve gayet ciddi bir tavırla:

— General, bu böyle bitmez, –dedim.– Barondan gördüğünüz muameleye çok üzüldüm, ama –beni bağışlayın– bu sizin suçunuz. Hangi sıfatla benim adıma barona cevap vermeye kalktınız? Sizin "maiyetinizde olmam" ne anlama geliyor? Ben yanınızda öğretmenim, hepsi bu kadar. Ne öz oğlunuzum, ne de vasimsiniz, benim davranışlarımdan da sorumlu değilsiniz. Hukuki ehliyetim de var. Yirmi beş yaşındayım, üniversite mezunuyum, soyluyum, sizinle iki yabancıyız. Kendinizde benim yerime cevap verme hakkını bulmanızın hesabını sormamı engelleyen tek şey size olan sonsuz saygımdır.

General öyle şaşırdı ki, bir an eli ayağı kesildi, sonra aniden Fransız'a dönüp aceleyle onu az önce neredeyse düelloya davet ettiğimi anlattı. Fransız bir kahkaha attı.

Mösyö Des Grieux'nün kahkahasına hiç aldırmadan, tam bir soğukkanlılıkla devam ettim:

— Baronu da bu kadar kolay bırakmak niyetinde değilim. Bugün şikâyetlerini dinleyip onun yararına davranarak bu işe müdahil olduğunuza göre, size şunu bildirmekle onur duyarım general: Hemen yarın sabah kendi adıma barona gideceğimi ve sorunu benimle olmasına rağmen, davranışlarımın hesabını veremezmişim veya buna layık değilmişim gibi beni değil de bir başkasını muhatap almasının hesabını resmi olarak soracağım.

Tam tahmin ettiğim gibi oldu. Bu yeni zırvalığı duyan general müthiş bir korkuya kapıldı.

— Ne, bu lanet işi uzatmaya niyetli değilsiniz ya? –diye haykırdı.– Beni ne hâle düşürürsünüz o zaman, ah Tanrım! Sakın, sakın yapmayın bayım, yoksa size yemin ederim ki!.. Burada da polis var ve ben... ben... yani unvanım... ve baronun mevkii... Kısacası sizi tutuklarlar ve kargaşa çıkarmayın diye polis eşliğinde sınır dışı ederler! Anladınız mı bayım?

Öfkeden soluğu kesiliyordu neredeyse, ama çok korkmuştu. Muhtemelen ona katlanılmaz gelen bir sakinlikle:

— General bir insanı kargaşa çıkarmadan tutuklayamazlar, –dedim.– Henüz baronla görüşmüş değilim, siz de bu konuyu ona nasıl ve hangi temellere dayanarak açıklayacağımı henüz bilmiyorsunuz. Tek istediğim, benim için aşağılayıcı olan, özgür irademe etki edebilecek birinin vesayeti altında olduğum zannını ortadan kaldırmak. Boş yere kaygılanıp huzursuz oluyorsunuz.

General öfkeli ses tonunu birden yalvarır bir tonla değiştirip, ellerimi de tutarak:

— Tanrı aşkına, Tanrı aşkına bu manasız niyetinizden cayın Aleksey İvanoviç! –diye mırıldandı.– Sonunu bir düşünsenize. Yine bir tatsızlık! Siz de biliyorsunuz ki burada daha dikkatli davranmalıyım, özellikle de şimdi!.. Özellikle şimdi!.. Ah içinde bulunduğum koşulların tamamını bilmiyorsunuz ki! Buradan gittiğimizde sizi tekrar yanıma almaya hazırım. Şimdi sadece öyle gerektiği için, yani... sebebini anlarsınız işte! –diye haykırdı umutsuzlukla.– Ah Aleksey İvanoviç, Aleksey İvanoviç!

Kapıya doğru giderken kaygılanmaması için bir kez daha ısrar ettim, her şeyin yolunda gideceğine, nazik davranacağıma söz verdim ve hemen odadan çıktım.

Ruslar yurt dışındayken bazen çok korkak olur; kendileri hakkında neler söyleneceğinden, onlara ne gözle bakılacağından, kurallara aykırı davranmaktan ödleri patlar! Tek kelimeyle korse giymiş gibidirler, özellikle de kendilerini önemli biri sayanlar. Otellerde, mesirelerde, davetlerde, yolculukta peşin hükümlere dayanan ve bir şekilde yerleşmiş kalıpları kölece izlemeye gayret ederler... Generalse bunlara ek olarak bazı koşulların onu "özellikle dikkatli" davranmaya zorladığını ağzından kaçırmıştı. Bu yüzden birden yüreksizlik edip korkmuş ve bana karşı tavrını değiştirmişti. Bunu bir kenara yazdım. Elbette aptalca davranıp ertesi gün polise falan başvurabilirdi, o yüzden gerçekten dikkatli davranmalıydım.

Aslında generali özellikle kızdırmayı hiç istemiyordum, ama Polina'yı biraz öfkelendirmek hoş olurdu. Polina bana öyle gaddar davranmış, öyle aptalca bir yola itmişti ki, beni durdurmak için yalvarmasını istiyordum. Haylazlıklarım önünde sonunda onun itibarını da zedeleyebilirdi. Hem içimde birtakım yeni duygular, yeni arzular şekilleniyordu: Mesela onun önünde gururumu bile isteye, bir hiç için ayaklar altına alışım başkalarının önünde korkak bir tavuk gibi davranacağım anlamına gelmezdi, özellikle de baronun beni "bastonuyla döveceği" anlamına. Hepsiyle alay etmek ve bu işin içinden alnımın akıyla sıyrılmak istiyordum. Görsünler bakalım. Korkacak bir şeyim yok! Fakat Polina bir rezaletten ürküp beni çağıracak. Çağırmasa bile korkak bir tavuk olmadığımı görecek...

(Şaşırtıcı bir haber var: Az önce merdivenlerde karşılaştığım dadıdan Marya Filippovna'nın bugün akşam treniyle tek başına Karlsbad'a, kuzininin yanına gittiğini öğrendim. Ne biçim haber bu? Dadı uzun zamandır buna hazırlandığını söyledi; iyi ama nasıl olur da hiç kimse bunu bilmez? Gerçi bilmeyen bir tek ben olabilirim. Dadının ağzından kaçırdığına göre Marya Filippovna önceki gün generalle sert bir tartışma yapmış. Şimdi anladım efendim. Herhâlde Matmazel Blanche yüzünden. Evet, kesinlikle bir şeyler olacak.)

VII. Bölüm

Sabah görevliyi çağırıp hesabımı ayrı tutmalarını bildirdim. Odam korkuya kapılıp otelden ayrılmamı gerektirecek kadar pahalı değildi. On altı frederikim vardı ve orada da... orada da bir servetim belki! Tuhaftır, henüz kazanmasam da zengin gibi davranıyorum, öyle hissediyor, öyle düşünüyorum; kendimi başka türlü göremiyorum.

Epey erken olmasına rağmen bir an önce Bay Astley'in kaldığı, bizimkinin yakınında bulunan Hotel d'Anglettere'e gitmeyi planlarken birden Des Grieux girdi odama. Daha önce böyle bir şey olmamıştı, üstelik son günlerde bu bayla mesafeli ve son derece gergin bir ilişkimiz vardı. Beni açıkça küçümsediğini saklamamakla kalmıyor, özellikle saklamamaya çalışıyordu; benim de ona saygı duymamak için sebeplerim vardı elbette. Kısacası ondan nefret ediyordum. Odama gelmesi beni çok şaşırtmıştı. Hemen bir şeyler olduğunu sezdim.

Gayet nazikti, odamı bile övdü. Elimde şapkamı görünce, bu kadar erken gezmeye mi gittiğimi sordu. Bir iş için Bay Astley'i görmeye gideceğimi duyunca bir an düşündü ve yüzünde son derece kaygılı bir ifade belirdi.

Des Grieux bütün Fransızlar gibiydi, yani gerektiğinde, çıkarı da olduğu zamanlarda nazik ve neşeli, ama nazik ve neşeli olma zorunluluğu olmayınca da inanılmayacak kadar sıkıcı. Bir Fransız nadiren doğal olarak nazik davranır;

onun nezaketi genellikle hesaplıdır ve bir hile içindir. Mesela romantik, özgün, gösterişli görünme ihtiyacı duyarsa, kendisini hemen en basmakalıp, en bayağı fikirlerle ifade etmeye başlar. Bir Fransız doğal hâliyle en kaba, en bayağı, en önemsiz özellikler yığınıdır, yani dünyanın en sıkıcı yaratığıdır. Sadece acemiler, özellikle de Rus kadınları Fransızların büyüsüne kapılabilir. Makul her insan bu hesaplanmış, bayat salon nezaketinin, serbestliğin ve neşenin katlanılmazlığını hemen fark eder.

Des Grieux nazik fakat gayet rahat bir tavırla konuşmaya başladı:

— Bir iş için geldim, bir elçi veya daha doğrusu arabulucu sıfatıyla general tarafından gönderildiğimi de saklayacak değilim. Rusçam iyi olmadığından dün akşam hemen hiçbir şey anlamadım, ama general her şeyi ayrıntılarıyla anlattı ve itiraf edeyim ki...

— Bakın Mösyö Des Grieux, –diye sözünü kestim,– bu olayda arabulucu rolünü üzerinize almışsınız. Tabii ki ben sadece bir "outchitel"im ve bu ailenin dostu veya bir başka sıfatla yakını olma onuruna da asla erişmedim, bu yüzden her şeyi bilmiyorum; bana şunu açıklar mısınız: Artık ailenin bir üyesi mi sayılıyorsunuz acaba? Her şeye mutlaka iştirak ediyorsunuz, işte şimdi de arabulucu olmuşsunuz...

Bu sorudan hoşlanmamıştı. Onun için fazla açık bir soruydu ve ağzından bir şey kaçırmak istemiyordu.

— Generalle bir parça iş, bir parça da *bazı özel* durumlar sebebiyle yakınız, –dedi soğuk bir tavırla.– General beni dünkü niyetlerinizden vazgeçmenizi ricaya gönderdi. Elbette düşündükleriniz gayet zekice, ama general kesinlikle başarısız olacağınızı size hatırlatmamı rica etti; hem baron sizi kabul etmez, üstelik sonradan çıkarabileceğiniz tatsızlıklardan korunma imkânı da var. Bunu kabul etmelisiniz. Bunu sürdürmenin ne yararı var söyler misiniz? General ilk fırsatta sizi hemen yanına alacağına, o zamana kadar da maaşınızı, vos appointements'ı ödemeye söz veriyor. Gayet kârlı değil mi?

Gayet sakin bir tavırla bir parça yanıldığını söyleyerek itiraz ettim; baronun yanından kovulmayabileceğimi, tam tersine dinleyebileceğini söyledim ve aslında neler yapacağımı öğrenmeye geldiğini itiraf etmesini istedim.

— Ya evet, general bu kadar ilgilendiğine göre, neler yapacağınızı öğrenmek isteyecektir elbette. Bu da gayet doğal!

Anlatmaya başladım, o da koltuğa yayılıp başını hafifçe bana doğru eğerek ve gözlerinde saklamadığı apaçık bir alay ifadesiyle beni dinliyordu. Genel olarak pek yüksekten bakıyordu aslında. Elimden geldiğince bu işi çok ciddiye alır gibi yapıyordum. Baronun bir uşakmışım gibi generale şikâyet etmesinin ilkin beni işimden ettiğini, ikincisi kendi adına cevap veremeyecek, hatta konuşmaya değmeyecek biri yerine koyarak küçümsediğini söyledim. Bu yüzden haklı olarak kendimi hakarete uğramış kabul ediyordum, fakat aramızdaki yaş farkını, toplumdaki yerini vs. göz önüne aldığımdan (tam burada gülmemek için kendimi zor tuttum) yeni bir havailik yapmak, yani baronu hakaretinin hesabını sormaya davet etmek gibi bir niyetim yoktu. Bununla beraber ondan ve özellikle de baronesten özür dilemem gerektiğini de düşünüyordum, çünkü son zamanlarda kendimi gerçekten hasta, asabi, deyim yerindeyse rüyada gibi hissediyordum. Fakat baron dün beni işten çıkarmak için generale başvurmakla öyle bir hakaret etmişti ki, artık ne ondan, ne de baronesten özür dileyebilirdim, çünkü hem o, hem barones, hem de herkes işimi geri alma niyetiyle korkudan özür dilemeye gittiğimi düşünürdü. Sonuç olarak artık makul ifadelerle, mesela aslında beni incitmek istemediğini söyleyip evvela baronun benden özür dilemesini talep etmek zorundaydım. Ancak baron böyle özür dilediği zaman elimi uzatır, tüm samimiyetimle özrümü kabul etmesini rica ederim. Yani tek istediğim baronun ellerimi serbest bırakması dedim son olarak.

— Vay, ne hassaslık, ne zarafet! İyi de neden özür dileyeceksiniz ki? Kabul edin mösyö... mösyö... bunları generali huzursuz etmek için planladınız aslında... Belki birtakım gizli amaçlarınız da vardır mösyö... mon cher monsieur, pardon, j'ai oublié votre nom, monsieur Alexis? N'est ce pas?[1]

— Bağışlayın ama mon cher marquis,[2] bu neden sizi ilgilendiriyor?

— Mais le général...[3]

— Generale ne olmuş? Dün bana özellikle dikkatli davranması gerektiğini söyledi... epey de kaygılıydı... ama hiçbir şey anlamadım.

Des Grieux gönül alıcı ama öfkesi de gittikçe belirginleşen bir sesle:

— Özel bir durum var işte, –dedi.– Matmazel de Cominges'i tanıyorsunuz değil mi?

— Matmazel Blanche mı yani?

— Evet, Matmazel Blanche de Cominges... et madame sa mère...[4] Biliyorsunuz general... general tek kelimeyle âşık, hatta... hatta düğün de burada yapılabilir. Oysa çıkacak rezaletleri, dedikoduları bir düşünsenize...

— Bunda evliliği ilgilendirecek bir rezalet veya dedikodu görmüyorum.

— Fakat le baron est si irascible, un caractère prussien, vous savez, enfin il fera une querelle d'Allemand.[5]

— Evet ama sizinle değil, benimle münakaşa çıkarır, çünkü artık işten çıktım. (Mümkün olduğunca sersem görünmeye çalışıyordum.) Yalnız müsaadenizle şunu soracağım, kesin karar verildi mi yani, Matmazel Blanche generalle evleniyor mu? Eğer öyleyse ne bekliyorlar? Yani neden bunu

---

1 Bağışlayın mösyö, adınızı unuttum, Alexis'ti değil mi? Değil mi? (Fr.)
2 Sayın marki. (Fr.)
3 Ama general... (Fr.)
4 ...ve annesi... (Fr.)
5 ...baron da asabi biri, tam bir Prusyalı, bildiğiniz gibi, Alman usulü bir münakaşa çıkarabilir. (Fr.)

saklıyorlar, hiç değilse bize, ev halkına söylemeleri gerekmez mi?

— Size bunu... Zaten henüz kesin değil... Yine de... Rusya'dan haber beklendiğini biliyorsunuz; generalin işleri yoluna koyması gerek...

— Aa! La Baboulinka!

Des Grieux nefretle baktı.

— Kısacası, –dedi,– umarım yaradılıştan gelen nezaketiniz, zekânız ve hâlden anlarlığınız ile... sizi içlerinden biri gibi bağrına basan, sevip sayan bu aileye bir iyilik yaparsınız...

— Biraz insaf edin, ben kovuldum! Şimdi bunun sırf görünüşü kurtarmak için yapıldığını iddia edeceksiniz, ama bir düşünün: Birisi size "Elbette kulağını çekmek istemiyorum, ama görünüşü kurtarmak için çekmeme izin vermelisin," dese kabul eder misiniz? Aynı şey değil mi?

— Eh madem öyle, madem hiçbir rica sizi etkileyemiyor, –diye başladı sert ve mağrur bir sesle,– bazı tedbirler alınacağını size bildirmek isterim. Burada da kanun var, sizi hemen bugün sınır dışı edecekler. Que diable![6] Un blanc-bec comme vous[7] baron gibi önemli bir insanı düelloya davet etmeye kalkıyor! Sizi rahat bırakacaklarını mı sanıyorsunuz? Hem emin olun, burada hiç kimse sizden korkmuyor! Daha çok kendiliğimden size ricaya geldim, çünkü generali huzursuz ettiniz. Hem gerçekten baronun sizi uşağına kovdurmayacağını nasıl düşünürsünüz?

Son derece sakin bir sesle:

— Bizzat gidecek değilim elbette, –dedim.– Burada yanılıyorsunuz Mösyö Des Grieux, çünkü her şey sandığınızdan çok daha nazik yapılacak. Hemen şimdi Bay Astley'e gidip ondan aracım, daha doğrusu second'um[8] olmasını rica edeceğim. Beni sevdiği için reddetmeyecektir. Barona o gidecek,

---

6 Şeytan alsın! (Fr.)

7 Sizin gibi toy bir delikanlı... (Fr.)

8 Düello şahidi. (Fr.)

baron onu kabul eder. Ben bir outchitel olabilirim, bir subalterne[9] gibi savunmasız görünebilirim, ama Bay Astley'in bir lordun, gerçek bir lordun, Lord Peabroke'un yeğeni olduğunu herkes biliyor, ayrıca lord da burada. Baronun Bay Astley'e nazik davranacağına, onu dinleyeceğine emin olabilirsiniz. Dinlemezse Bay Astley bunu şahsına hakaret sayar (İngilizlerin ne kadar inatçı olduklarını bilirsiniz) ve arkadaşlarından birini barona gönderir, pek çok yakın arkadaşı da var. Yani sizin beklediğiniz sonucun çıkmayabileceğini şimdi daha iyi takdir edersiniz herhâlde.

Fransız'ın ödü patlamış gibiydi; gerçekten bütün bunlar gayet akla yatkın görünüyordu ve ben de bir rezalet çıkaracak güce sahip gibiydim.

Basbayağı yalvarır gibi:

— Bakın sizden rica ediyorum, bırakın bütün bunları! –dedi.– Bir rezalet çıkmasından hoşlanacaksınız sanki! Hesap sormak falan değil, bir rezalet istiyorsunuz! Söylediğim gibi bütün bunlar eğlenceli, hatta zekice olabilir, belki amacınıza da ulaşırsınız ama... Ayrıca size birinden şu pusulayı da getirmiştim, –diye ekledi şapkamı alıp ayağa kalktığımı görünce.– Okuyun lütfen, cevabı beklememi istediler.

Bunları söylerken cebinden katlanıp mühürlenmiş küçük bir kâğıt çıkarıp bana uzattı.

Polina'nın el yazısıyla şunlar yazılmıştı kâğıda:

"Bu olayı sürdürmek niyetinde olduğunuzu duydum. Çok kızdığınız için çocukça davranıyorsunuz. Fakat bazı özel durumlar var, belki size sonra açıklarım; lütfen bu işe bir son verin ve kendinize gelin artık. Bütün bunlar ne kadar aptalca! Size ihtiyacım var, ayrıca söz dinleyeceğinizi de vaat etmiştiniz. Schlangenberg'i hatırlayın. Sizden söz dinlemenizi rica ediyor, gerekiyorsa emrediyorum.

Sizin P.

P.S. Dün olanlar için bana kızdınızsa affedin."

---

9 Ast. (Fr.)

Bu satırları okurken her şey gözümün önünde dönmeye başladı sanki. Dudaklarımın rengi soldu ve titremeye başladım. Melun Fransız mütevazı bir tavır takınmaya çalışıyor, güya heyecanımı görmemek için bakışlarını kaçırıyordu. Kahkahalarla gülse daha iyi olurdu doğrusu.

— Peki, –dedim,– matmazele içini ferah tutmasını söyleyin. Yalnız müsaadenizle şunu sormak istiyorum, –diye ekledim sert bir sesle,– bu pusulayı bana vermek için neden o kadar beklediniz? Onca saçmalıktan bahsetmek yerine, önce pusuladan başlamalıydınız bence... buraya bunun için geldiyseniz tabii.

— Ah benim istediğim... Neyse bütün bunlar öyle tuhaf ki, aceleciliğimi bağışlarsınız herhâlde. Niyetinizi bir an evvel ve bizzat sizden öğrenmek istiyordum. Ayrıca pusulada yazanları da bilmediğimden size herhangi bir zaman verebileceğimi sanmıştım.

— Anlıyorum, yani size pusulayı ancak son çare olarak, işi konuşarak halledemezseniz vermeniz söylendi. Öyle değil mi? Açık açık söyleyin Mösyö Des Grieux.

Özellikle ihtiyatlı bir tavır takınıp bana da tuhaf bir ifadeyle bakarak:

— Peut-être,[10] –dedi.

Şapkamı aldım; beni başıyla selamlayıp çıktı. Dudaklarında alaycı bir gülümseme görür gibi oldum. Gülmese şaşardım zaten.

— Daha hesabımız henüz bitmedi küçük Fransız, ödeşeceğiz elbette! –diye homurdandım merdivenleri inerken. Henüz kendime gelememiştim, başıma bir darbe almış gibiydim basbayağı. Açık hava biraz rahatlattı beni.

İki dakika sonra kendimi biraz toplayınca iki düşünce belirdi kafamda: *Birincisi*, dün çocukça tavırlarla savrulmuş manasız birkaç tehdit, *genel* bir telaş yaratmıştı! *İkincisi*,

---

10 Belki. (Fr.)

bu Fransız'ın Polina üzerinde nasıl bir etkisi vardı? Adamın tek bir sözüyle Polina onun ihtiyacı olan her şeyi yapıyor, bir pusula yazıyor, hatta benden *ricacı* oluyordu! Elbette ta başından, onları tanıdığımdan beri ilişkileri benim için hep muammaydı, yine de son günlerde Polina'da adama karşı bir iğrenme ve hatta küçümseme vardı; berikiyse Polina'nın yüzüne bile bakmıyor, hatta ona kaba davranıyordu. Bunu fark etmiştim. Polina ondan iğrendiğini kendi söylemişti; son derece önemli itiraflar kaçırmıştı ağzından... Demek ki adam neredeyse zincire vurmuş gibi ona hâkim...

VIII. Bölüm

Burada dedikleri gibi promenade'da,[1] kestane ağaçlı yolda benim İngiliz'e rastladım.

— Oo!- dedi beni görür görmez.- Ben size gidiyorum, siz bana geliyorsunuz! Demek sizinkilerden ayrıldınız öyle mi?

— Önce her şeyi nereden öğrendiğinizi söyler misiniz? –diye sordum hayretle.- Yoksa herkes öğrendi mi?

— Yok canım, herkes değil; hem herkesin bileceği kadar da önemli bir şey yok. Kimse bahsetmiyor.

— Öyleyse siz nereden biliyorsunuz?

— Biliyorum işte, yani bir fırsatla öğrendim. Peki şimdi nereye gideceksiniz? Sizi severim biliyorsunuz, bu yüzden size geliyordum zaten.

— Çok naziksiniz Bay Astley, –dedim (cidden çok şaşırmıştım: Nereden haber almıştı ki?)- Ben henüz kahvemi içmedim, herhâlde siz de ancak bir yudum içmişsinizdir, gelin bir kafeye gidelim; oturup sigara da içeriz, size her şeyi anlatırım... siz de bana.

Kafe yüz adım ötedeydi. Kahve söyleyip oturduk, ben bir sigara yaktım. Bay Astley sigara içmiyordu, gözlerini bana dikmiş, söyleyeceklerimi dinlemeye hazırlanıyordu.

— Hiçbir yere gitmiyorum, burada kalıyorum, –diye başladım.

---

1 Mesirede. (Fr.)

— Burada kalacağınızdan emindim, –dedi Bay Astley onaylayarak.

Bay Astley'e giderken, Polina'ya olan aşkımdan bahsetmeye hiç niyetim yoktu, hatta özellikle bu konuyu hiç açmayacaktım. Bundan ona hiç bahsetmemiştim. Zaten utangaç bir adamdı. Daha ilk bakışta Polina'dan çok etkilendiğini anlamıştım, ama adını bile anmıyordu. Fakat tuhaftır, oturur oturmaz ısrarlı bakışlarını yüzüme dikince her nedense ona her şeyi, yani aşkımı bütün ayrıntılarıyla anlatma arzusuna kapıldım. Yarım saat durmadan konuştum ve bu pek hoşuma gitti, çünkü ilk kez birine bundan bahsediyordum! Bay Astley'in özellikle hararetli kısımlarda heyecanlandığını fark edince de hikâyemin hararetini kasten artırdım. Pişman olduğum bir şey vardı: Galiba Fransız'dan gerekmediği kadar çok bahsetmiştim...

Bay Astley hiç kıpırdamadan, tek kelime etmeden, hatta ses bile çıkarmadan gözlerini dikmiş karşımda beni dinliyordu, fakat konu Fransız'a gelince beni birden susturup, sert bir sesle konu haricindeki kişilerden bahsetmeye hakkım olup olmadığını sordu. Bay Astley hep çok tuhaf sorular sorar.

— Haklısınız, korkarım yok, –diye cevap verdim.

— Bu markiyle Bayan Polina hakkında varsayımlar dışında kesin bir şey söyleyemez misiniz?

Bay Astley gibi çekingen bir adamdan böyle açık bir soru duymak beni yine şaşırtmıştı.

— Hayır, kesin bir şey söyleyemem, –dedim,– elbette kesin bir şey yok.

— Madem öyle sadece bana bundan bahsetmekle değil, böyle bir şeyi aklınıza getirmekle bile kötü bir şey yaptınız.

İyice şaşırarak sözünü kestim:

— Peki, peki! Kabul ediyorum ama konu bu değil.

Sonra ona dün olup bitenleri, Polina'nın muzipliğini, baronla aramda geçenleri, kovulmamı, generalin beklenmedik korkaklığını ve Des Grieux'nün bugünkü ziyaretini bütün ayrıntılarıyla anlattım; son olarak da pusulayı gösterdim.

— Bundan ne anlıyorsunuz? –diye sordum.– Sırf sizin fikrinizi öğrenmek için geliyordum. Bana sorarsanız, o küçük Fransız'ı seve seve öldürürüm, belki gerçekten bunu yaparım da.

— Ben de aynı şeyi yapardım, –dedi Bay Astley.– Bayan Polina'ya gelince siz... siz de bilirsiniz, gerektiğinde nefret ettiğimiz insanlarla birlik olabiliriz. Buradaysa sizin bilmediğiniz bazı koşullardan kaynaklanan birtakım ilişkiler söz konusu olabilir. Bence bir ölçüde rahat olabilirsiniz. Dünkü davranışıysa elbette çok tuhaf... Sadece sizi baronun bastonuyla (hazır elindeyken baronun bastonu niye kullanmadığını da anlamıyorum) yüzleşmeye göndererek sizden kurtulmayı istemesi değil, böyle bir davranışta bulunması onun gibi... onun gibi harika bir genç kız için uygunsuz. Elbette onun alaycı isteğini harfiyen yerine getireceğinizi tahmin etmemiştir...

Bay Astley'e dik dik bakarak haykırdım birden:

— Biliyor musunuz aklıma ne geldi? Bence bütün bunları daha önce duydunuz, hem de kimden biliyor musunuz? Bizzat Bayan Polina'dan!

Bay Astley hayretle yüzüme baktı.

— Gözleriniz parlıyor, şüphe okuyorum onlarda, –dedi; çabucak eski sükûnetine kavuşmuştu.– Fakat şüphelerinizi dile getirmeye hiç hakkınız yok. Size bu hakkı veremem, sorunuzu yanıtlamayı da kesinlikle reddediyorum.

— Eh peki! Zaten gerek yok!

Tuhaf bir şekilde heyecanlanmıştım ve bu düşüncenin nereden aklıma geldiğini de anlayamıyordum. Hem Polina Bay Astley'i ne zaman, nerede ve nasıl sırdaşı olarak seçebilirdi? Gerçi son günlerde Bay Astley'i biraz gözden kaçırmıştım, Polina'ysa benim için hep bir bilmeceydi... Hem de öyle bilmeceydi ki, mesela az evvel Bay Astley'e bütün aşk hikâyemi anlatmaya girişmişken, birden Polina'yla ilişkime dair kesin ve müspet bir şey söyleyemeyeceğimi fark ederek şaşırmıştım. Her şey tam aksine akıl almaz, tuhaf, temelsizdi ve hiçbir şeye benzemiyordu.

— Peki öyle olsun; kafam öyle karıştı ki, daha fazlasını kaldıramam zaten, –dedim soluğum kesilerek.– Fakat siz iyi bir insansınız. Artık başka bir konuya geçelim, sadece tavsiyenizi değil, fikrinizi öğrenmek istiyorum.

Biraz durakladıktan sonra konuşmaya başladım:

— Sizce general neden o kadar korktu? Neden benim aptalca haylazlığımı ciddi bir olaya dönüştürdüler? Baksanıza Des Grieux bile olaya karışması gerektiğini düşünüp (oysa hep ciddi sorunlarda olaya dâhil olur) beni ziyaret etti (değil mi ya!) ve ricada bulundu, yalvardı... Des Grieux, hem de benden! Ayrıca dikkat ettiyseniz saat dokuzda ve elinde Bayan Polina'nın pusulasıyla geldi. Peki pusula ne zaman yazılmıştı? Belki de Bayan Polina'yı sırf bunun için uyandırmışlardır! Bundan Bayan Polina'nın onun tutsağı olduğu sonucuna varıyorum (çünkü benden özür bile dilemiş!), ayrıca onun bu konuyla ne gibi bir ilgisi olabilir ki? Neden bu konuyla ilgileniyor? Neden baronun birinden böylesine korktular? General Matmazel Blanche de Cominges'le evlense ne olur ki? Bu nedenle *özel* bir ihtimam gösterilmesi gerektiğini söylüyorlar, ama siz de kabul edersiniz ki bu kadarı da fazla özel! Ne diyorsunuz? Gözlerinizden bu konuda da benden daha fazla bilginiz olduğunu anlıyorum!

Bay Astley gülümseyerek başını salladı.

— Sanırım gerçekten de bu konuda sizden daha fazla bilgim var, –dedi.– Bu olayda her şey Matmazel Blanche'a bağlanıyor, bu söylediğimin doğru olduğuna da eminim.

— Matmazel Blanche'ın bununla ne ilgisi var? –diye haykırdım sabırsızca (Polina hakkında bir şeyler öğrenebileceğim umuduna kapılmıştım nedense).

— Sanırım Matmazel Blanche özel bir çıkarı yüzünden şu aralar baron ve baronesle karşılaşmaktan kaçınmak ister; böylelikle sevimsiz bir durumu, daha da kötüsü bir rezaleti engellemiş olur.

— Vay! Vay!

— Matmazel Blanche üç sezon önce yine burada, Roulettenbourg'daydı. Ben de buradaydım. O zaman ismi Matmazel de Cominges değildi, annesi, madame veuve[2] de Cominges de ortalıkta yoktu. En azından hiç ismi geçmiyordu. Des Grieux de burada değildi. Onların akraba olmadığına, aslında kısa süredir tanıştıklarına dair de güçlü bir inancım var. Marki Des Grieux henüz yeni bir isim, bunu da bir rastlantıyla öğrendim. Hatta Des Grieux ismini kısa süredir kullandığı da ileri sürülebilir. Başka bir isim kullanırken ona rastlamış birini tanıyorum burada.

— Fakat yine de geniş bir çevresi var değil mi?

— Ah olabilir elbette. Hatta Matmazel Blanche'ın da çevresi vardır. Fakat üç sezon önce Matmazel Blanche baronesin şikâyeti üzerine polis tarafından şehri terk etmeye davet edildi, o da hemen boyun eğdi.

— Nasıl yani?

— Önce burada bir İtalyan'la, Barberini gibi tarihi adı olan bir prensle veya onun gibi biriyle ortaya çıktı. Adamın parmakları gerçek pırlanta yüzüklerle doluydu. Muazzam bir kupa arabası vardı. Matmazel Blanche trénte et quarante oyununda başta çok şanslıydı, sonra şansı çok kötü döndü hatırlayabildiğim kadarıyla. Bir gece muazzam bir miktar kaybettiğini hatırlıyorum. Fakat daha da kötüsü un beau matin[3] prensi ortadan kayboldu; atlar, araba, hepsi sırra kadem basmıştı sanki. Otel borcu da müthiş kabarıktı. Matmazel Zelma (Barberini'den Matmazel Zelma'ya dönüşüvermişti bir anda) umutsuzluğa kapılmıştı iyice.

2 Dul bayan. (Fr.)

3 Güzel bir sabah... (Fr.)

Otelde çığlık çığlığa ağlıyor, kudurmuş gibi elbiselerini parçalıyordu. O sıralarda otelde Polonyalı bir kont vardı (yolculuktayken bütün Polonyalılar kont olur), elbiselerini parçalayan, o güzel, mis kokulu elleriyle kedi gibi suratını tırmalayan Matmazel Zelma kontu epey etkilemişti. Bir süre sohbet ettiler, akşama Matmazel Zelma sakinleşmişti. Gece kontun kolunda kumarhanede göründü. Matmazel Zelma her zamanki gibi gürültülü kahkahalar atıyordu, hareketleri de biraz daha serbestleşmiş gibiydi. Kendisine rulet masasında yer açmak için omzuyla kumarbazları iteleyen masa müdavimi hanımlar arasında bir yer buldu hemen. Buranın kadınlarına has bir şıklıktır bu. Siz de fark etmişsinizdir, değil mi?

— Ah, evet.

— Gerçi dikkate de değmezler ya. Edepli halkın huzursuzluğuna rağmen bunlar gibileri, en azından masada her gün bin franklık banknotlar bozduranları buradan göndermiyorlar. Fakat banknotları bozdurmayı kesince hemen uzaklaşmalarını rica ederler. Matmazel Zelma binlikleri bozdurmaya devam ediyordu, fakat şansı daha da kötüleşiyordu. Dikkat edin, bu tür kadınların şansları genellikle açıktır; muazzam paralar kazanırlar. Bu arada hikâyem bu kadar. Bir gün kont da prens gibi ortadan kayboldu. Matmazel Zelma akşamüzeri kumarhaneye yalnız geldi; bu kez hiç kimse ona elini uzatmamıştı. İki gün içinde her şeyini kaybetti. Son louis altınını da kaybedince etrafına bakındı ve hemen yanında onu büyük bir öfkeyle izleyen Baron Wurmerhelm'i gördü. Fakat Matmazel Zelma öfkeyi fark etmedi ve barona dönüp malum gülümsemesiyle kendisi için kırmızıya on louis altını koymasını rica etti. Bunun sonucunda da baronesin şikâyeti üzerine bir daha kumarhaneye ayak basmamasını söylediler. Son derece uygunsuz bunca ayrıntıyı bilmeme hayret ediyorsanız bunların hepsini Matmazel Zelma'yı o akşam Roulettenbourg'dan Spa'ya götüren akrabam Bay Feeder'dan öğrendiğimi söyleyeyim. Artık anladınız sanırım: Matmazel Blanche ileride kumarhaneden böyle şeyler duymamak için generalle evlenmek istiyor. Birtakım işaretlere bakılırsa, buradaki kumarbazlara faizle borç verecek kadar sermayesi olduğundan artık kumar oynamıyor. Böylesi çok daha akıllıca. Hatta bahtsız generalin de ona borçlu olabileceğinden şüpheleniyorum. Des Grieux bile ona borçlu olabilir. Belki de onunla ortaktır. Siz de takdir edersiniz ki, en azından evleninceye dek baronla baronesin dikkatini çekmek istemiyor. Kısacası şu durumda bir rezalet hiç işine gelmez. Siz yanlarında çalışıyordunuz, Matmazel Blanche her gün generalin veya Bayan Polina'nın kolunda dolaşmaya çıktığında sizin davranışlarınız bir rezalete yol açabilirdi. Şimdi anladınız mı?

— Hayır, anlamadım! –diye haykırıp masaya öyle şiddetli bir yumruk indirdim ki garson korkuyla koşup geldi.– Söylesenize Bay Astley, –diye devam ettim sayıklar gibi,– madem bütün bu hikâyeyi biliyordunuz ve madem Matmazel Blanche'ı bu kadar iyi tanıyordunuz, neden beni, generali ve en önemlisi şu, Matmazel Blanche'ın kolunda her gün gezintiye çıkan Bayan Polina'yı uyarmadınız? Olur şey mi bu?

— Sizi uyarmadım, çünkü bir şey yapamazdınız, –dedi Bay Astley sakince.– Hem ne diyerek uyaracaktım ki? General, Matmazel Blanche hakkında belki benden daha fazlasını biliyordur, yine de bu onunla ve Bayan Polina'yla gezmesine engel olmuyor. General bahtsız bir adam. Dün Matmazel Blanche'ı Mösyö Des Grieux ve şu küçük Rus prensiyle birlikte şahane bir atın sırtında dörtnala giderken gördüm, general de al donlu atla onları izliyordu. Daha dün sabah bacaklarının ağrıdığını söylüyordu, ama biniciliği pek güzeldi. İşte tam o anda onun mahvolmuş bir adam olduğu düşüncesi aklıma geldi. Ayrıca bütün bunlar beni ilgilendirmez, Bayan Polina'yla tanışma şerefine de pek kısa süre önce eriştim zaten. Hem (birden bir süre duraladı) size karşı içten bir sevgi duymama rağmen, daha önce de söylediğim gibi bana bazı şeyleri sorma hakkını size tanıyamam...

— Peki bu kadarı yeter, –dedim ayağa kalkarak,– Bayan Polina'nın Matmazel Blanche hakkında her şeyi bildiği, ama Fransız'ından ayrılamadığı için onunla dolaşmayı kabul ettiği gün gibi açık. Sizi temin ederim, başka hiçbir şey onu Matmazel Blanche'la gezmeye ve barona sataşmamam için bir pusula yazarak yalvarmaya zorlayamazdı. Karşısında her şeyin boyun eğdiği o güç işte tam burada devreye giriyor! Fakat beni barona karşı kışkırtan da o! Lanet olsun, hiçbir şey anlaşılmıyor!

— Yalnız bu Matmazel de Cominges'in generalin nişanlısı olduğunu, sonra Bayan Polina'nın çılgın generalin hiç ilgilenmediği ve muhtemelen parasız bıraktığı biri kız, biri erkek iki kardeşini unutuyorsunuz.

— Evet, evet! Doğru! O çocuklardan ayrılmak, onları tek başlarına bırakmak olur; kalmaksa onların çıkarını savunmak, belki de servetlerinden bir parça kurtarmak demek. Evet, evet doğru! Fakat yine de, yine de! Ah, şimdi hepsinin babulinkayla neden bu kadar ilgilendiklerini çok iyi anlıyorum!

— Kiminle? –diye sordu Bay Astley.

— Her an ölümüne dair telgraf beklenen, ama bir türlü ölüp gitmeyen, Moskova'daki şu ihtiyar cadıyla.

— Tabii ya, herkes gözünü ona dikmiş. Her şey mirasa bağlı! Miras kalınca general evlenir; Bayan Polina da serbest kalır, Des Grieux ise...

— Evet Des Grieux?

— Des Grieux'nün alacağı ödenir; tek beklediği bu.

— Bu kadar mı? Tek beklediğinin bu olduğunu mu sanıyorsunuz?

— Daha fazlasını bilmiyorum, – dedi Bay Astley ve aksi bir tavırla sustu.

— Oysa ben biliyorum, biliyorum! –dedim öfkeyle.– O da mirası bekliyor, çünkü Polina da drahoma alacak bundan, parayı alınca da hemen Des Grieux'nün boynuna atılacak. Bütün kadınlar aynıdır! En onurlu olanlar bile en aşağılık kölelere dönüşür! Polina ancak tutkuyla sevebilir, işte o kadar! İşte onun hakkındaki düşüncem bu! Ona bir bakın, özellikle de tek başına düşünceye dalmışken: Lanetli bir hüküm verilmiş, her şey kararlaştırılmış gibi duruyor! Yaşamın ve tutkunun bütün dehşeti üzerine çökmüş sanki!.. O... o... Kim sesleniyor bana? –diye haykırdım birden.– Kim bağırıyor? Rusça "Aleksey İvanoviç!" dendiğini duydum. Bir kadın sesiydi, bakın, bakın!

Bizim otele epey yaklaşmıştık. Kafeden ne zaman çıktığımızı bile fark etmemiştik.

— Bir kadının seslendiğini duydum, ama kime anlamadım; Rusça konuşuyordu, –dedi Bay Astley, sonra işaret etti.– Şimdi anladım, seslenen şuradaki büyük koltukta oturan kadın; demin bir sürü uşak koltuğunu verandaya taşıyordu. Arkasından da bavulları taşıyorlar, demek ki trenden az önce inmiş.

— Peki neden bana sesleniyor? Yine başladı bakın, bizi çağırıyor.

— Elini salladığını görüyorum, –dedi Bay Astley.

— Aleksey İvanoviç! Aleksey İvanoviç! Hey Tanrım, ne sersem!

Bu pervasız bağrışlar otelin verandasından bize kadar geliyordu. Neredeyse koşarak verandaya gittik. Merdivenleri çıktım ve... şaşkınlıktan kollarım iki yanıma sarktı, ayaklarımsa yere mıhlanmış gibiydi.

IX. Bölüm

Otelin geniş verandasında büyük bir uşak, hizmetçi, hamal, otel görevlisi kalabalığının ve oteline onca bavulu ve sandığıyla gelmiş önemli ziyaretçisini karşılamaya bizzat çıkmış müdürün arasında *büyükanne* oturuyordu! Yani öldü mü, ölmedi mi diye onca telgraf çekilen ürkütücü, zengin, büyük toprak sahibi Moskovalı soylu hanımefendi, yetmiş beşlik Antonida Vasilyevna Taraseviçeva, la baboulinka damdan düşer gibi çıkıp gelmişti işte yanımıza. Son beş yıldan beri yürüyemediğinden tekerlekli koltuktaydı, ama her zamanki gibi hayat dolu, cüretkâr, hâlinden memnun, dimdik oturuyor, buyurgan gür bir sesle bağırıp çağırıyor, herkesi azarlıyordu... Tıpkı generalin evine öğretmen olarak girdiğimde iki kez onu görme şerefine eriştiğim zamanki gibiydi. Doğal olarak karşısında put gibi donakalmıştım. Büyükanneyse koltuğuyla birlikte taşınırken, keskin gözleriyle beni yüz adım öteden tanımış, hiç unutmadığı ismim ve baba ismimle bana seslenmişti. "Ölüm döşeğinde, ölmek üzere diye mirasına konmayı bekledikleri bu kadın mıydı? –diye geçirdim içimden.– Yahu hepimizi, oteldekileri bile gömer bu kadın! Tanrım ya şimdi bizimkiler, general ne yapacak? Bütün otelin altını üstüne getirir bu!"

— Ee oğlum, gözlerini fal taşı gibi açıp ne dikildin karşımda? –diye bana bağırmaya devam ediyordu.– Selam bile vermeyecek misin? Pek gururlusun da ondan mı gelmiyor aklına? Yoksa beni tanımadın mı? Baksana şuna Potapıç, –dedi yolculuklarında hep ona eşlik eden, beyaz saçlı, fraklı, beyaz kravatlı, tepesinin keli pespembe görünen kır saçlı ihtiyara dönerek,– beni tanımadı! Çoktan gömmüşler herhâlde! Öldü mü, ölmedi mi diye telgraf çekip duruyordunuz ya. Her şeyi biliyorum! Fakat gördüğün gibi capcanlıyım işte!

Biraz kendime gelerek neşeli bir sesle:

— Aman Antonida Vasilyevna, neden sizin kötülüğünüzü isteyeyim? –dedim.– Sadece şaşırdım... Hem nasıl şaşırmayayım böyle birdenbire...

— Şaşıracak ne var? Atladım trene geldim. Rahat rahat geldim, vagonda da hiç sarsılmadım doğrusu. Sen gezmeye mi gitmiştin?

— Evet, şöyle bir dolaştım.

— Burası çok güzel, –dedi büyükanne çevresine bakarak.– Hava sıcak, ağaç da çok. Hoşuma gitti! Bizimkiler otelde mi? Ya general?

— Ah burada! Bu saatte hepsi buradadır herhâlde.

— Demek burada da rutinleri, merasimleri var ha? Cakaya bak. Dediklerine göre bir araba bile kiralamış galiba bizim les seigneurs russes![1] Sen har vurup harman savur, para bitince yurt dışına! Praskovya da onlarla mı?

— Polina Aleksandrovna da burada.

— Ya şu Fransız? Neyse, hepsini kendim görürüm. Bana generalin odasını göster Aleksey İvanoviç. Peki sen burada rahat mısın?

— Olabildiğince Antonida Vasilyevna.

— Potapıç, şu sersem müdüre söyle de bana birinci katta, rahat, güzel bir daire versinler, çok geniş olmasın, eşyalarımı da hemen oraya götürsünler. Neden hepsi saldırıyor taşımaya? Ne itişiyorsunuz? Ah sizi gidi köle ruhlular! Yanındaki kim? –diye sordu bana doğru dönerek.

— Bay Astley, –diye cevap verdim.

---

1 Rus soyluları! (Fr.)

— Kimmiş bu Bay Astley?

— Bir gezgin, benim de yakın dostum; generalle de tanışıyor.

— İngiliz. Demek onun için ağzından tek kelime çıkmıyor, gözünü dikmiş bana bakıyor. Neyse İngilizleri severim. Haydi beni yukarı götürün, hemen generale gidelim; nerede kalıyor?

Büyükanneyi kaldırdılar. Öne geçip merdivenleri çıkmaya başladım. Bizim grup müthiş bir etki yaratmıştı. Karşımıza çıkan herkes durup gözlerini fal taşı gibi açarak bize bakıyordu. Otel şehrin en güzel, en pahalı, en seçkin oteli sayılıyordu. Merdivenlerde, koridorlarda her zaman soylu hanımlara, önemli İngilizlere rastlanır. Pek çoğu hemen aşağı koşup, nedense pek heyecanlanmış olan resepsiyon görevlisinden bir şeyler öğrenmeye çalıştı. Elbette soranlara gelenin seçkin bir yabancı, une Russe, une comtesse, grande dame[2] olduğunu, bir hafta la grande duchesse N.'nin[3] kaldığı daireye yerleşeceğini söylemiş. Koltuğuna kurulmuş büyükannenin buyurgan, otoriter tavrı büyük bir etki yaratıyordu. Karşılaştığımız herkesi meraklı bakışlarıyla şöyle bir süzüyor, bana herkesle ilgili yüksek sesle sorular soruyordu. Büyükanne sağlam yapılıydı, koltuğundan hiç kalkmamasına rağmen çok uzun boylu olduğu bir bakışta anlaşılıyordu. Sırtını asla koltuğun arkalığına yaslamadan, tahta gibi dimdik duruyordu. Kır saçlı iri kafasını hep dik tutuyordu; keskin ve çarpıcı yüz hatları vardı; bakışları mağrur, neredeyse küstahtı ve bakışlarının da, hareketlerinin de tamamen doğal olduğu hemen anlaşılıyordu. Yetmiş beş yaşına rağmen yüzü capcanlıydı, hatta neredeyse bütün dişleri yerli yerindeydi. Siyah ipekliden bir elbise giymiş, beyaz bir başlık takmıştı.

Bay Astley yanımda yukarı çıkarken:

---

2 ...bir Rus, bir kontes, önemli bir hanımefendi... (Fr.)

3 Grandüşes N.'nin. (Fr.)

— Çok ilginç biri, –diye fısıldadı.

"Telgraflardan haberi var, –diye düşünüyordum ben-se.– Des Grieux'yü tanıyor, ama Matmazel Blanche'ı henüz bilmiyor herhâlde." Düşündüklerimi hemen Bay Astley'e de söyledim.

İnsan ne çirkin bir varlık! İlk şaşkınlığım geçince, az sonra generale indireceğimiz müthiş darbe beni çok sevindirmişti. Bir anda öyle cüretkâr olmuştum ki, son derece keyifli bir vaziyette en önde yürüyordum.

Bizimkiler üçüncü kattaydı; haber vermeden, hatta kapıyı bile vurmadan, iki kanadı ardına kadar açtım ve büyükanne görkemli bir giriş yaptı. Biliyormuş gibi hepsi generalin çalışma odasında toplanmıştı. Saat on ikiydi ve görünüşe göre kimi arabayla, kimi de atla olmak üzere birlikte bir gezi planlıyorlardı; ayrıca birkaç konuk da davet etmişlerdi. General, Polina, çocuklar ve dadılarından başka odada Des Grieux, binici kıyafetiyle Matmazel Blanche, annesi dul Madam de Cominges, küçük prens, daha önce bir kez yine onlarda karşılaştığım gezgin bir bilim adamı olan Alman da vardı. Büyükannenin koltuğunu doğruca odanın ortasına, generalin üç adım yakınına koydular. Tanrım, o etkiyi asla unutamam! İçeri girdiğimizde general bir şeyler anlatıyor, Des Grieux de onu destekliyordu. Bu arada Matmazel Blanche'la Des Grieux'nün iki üç gündür à la barbe du pauvre général,[4] küçük prensin peşinde dolaştıklarını da belirtmeli. İçerideki toplulukta yapmacık da olsa neşeli ve samimi bir hava vardı. General büyükanneyi görünce afalladı, cümlesini tamamlayamadı ve ağzı bir karış açık kaldı... Basilisk ile karşılaşmış gibi, gözlerini dikmiş ona bakıyordu. Büyükanne de hiçbir şey söylemeden, hiç kıpırdamadan ona bakıyordu, ama gözlerinde inanılmayacak kadar mağrur, saldırgan ve alaycı bir ifade vardı. Ortalığa çöken derin sessizliğin içinde on saniye kadar böyle birbirlerine

4 Zavallı generalin burnunun dibinde. (Fr.)

baktılar. Des Grieux de başlangıçta donakalmış gibiydi, ama sonradan alışılmadık bir kaygı ifadesi yayıldı yüzüne. Matmazel Blanche kaşlarını kaldırmış, ağzı aralık, gayet kaba bir biçimde büyükanneye bakıyordu. Prensle bilgin büyük bir merakla bu tabloyu izliyordu. Polina'nın bakışlarında da muazzam bir şaşkınlık ve şüphe ifadesi vardı, sonra yüzü birden çarşaf gibi bembeyaz oldu; bir süre sonra da kanı hızla yüzüne hücum etti ve yanaklarını al bastı. Bu herkes için büyük bir felaketti! Bense bir büyükanneye, bir odadakilere bakıp duruyordum. Bir köşeye çekilen Bay Astley her zamanki gibi vakur ve sakindi.

Nihayet büyükanne sessizliği bozdu:

— İşte geldim! Telgraf yerine ben geldim! Ne oldu, beni beklemiyor muydunuz?

— Antonida Vasilyevna... teyzeciğim... fakat nasıl... –diye bir şeyler kekeledi zavallı general; büyükanne biraz daha sussaydı bir yerine felç inerdi herhâlde.

— Ne demek nasıl? Atladım trene geldim! Demiryolu ne işe yarıyor sanıyorsun? Sizse hep evimden ayaklarım önde çıkacağımı, mirasımı da size bırakacağımı sandınız değil mi? Bir sürü telgraf yolladığınızı biliyorum. Bu işe epey para harcadın herhâlde. Buradan telgraf yollamak ucuz değildir. Ben bacaklarımı da omuzlayıp kendim geleyim dedim. Şu Fransız değil misin sen? Mösyö Des Grieux'ydü galiba?

— Oui madame, –dedi Des Grieux,– et croyez, je suis si enchanté... votre santé... c'est un miracle... vous voir ici, une surprise charmante...[5]

— Evet, evet, pek charmante. Ben seni iyi bilirim maskara, ayrıca şu kadarcık bile (serçe parmağını gösterdi) güvenmem. Ya bu kim? –dedi Matmazel Blanche'ı göstererek; binici kıyafetleri ve elinde kamçısıyla epey çekici görünen Fransız dikkatini çekmişti belli ki.– Buralı mı?

5 Evet hanımefendi, inanın öyle sevindim ki... sağlığınız... bu bir mucize... sizi burada görmek... harika bir sürpriz... (Fr.)

— Matmazel de Cominges, yanındaki de annesi Madam de Cominges; onlar da bu otelde kalıyor, –diye açıklama yaptım.

— Kızı evli mi? –diye sordu büyükanne dosdoğru.

— Matmazel de Cominges bekâr, –diye cevap verdim olabildiğince saygılı bir tavırla ve sesimi özellikle alçaltarak.

— Neşeli mi?

Soruyu anlamamıştım.

— Sıkıcı mı değil mi? Rusça biliyor mu? Bak Des Grieux Moskova'dayken birkaç sözcük öğrenmişti.

Matmazel de Cominges'in hiç Rusya'da bulunmadığını söyledim. Büyükanne birden sert bir sesle Matmazel Blanche'a dönüp:

— Bonjour! –dedi.

Matmazel Blanche da aceleyle ve gayet resmi bir tavırla şık bir reverans yaparak:

— Bonjour madame, –dedi, ama takındığı nezaket ve saygı maskesinin altında yüzünün aldığı ifadeden, bu soru ve davranışlardan müthiş bir şaşkınlık duyduğu kolayca anlaşılıyordu.

— Ah gözlerini de kaçırıyor, şu tavırlara, resmiyete de bak; hemen nasıl bir kuş olduğu anlaşılıyor; aktris falan herhâlde, –dedi büyükanne ve birden generale döndü:– Bu otele yerleştim, alt kattayım, seninle komşu olacağız; sevindin mi, sevinmedin mi?

— Ah teyzeciğim, inanın... çok memnun oldum, –diye cevapladı general; kendini biraz toplamıştı bile ve gerektiğinde ciddi, etkili konuşmayı çok iyi becerdiğinden hemen durumu kontrol altına almaya çalıştı:– Rahatsızlığınızı duyduğumuzda öyle etkilendik, öyle kaygılandık ki... Hiç umut vermeyen telgraflar alırken birdenbire...

— Yalan, yalan! –diye hemen sözünü kesti büyükanne.

Fakat general de sesini yükseltip "yalan" kelimesini duymazdan gelerek onun sözünü kesti:

— İyi de nasıl oldu da böyle bir yolculuğu göze aldınız? Takdir edersiniz ki sizin yaşınızda ve sizin sağlık durumunuzda... Yani bütün bunlar öyle beklenmedik ki, şaşkınlığımızı mazur görün. Fakat pek sevindim... Hepimiz (sözün burasında pek dokunaklı, coşkulu bir ifadeyle gülümsemeye başladı) burada olduğunuz sürece zamanınızı güzel geçirmeniz için elimizden geleni yapacağız...

— Tamam yeter, boş lakırdı bunlar; her zamanki gibi uyduruyorsun. Nasıl yaşayacağımı ben bilirim. Zaten sizden uzaklaşmayacağım, ben kin tutmam. Nasıl göze aldığımı mı sormuştun? Gayet kolay oldu. Neden herkes şaşıyor buna? Merhaba Praskovya. Ne yapıyorsun burada?

— Merhaba büyükanne, –dedi Polina yaklaşarak. Yolculuk nasıldı?

— Hah o ahlar, ohlar yerine akıllıca bir soru nihayet! İşte gördüğün gibi: Yattım durdum, tedavi üstüne tedavi gördüm; dayanamayıp sonunda bütün doktorları kovdum ve Aziz Nikola kilisesinin zangocunu çağırttım. Daha önce benim hastalığıma tutulmuş bir köylü kadını iyileştirmiş. Bana da yardım etti; iki gün ter attım ve sonunda ayağa kalktım işte. Sonra benim Almanlar yine toplanıp gözlüklerini taktılar ve şöyle dediler: "Yurtdışında bir kaplıcada kür alırsanız, tıkanıklık tamamen geçer." Ben de neden olmasın dedim. Tabii bizim ahmak Zajiginler "Nasıl gideceksiniz, varamazsınız bile!" diye ahlayıp vahladılar. Laf işte! Bir günde hazırlandım, geçen hafta da yanıma bir oda hizmetçisiyle Potapıç'ı, bir de sonradan ona ihtiyacım olmadığını, tek başıma da halledebileceğimi görünce Berlin'den geri gönderdiğim Fyodor'u aldım... Bir kompartıman kiraladım; her istasyonda da yirmi kapiğe sizi istediğiniz yere götüren hamallar var. Amma güzelmiş daireniz! –diye bitirdi sözlerini etrafına bakınarak.– Parayı nereden buluyorsun oğlum? Her şeyin ipotekli değil mi? Şu Fransız'a bile borcun var! Her şeyi biliyorum, her şeyi!

İyice şaşkına dönen general:

— Teyzeciğim ben, –dedi,– ben çok şaşırdım... Sanırım kimsenin kontrolü olmaksızın... hem masraflar gelirimi aşmıyor ve biz burada...

— Senin gelirini mi aşmıyor? Lafa da bak! Çocukların parasını da iç etmişsindir herhâlde, vasiyi sevsinler!

— Bundan sonra, böyle sözlerden sonra... –diye mırıldandı general öfkeyle.– Artık sonunu bilmem...

— Bilmiyormuş! Burada rulet masasından pek kalkmıyorsun herhâlde! Her şeyi kaybettin mi?

General öylesine sarsılmıştı ki, heyecandan neredeyse boğulacaktı.

— Rulet ha! Ben mi? Benim mevkiimde biri ha? Kendinize gelin teyzeciğim, galiba rahatsızlığınız henüz geçmemiş...

— Yalan, hepsi yalan; seni masadan koparamıyorlardır kesin, hep uyduruyorsun! Hemen bugün gidip şu rulet nasıl bir şeymiş öğreneceğim. Praskovya söyle bakayım, burada görülecek ne var? Neyse Aleksey İvanoviç sonra gösterir, sen de gezilecek yerlerin bir listesini çıkar Potapıç. –Polina'ya dönerek tekrarladı:– Burada görülecek ne var?

— Yakınlarda bir şato harabesi var, bir de Schlangenberg.

— Neymiş o Schlangenberg? Koru falan mı?

— Hayır koru değil dağ; zirvesinde...

— Ne zirvesi?

— Dağın en yüksek yeri, bir çitle çevirmişler. Harika bir manzarası var.

— Koltuğumu bu dağa çıkarabilirler mi? Mümkün mü?

— Hamal buluruz efendim, –diye cevap verdim.

Bu sırada yaşlı dadı Fedosya gelip büyükanneyi selamladı; generalin çocuklarını da getirmişti.

— Aman, öpüşmeye gerek yok! Çocukları öpmeyi hiç sevmem: Hepsi sümüklüdür. Burada keyfin yerinde mi Fedosya?

— Burada çok çok iyiyiz Antonida Vasilyevna, –dedi Fedosya.– Ya siz nasılsınız hanımım? Sizi öyle merak ettik ki.

— Biliyorum, sen saf bir kadınsın. Peki bunların hepsi konuklarınız mı? –diye sordu yine Polina'ya dönerek.– Şu çelimsiz, gözlüklü olan kim?

— O Prens Nilski büyükanne, –dedi Polina alçak sesle.

— Rus mu yani? Ben de bizi anlamadığını sanmıştım! Neyse, belki duymamıştır! Bay Astley'i görmüştüm. Yine burada, –dedi büyükanne şaşırarak; sonra da birden selam verdi Bay Astley'e:– Merhaba!

Bay Astley sessizce eğilerek selama karşılık verdi.

— Ee, bana güzel bir şey söylemeyecek misiniz? Bir şeyler söyleyin! Polina çevir bunları.

Polina çevirdi. Bay Astley de çabucak ama gayet ciddi bir sesle:

— Büyük bir keyifle sizi izliyorum, sağlıklı olmanıza da çok sevindim, –dedi.

Bu sözleri büyükanneye çevirdiler, berikinin de pek hoşuna gitti.

— Şu İngilizler nasıl da hep güzel cevaplar uydurur! –dedi.– Nedense İngilizleri hep sevmişimdir, Fransızlarla karşılaştırılmazlar bile! Mutlaka beni görmeye gelin, –dedi tekrar Bay Astley'e dönerek.– Fazla canınızı sıkmamaya çalışırım. Bunu ona çevir ve alt katta kaldığımı söyle; alt katta, anlıyor musunuz, altta, altta –diye tekrarladı Bay Astley'e parmağıyla aşağıyı göstererek.

Bay Astley bu daveti memnuniyetle karşıladı.

Büyükanne memnun bakışlarla Polina'yı tepeden tırnağa inceledi.

— Seni sevebilirdim doğrusu Praskovya, –dedi birdenbire.– İyi bir kızsın, hepsinden daha iyisin, ama o mizacın yok mu... öff! Gerçi benim mizacım da öyle ya; dön bakayım biraz, takma saçın falan yok değil mi?

— Hayır büyükanne, kendi saçlarım.

— Aman iyi, şimdiki aptalca modadan nefret ediyorum. Çok güzelsin. Erkek olsam, sana âşık olurdum. Neden evlenmiyorsun bakayım? Aman neyse, gitme zamanı. Vagonda onca zamandan sonra gezmek istiyorum... Ee, hâlâ kızgın mısın? –dedi generale dönerek.

— Lütfen teyzeciğim, yeter artık! –dedi general birden neşelenerek. Anlıyorum, sizin yaşınızda...

— Cette vieille est tombée en enfance,[6] –diye fısıldadı Des Grieux bana.

— Burada her şeyi görmek istiyorum. Aleksey İvanoviç'i bana bırakırsın, değil mi? –diye sordu generale büyükanne.

— Ah elbette, ne kadar isterseniz, ama ben de... Polina da, hatta Mösyö Des Grieux de size eşlik etmekten büyük bir zevk duyarız.

— Mais madame cela sera un plaisir,[7] –diye destekledi Des Grieux büyüleyici bir gülümsemeyle.

— Evet, evet, plaisir! Çok komik geliyorsun bana. –birden generale dönerek ekledi:– Bu arada sana para filan vermeyeceğim. Haydi beni odama götürün, bir göz atmalıyım, sonra her yere gideriz. Haydi kaldırın.

Büyükanneyi kaldırdılar, hepimiz grup hâlinde koltuğunun ardına düşüp merdivenden indik. General başına sopayla vurulup sersemletilmiş gibi yürüyordu. Des Grieux bir şeyler düşünüyordu. Matmazel Blanche önce kalmak istedi, sonra ne düşündüyse bizimle gelmeye karar verdi. Onun hemen ardından prens geliyordu; generalin dairesinde sadece Almanla dul Bayan de Cominges kalmıştı.

---

6 Bu kocakarı basbayağı bunamış. (Fr.)

7 Bu büyük bir zevk olur hanımefendi. (Fr.)

X. Bölüm

Kaplıcalarda –sanırım bütün Avrupa'da da– otel yöneticileri ve müdürler odalarını kiralarken müşterilerinin ihtiyaçları ve isteklerinden ziyade, onlar hakkında ilk bakışta edindikleri kanıya göre davranırlar; ilginç ama yanıldıkları da nadirdir. Fakat bu kez abartmış ve büyükanneye her nedense görkemli bir daire vermişlerdi: Olağanüstü döşenmiş, banyolu dört oda, uşaklar için ayrı odalar, oda hizmetçisine ayrı bir oda vb. vb... Bir hafta önce bu odalarda gerçekten bir grandüşes kalmıştı, elbette odaların değerini artırmak için bunu yeni gelen müşterilere hemen söylüyorlardı. Büyükanneyi bütün odalara taşıdılar, daha doğrusu ittirdiler, o da her yeri dikkatlice ve sert bir tavırla inceledi. Orta yaşlı, kel kafalı bir adam olan müdür, bu inceleme esnasında kibarca ona eşlik etti.

Büyükanneyi nasıl biri sandıklarını bilemiyorum, fakat son derece soylu, önemli ve pek zengin olduğuna emindiler herhâlde. Kayıt defterine "Madame la générale princesse de Tarassevitcheva"[1] yazmışlardı, ama büyükanne prenses falan olmamıştı hiç. Büyükannenin uşakları, özel kompartımanı, gereksiz onlarca bavulu, hatta sandıkları ona bir itibar kazandırıyordu herhâlde; tekerlekli koltuğu, sert tavırları ve sesi, sabırsızca cevap beklediği tuhaf soruları, tek kelimeyle

1 Bayan General Prenses Taraseviçeva. (Fr.)

büyükannenin –sert, inatçı, otoriter– görünümü genel bir saygı uyandırıyordu. Dairesini incelerken birden koltuğunu durdurtuyor, herhangi bir eşyayı göstererek, saygıyla gülümseyen, ama ürkmeye başlamış müdüre beklenmedik sorular soruyordu. Fransızca soruyordu, ama çok kötü Fransızca konuştuğu için genellikle çevirmek zorunda kalıyordum. Müdürün cevaplarından genellikle hoşlanmıyor, tatmin olmuyordu. Zaten her nedense hep ilgisiz sorular soruyordu. Mesela birden konusu mitolojiyi andıran bir resmin kötü bir kopyasının önünde durdu:

— Bu resim kimin? –diye sordu.

Müdür herhâlde bir kontesin resmi olduğunu söyledi.

— Nasıl bilmezsin? Burada yaşıyorsun, ama hiçbir şeyden haberin yok. Neden koydunuz bu tabloyu buraya? Neden gözleri şaşı?

Müdür bu soruların hiçbirine tatmin edici cevaplar veremedi, hatta kafası karışmıştı.

— Ne ahmak herif! –dedi büyükanne Rusça. Dolaştırmaya devam ettiler. Aynı şey küçük bir Saksonya heykelciğinin başında da yaşandı: Büyükanne uzun süre heykeli seyrettikten sonra, nedense odadan çıkarmalarını emretti.

Sonunda müdüre takıldı: Yatak odasındaki halı nerede dokunmuş, kaça mal olmuştu? Müdür araştıracağına söz verdi.

— Eşek herifler! –diye homurdandı büyükanne ve bütün dikkatini karyolaya verdi.– Ne lüks cibinlik! Açın şunu (yatağı açtılar). Daha, daha, hepsini açın. Yastıkları, kılıfları, döşeği kaldırın.

Hepsini tersyüz ettiler. Büyükanne dikkatle inceledi.

— Güzel, tahtakurusu yok. Bütün çarşafları götürün! Kendi çarşaflarımı, yastıklarımı koysunlar. Aslında her şey aşırı lüks, benim gibi bir kocakarının neyine böyle bir daire. Tek kişi için çok sıkıcı olur hem. Aleksey İvanoviç, çocukların dersi biter bitmez sık sık ziyarete gel.

— Dünden beri generalin hizmetinde değilim, –dedim.– Otelde kendi hesabıma kalıyorum.

— Nedenmiş o?

— Geçenlerde Berlin'den önemli bir Alman baronu eşiyle buraya gelmişti. Dün gezinirken Berlin aksanını pek beceremeden Almanca bir şeyler söyledim.

— Ee, ne olmuş yani?

— O da bunu saygısızlık sayıp generale şikâyet etmiş. General de dün işime son verdi.

— Ne yaptın, barona sövdün mü yoksa? (Gerçi sövsen de bir şey olmaz ya!)

— Hayır. Tam aksine, baron bana bastonunu salladı.

Büyükanne birden generale döndü:

— Ya sen sümüklü, yanındaki öğretmene böyle davranılmasına izin verdin demek, –dedi.– Yetmemiş gibi bir de kovmuşsun! Kafasızsınız, hepiniz kafasızsınız belli ki.

— Siz merak etmeyin teyzeciğim, –dedi general bir parça yüksekten bakarak ve teklifsizce,– kendi işimi kendim görebilirim. Hem Aleksey İvanoviç olayı size tam olarak doğru anlatmadı.

— Sen buna nasıl katlanabildin? –diye sordu bana büyükanne.

Ben de elimden geldiğince mütevazı ve sakin bir tavırla cevap verdim:

— Baronu düelloya davet etmek istiyordum, ama general engel oldu.

— Neden engel oldun? –dedi büyükanne, sonra da müdüre dönerek ekledi:– Haydi sen git oğlum, çağrılınca gelirsin. Bu Nürnbergli surata dayanamıyorum!

Adam tabii ki büyükannenin iltifatını anlamadan selam verip çıktı.

— İnsaf edin teyzeciğim, olacak şey mi düello? –dedi hafifçe gülümseyerek.

— Neden olmasın? Erkeklerin hepsi horoz gibidir; bıraksaydınız da dövüşselerdi. Hepiniz kafasızsınız besbelli, vatanınızı bile savunacak hâlde değilsiniz. Haydi gidelim! Potapıç her zaman emrimde olacak iki hamal bul, konuşup anlaş. İkiden fazla olmasın. Beni sadece merdivenlerden indirip çıkaracaklar, düz yolda, sokakta sadece itecekler, böyle söyle. Avans vermeyi de unutma, daha saygılı olurlar. Sense hep benim yanımda kalacaksın, sen de Aleksey İvanoviç, gezerken bana şu baronu da göster. Nasıl bir von-baronmuş görelim. Ee nerede bakalım şu rulet?

Ruletlerin kumarhane salonlarında olduğunu söyledim. Ardından da sorular geldi: Çok masa var mı? Oynayanlar kalabalık mı? Bütün gün oynanıyor mu? Kuralları nasıl? Ben de bizzat gidip görürse daha iyi olacağını, anlatmanın çok zor olduğunu söyledim.

— İyi beni hemen oraya götürün! Aleksey İvanoviç, düş önüme yolu göster!

— Ama teyzeciğim yoldan geldiniz, biraz dinlenmeyecek misiniz? –diye sordu general kaygıyla. Biraz telaşlanmışa benziyordu; aslında hepsi telaşlı gibiydi ve aralarında bakışıp duruyorlardı. Herhâlde büyükanneyle kumarhanede görünmekten çekiniyor, belki de utanıyorlardı; herhâlde orada, herkesin içinde yine tuhaflıklar yapacaktı. Yine de ona eşlik etmeyi kendileri teklif etti.

— Neden dinleneyim? Yorulmadım ki, beş gündür oturuyorum. Sonra da gidip şu kaplıcalara, şifalı sulara bakarız. Ondan sonra da şu... ne demiştin Praskovya, zirve miydi?

— Zirve büyükanne.

— Zirveyse zirve. Başka ne vardı burada?

— Bir sürü şey var büyükanne, –dedi Polina kendini zorlayarak.

— Sen de bir şey bilmiyorsun! –dedi büyükanne sonra hizmetçisine döndü:–Marfa sen de geliyorsun.

— Ama o niye geliyor teyzeciğim? –dedi general telaşa kapılarak.– Olacak iş değil bu, hatta Potapıç'ı da salona almayabilirler.

— Ne saçma! Oda hizmetçisi diye dışarı mı atacaklar? Onun da canı var, bak bir haftadır yollarda sürünüyoruz, o da bir şeyler görmek ister. Hem benden başka kiminle gidecek? Tek başına sokağa burnunu bile uzatamaz.

— Ama büyükanne...

— Benden utanıyor musun sen? Öyleyse burada kal, senden bir şey istemiyorum. Ne general ama, biz de general karısıyız herhâlde. Hem neden hepiniz kuyruğuma takılacaksınız? Aleksey İvanoviç her şeyi gösterir...

Fakat Des Grieux herkesin gitmesinde ısrar etti ve büyükanneye eşlik etmenin keyfini pek süslü cümlelerle övdü. Sonunda hep birlikte yola koyulduk.

— Elle est tombée en enfance, –diye tekrar etti Des Grieux generale,– seule elle fera des bêtises...[2]

Sonrasını duymadım, ama belli ki birtakım başka niyetleri vardı, belki yeniden umuda bile kapılmıştı.

Kumarhane yaklaşık yarım verst uzaktaydı. Kestane ağaçlı bulvardan ve parkın çevresinden geçip doğruca kumarhaneye gittik. General biraz rahatlamıştı, çünkü grubumuz epey tuhaf, ama epey de saygın görünüyordu. Ayrıca bacaklarından rahatsız, zayıf bir kadının kaplıcalara gelmesinde şaşılacak hiçbir şey yoktu. Fakat generalin kumarhaneden çekindiği anlaşılıyordu; hasta, yürüyemeyen yaşlı bir kadın neden rulete gidecekti ki? Polina'yla Matmazel Blanche tekerlekli koltuğun iki yanında yürüyordu. Matmazel Blanche mütevazı bir neşeyle gülümsüyor, hatta bazen büyükanneye gayet nazik bir iki nükte yapıyordu, nihayet büyükanne de onu biraz övdü. Diğer taraftaki Polina'ysa büyükannenin ara vermeden yöneltti̇ği sorularını cevaplamakla görevlendirilmişti: Demin geçen kimdi? Arabadaki kadın kim? Şehir büyük mü? Park geniş mi? Bunlar ne ağacı? Şu ne dağı? Burada kartal var mı? Niye böyle komik bu çatı? Bay Astley yanımda yürürken bugünden çok şey beklediğini fısıl-

2 Bunamış, yalnız gitse, tek başına aptalca şeyler yapabilir. (Fr.)

dadı bana. Potapıç'la Marfa koltuğun hemen arkasındaydı. Potapıç fraklı, beyaz kravatlıydı, ama başında kasket vardı; Marfa'ysa –kırk yaşlarında, pembe yanaklıydı, ama saçları kırlaşmaya, kendi de ihtiyar bir kıza dönmeye başlamıştı– başlık takmış, alacalı basmadan bir entari giymişti, ayaklarında da gıcırdayan oğlak derisi pabuçlar vardı. Büyükanne onlara bir şeyler söylemek için sık sık arkasına dönüyordu. Des Grieux ile general biraz geride kalmış, büyük bir heyecanla konuşuyorlardı. General çok kederli görünüyor, Des Grieux kararlı bir tavırla konuşuyordu. Belki de generali cesaretlendirmeye çalışıyordu; ona birtakım tavsiyelerde bulunduğu anlaşılıyordu. Fakat büyükanne o meşum cümleyi söylemişti artık: "Sana para vermeyeceğim." Des Grieux bu cümleyi ciddiye almayabilirdi, ama general teyzesini iyi tanırdı. Bu arada Des Grieux ile Matmazel Blanche'ın birbirlerine göz kırpıp durduklarını fark ettim. Bulvarın ucunda prensle Alman bilgini gözüme çarptı o sırada: Bizden geride kalmış, başka bir yöne sapmışlardı.

Kumarhaneye epey şatafatlı bir giriş yaptık. Kapıcıyla uşaklar, oteldeki uşaklar gibi saygılıydı. Yine merakla bakıyorlardı. Büyükanne önce bütün salonları gezdirmelerini emretti; bazen övüyor, bazen hiç umursamıyor, ama her şeyi de soruyordu. Sonunda oyun salonlarına vardık. Kapalı kapının önündeki uşak, şaşkına dönmüş gibi kapıyı ardına kadar açtı.

Büyükannenin rulet salonuna girişi, içeridekiler üzerinde muazzam bir etki yarattı. Rulet masalarında ve salonun diğer ucundaki trente et quarante masasının önünde, birkaç sıra hâlinde yüz elli, iki yüz kadar kumarbaz toplanmıştı. Masaya ulaşmayı başaranlar ancak bütün paralarını kaybettikten sonra yerlerinden ayrılıyordu; sadece seyirci olarak masa başında dikilmeye ve bir oyuncunun yerini boşuna işgal etmeye izin verilmiyordu. Masanın çevresinde sandalyeler vardı ama kumarbazların pek azı oturuyordu;

özellikle kalabalık arttığında oturan olmazdı, çünkü ayakta daha fazla insan sıkışabilir masanın başına; hem ayaktayken para koymak daha kolaydır. İkinci, üçüncü sıralardakiler, ilk sıradakileri sıkıştırarak sıralarını bekler, bazen de sabırsızca kumarbazların arasından ellerini uzatıp paralarını ortaya koyarlar. Hatta üçüncü sıradan bile para uzatma fırsatı kollanır; bu yüzden on, hatta beş dakikada bir masanın bir ucunda bahislerle ilgili bir olay çıkar. Kumarhane güvenliği oldukça iyidir. Elbette kalabalığı önlemeye kalkışmazlar, hatta memnuniyetle karşılarlar, çünkü bundan onlar kârlı çıkar; masalardaki sekiz krupiye ise bahisleri büyük bir dikkatle izler, hesapları yapan ve anlaşmazlıkları çözümleyen onlardır. Olağanüstü hâllerde polis çağırılır ve olay hemen kapanır. Salonda kalabalık arasında dolaşıp etrafı izleyen sivil polisler vardır, hiç kimse onları ayırt edemez. Özellikle hırsızlarla, rulette pek sık rastlanan profesyonel dolandırıcıları izlerler. Gerçekten başka yerlerde ceplerden, kilit altındaki kutulardan çalmak gerekir, başarısızlık hâlindeyse belalı sonuçları olur. Buradaysa rulete yanaşıp oynamaya başlamak yeter; bir anda herkesin gözü önünde başkasının kazancına el koymak çok kolaydır; bir tartışma çıkarsa dolandırıcı sesini yükselterek bahsin kendine ait olduğunda ısrar eder. Eğer iş ustalıkla halledildiyse, şahitler de bocalıyorsa hırsız genellikle parayı kapmayı becerir, elbette miktar çok büyük değilse. Miktar yüksekse krupiyelerin veya başka bir kumarbazın gözünden kaçmaz pek. Fakat öyle önemli bir miktar değilse, bazen paranın gerçek sahibi bile bir rezaletten çekinerek tartışmayı sürdürmekten vazgeçer. Hırsız enselenirse, rezalete aldırmadan kapı dışarı ederler.

Büyükanne bütün bunları uzaktan, büyük bir merakla seyretti. Bir hırsız yakalanıp kovulduğunda pek memnun oluyordu. Trente et quarante pek ilgisini çekmedi; rulete, özellikle de topun dönüşüneyse bayılmıştı. Nihayet oyunu daha yakından görmek istedi. Nasıl oldu bilmiyorum, ama garsonlarla birkaç işgüzar (özellikle de şanslı kumarbazlara ve genellikle tüm yabancılara yapışan, tüm paralarını kaybetmiş Polonyalılardır hep) masanın ortasında, birinci krupiyenin yanında çabucak ona bir yer açtılar ve kalabalığa rağmen koltuğunu oraya ittirdiler. Oynamayıp kenardan izleyen bir ziyaretçi topluluğu da (özellikle aileleriyle gelmiş İngilizler) kumarbazların arkasından büyükanneyi seyretmek için masaya yaklaştı. Krupiyeler umutlanmıştı: Bu kadar tuhaf bir kumarbaz, gerçekten olağandışı bir şeyler vaat eder gibiydi. Yetmiş beş yaşında, bacakları tutmayan bir kadın kumar oynamak istiyordu; elbette sıradan bir durum değildi. Ben de büyükannenin yanına sıkışmıştım. Potapıç'la Marfa bir kenarda, kalabalığın içinde kaldılar. General, Polina, Des Grieux, Matmazel Blanche da seyirciler arasındaydı.

Büyükanne önce kumarbazları izledi. Fısıldayarak bana kısa sorular soruyordu: Şu adam kim? Bu kadın kim? Masanın ucunda çok büyük miktarlarla oynayan, ortaya binlerce frank koyan çok genç bir adamdan pek hoşlandı; çevredeki fısıltılardan anlaşıldığına göre genç adam yaklaşık kırk bin frank kazanmıştı, önü altın ve banknotla doluydu. Yüzü bembeyazdı; gözleri parlıyor, elleri titriyordu; avucunun aldığı kadar parayı hiç hesaplamadan ortaya koyuyor, sürekli kazanıyor, paraları önüne çekip duruyordu. Garsonlar çevresinde koşuşuyor, ona bir sandalye veriyor, kimse onu sıkıştırmasın diye yer açıyorlardı... bütün bunların sebebi yüklü bir bahşiş umuduydu elbette. Kazanan bazı kumarbazlar keyifleri yerinde olduğu için ceplerinden avuç avuç çıkardıkları paraları hiç hesaplamadan onlara verir. Genç adamın yanına çoktan bir Polonyalı yerleşmiş, saygıyla ama hiç susmadan bir şeyler fısıldıyordu; herhâlde yol gösteriyor, tavsiyeler veriyor, oyununu yönetiyordu. Elbette onun derdi de bahşiş koparmaktı. Fakat kumarbaz neredeyse ona dönüp bakmadan oynuyor, oynuyor ve sürekli kazanıyordu. Kendini kaybetmiş gibiydi.

Büyükanne birkaç dakika onu inceledi. Sonra birden telaşa kapıldı ve beni dürterek:

— Söyle ona bıraksın, –dedi, söyle bıraksın ve parasını toplayıp gitsin buradan. Yoksa kaybedecek, birazdan kaybedecek! –heyecandan soluğu kesilir gibiydi.– Potapıç nerede? Ona Potapıç'ı yolla! Söylesene şuna, söylesene, –beni dürtüp duruyordu,– Potapıç nerede? Sortez! Sortez![3] –diye genç adama bağırmaya başladı.

Ona doğru eğilip kararlı bir tonla burada bağırılamayacağını, hatta biraz yüksek sesle bile konuşulamayacağını söyledim, çünkü hesap yapılmasına engel oluyordu ve bizi kovarlardı.

— Ne fena! Mahvoldu adamcağız, ama kendi kaşınıyor... Aman bakamıyorum bile ona, fena oluyorum. Ne ahmak ama!

Büyükanne hemen başka yana çevirmişti başını. Masanın sol tarafında yanında bir cüceyle genç bir kadın vardı kumarbazlar arasında. Cücenin kim olduğunu bilmiyorum; kadının bir akrabası mıydı, yoksa ilgi çekmek için mi yanında getirmişti hiç bilgim yok. Bu kadını daha önce de fark etmiştim; her gün öğlen birde geliyor, saat tam ikide gidiyordu; her gün sadece bir saat oynuyordu. Kumarhanede onu tanıyorlar, hemen bir koltuk getiriyorlardı. Kadın cebinden birkaç altınla birkaç bin franklık banknot çıkarıyor, sakince ve gayet soğukkanlı bir tavırla, bir kâğıda birtakım sayılar yazıp, ihtimalleri, sistemini bulmaya çalışarak oynamaya başlıyordu. Büyük oynuyordu. Her gün bin, iki bin, en çok üç bin frank kazanıyordu, daha fazla değil... kazanır kazanmaz da hemen masadan kalkıyordu. Büyükanne uzun süre onu inceledi.

— Bak bu kaybetmez işte! Bu kaybetmez! Kim olduğunu biliyor musun? Nasıl biri?

— Şu malum Fransızlardan biri herhâlde, –diye fısıldadım.

---

3 Çıkın! Çıkın! (Fr.)

— Ya, belli zaten hâlinden. Tırnakları da pek sivri anlaşılan. Neyse şimdi bana şu turları ve nasıl para koyulacağını anlat.

Büyükanneye onlarca bahis kombinasyonunu, rouge et noir, pair et impair, manque et passe[4] gibi terimleri, son olarak da sayı sisteminin bazı ayrıntılarını dilim döndüğünce anlatmaya çalıştım. Büyükanne dikkatle dinliyor, ezberliyor, tekrar soruyor, öğreniyordu. Her bahis şekli için hemen örnek gösterilebildiğinden pek çok şeyi öğrenip akılda tutmak kolay oluyordu. Büyükanne pek memnun olmuştu.

— Peki zéro[5] ne oluyor? Şu en baştaki, kıvırcık saçlı krupiye zéro diye bağırdı, sonra masadaki her şeyi neden topladı? Hepsini o mu kazandı? Ne demek oluyor bu?

— Zéro kasanın büyükanne. Top zéro'ya düşerse masadaki her şey kasanın olur. Sonra bir telafi turu daha yapılır ama kasa hiçbir şey ödemez.

— İşe bak sen! Ben bir şey alamıyor muyum yani?

— Hayır büyükanne, ancak önceden zéro'ya koyup kazanırsanız otuz beş katını verirler.

— Demek otuz beş katını, peki sık mı gelir? Neden bu aptallar zéro'ya oynamıyor?

— Çünkü otuz altıda bir şansları var büyükanne.

— Ne saçma! Potapıç! Potapıç! Dur bakayım, yanımda para olacaktı... hah! (Cebinden şişkin bir kese çıkarıp bir frederik aldı.) Al bunu hemen zéro'ya koy.

— Büyükanne, zéro demin geldi, –dedim,– uzun süre gelmez artık. Riski çok fazla, biraz bekleyin.

— Zırvalama da koy şunu!

— Bağışlayın ama bin kez de koysanız akşama kadar gelmeyebilir, böyle şeyler olur.

— Saçma, saçma! Kurttan korkan ormana girmez. Ne oldu? Kaybettin mi? Yine koy!

---

4 Kırmızı ve siyah, çift ve tek, düşük ve yüksek. (Fr.)

5 Sıfır. (Fr.)

İkinci frederiki de kaybettik, bir üçüncüsünü koyduk. Büyükanne yerinde zor duruyordu; kıvılcımlar saçan gözleriyle dönen çemberin çentiklerinde zıplayan topu izliyordu. Üçüncü frederiki de kaybetmiştik. Büyükanne kendini kaybetmişti sanki; kıpırdanıp duruyor, hatta krupiye beklediği zéro yerine "trente six" deyince yumruğunu masaya indirdi.

— Eh be! –dedi öfkeyle,– Şu lanet zéro ne zaman gelecek? Zéro gelene kadar yerimden kalkmayacağım işte! Hep şu melun kıvırcık krupiye yüzünden, onun yüzünden zéro gelmiyor! Aleksey İvanoviç iki altın koy bu kez! Öyle az koyuyorsun ki, zéro gelse hiçbir şey alamayacağız.

— Büyükanne!

— Koy, koy! Senin paran değil ya.

İki frederik koydum. Top çemberde uzun uzun döndü ve nihayet çentiklerde zıplamaya başladı. Büyükanne taş kesilmiş elimi sıkıyordu ve birden top durdu!

— Zéro, –dedi krupiye.

Büyükanne sevinçten parlayan gözleriyle hızla bana doğru dönerek:

— Bak, bak! –dedi.– Ben sana söylemiştim, söylemiştim! Tanrı sayesinde iki altın koymak içime doğdu. Ee, ne kadar alacağım? Niye ödemiyorlar? Potapıç, Marfa, nerede bunlar? Bizimkiler nereye gitti? Potapıç, Potapıç!

— Sonra büyükanne, –diye fısıldadım. Potapıç kapıda, buraya girmesine izin vermezler. Bakın paranızı ödüyorlar, alın!

Büyükanneye mühürlü, mavi bir kâğıda sarılmış elli frederiklik ağır bir paket uzattılar ve tek tek de yirmi frederik saydılar. Ben de bir para küreğiyle hepsini büyükannenin önüne çektim.

Krupiye topu fırlatmaya hazırlanarak bağırdı:

— Faites le jeu messieurs! Faites le jeu messieurs! Rien ne va plus?[6]

6 Bahisleri koyun baylar! Bahisleri koyun baylar! Başka koyan yok mu? (Fr.)

— Tanrım! Geciktik! –dedi büyükanne telaşla.– Şimdi başlayacak! Koy, koy! Beklemesene çabuk! –kendini kaybetmiş gibi olanca gücüyle beni dürtüp duruyordu yine.

— İyi de nereye koyayım büyükanne?

— Zéro'ya! Zéro'ya! Yine zéro'ya! Olabildiğince çok koy! Kaç paramız var? Yetmiş frederik mi? Acıma yirmi tane koy!

— Kendinize gelin büyükanne! Bazen iki yüz kere döner çember, yine de gelmez! Bakın bütün paranızı burada bırakacaksınız.

— Saçma, saçma! Koy! Amma gevezeymişsin! Ne yaptığımı biliyorum ben!

Büyükanne öfkeden titremeye başlamıştı.

— Kurallara göre zéro'ya bir kerede on iki frederikten fazla koymak yasak büyükanne, ben de o kadar koyuyorum.

— Ne demek yasak? Yalan mı söylüyorsun sen? –Solunda oturan ve topu fırlatmaya hazırlanan krupiyeyi dürttü:– Mösyö! Mösyö! Combien Zéro? Douze? Douze?[7]

Soruyu Fransızca olarak aktardım çabucak.

— Oui madame, –dedi krupiye saygıyla ve bilgi olarak ekledi:– Kurallara göre her bahis en fazla dört bin florin olabilir.

— İyi, ne yapalım, on iki koy.

— Le jeu est fait![8] –dedi krupiye. Çember döndü ve on üç çıktı. Kaybetmiştik!

— Daha! Daha koy! Koy! –diye bağırdı büyükanne. Bu kez hiç itiraz etmedim, omuz silkerek on iki frederik koydum. Çember uzun süre döndü. Büyükanne çemberi izlerken basbayağı titriyordu. Hayretle ona bakıyor, "Yine zéro çıkacağına cidden inanıyor mu?" diye düşünüyordum. Yüzünde kazanacağına dair kesin bir ifadeyle "Zéro!" sesini bekliyordu. Top nihayet bir çentiğe zıpladı.

---

7 Zéro kaç tane? On iki? On iki? (Fr.)

8 Oyun başladı! (Fr.)

— Zéro! –diye bağırdı krupiye.

Büyükanne bana dönerek vahşi bir zafer çığlığı attı:

— İşte!!!

Ben de bir kumarbazdım; bunu o anda kesin olarak hissettim. Ellerim, bacaklarım titriyor, beynim zonkluyordu. Elbette ki on oyunda üç kez zéro gelmesine sık rastlanmazdı, ama bunda şaşılacak bir şey de yoktu. Geçen gün üç kez *üst üste* zéro geldiğine bizzat şahit olmuştum ve bu esnada çıkan sayıları büyük bir ciddiyetle kaydeden kumarbazlardan biri zéro'nun günde bir kere geldiğini söylemişti yüksek sesle.

Büyükanneye parasını en büyük ikramiyeyi kazanmış gibi büyük bir dikkat ve saygıyla takdim ettiler. Tam olarak dört yüz yirmi frederik, yani dört bin florin ve yirmi frederik kazanmıştı. Yirmi frederiki altın, dört bin florini de banknot olarak ödediler.

Büyükanne bu kez Potapıç'a seslenmedi; kafası başka bir şeyle meşguldü. Kıpırdanıp durmuyor, titremiyordu artık. Deyim yerindeyse içten içe titriyordu. İyice odaklanmıştı; nihayet baklayı çıkardı:

— Aleksey İvanoviç, bir kerede en çok dört bin florin konabileceğini söylemişti şu herif değil mi? Al şu dört bini kırmızıya koy!

Onu vazgeçirmeye çalışmak faydasızdı. Çember dönmeye başladı.

— Rouge! diye bağırdı krupiye. Dört bin florin daha kazanmıştı, yani sekiz bin florini olmuştu.

— Dört bini bana ver, dört bini yine kırmızıya koy! –diye emretti büyükanne. Dört bin florin daha koydum.

— Rouge! –dedi yine krupiye.

— Toplam on iki! Hepsini ver. Altınları keseme koy, banknotları al. Bu kadar yeter! Gidelim! Koltuğumu itin!

XI. Bölüm

Koltuğu salonun diğer ucundaki kapıya doğru sürdüler. Büyükanne pek mutluydu. Bizimkiler kutlamak için hemen yanına koşmuştu. Büyükannenin hareketleri ne kadar tuhaf olsa da zaferi pek çok şeyin üzerini örtüyordu, general de böyle tuhaf bir kadınla olan akrabalığının onu toplum içerisinde kötü duruma düşürmesinden artık korkmuyordu. Nazik, samimi, neşeli bir gülümsemeyle, bir çocuğu teskin eder gibi büyükanneyi kutladı. Diğer seyirciler gibi o da etkilenmiş görünüyordu. Herkes hep bir ağızdan konuşuyor, büyükanneyi gösteriyordu birbirine. Pek çok insan onu daha yakından görebilmek için yanımızdan geçiyordu. Bay Astley bir kenarda tanıdığı iki İngiliz'e ondan bahsediyordu. Ziyaretçilerden soylu birkaç kadın bir mucize görmüş gibi heybetli bir şaşkınlıkla ona bakıyordu. Des Grieux gülücükler saçarak kutlayıp duruyordu.

— Quelle victorie![1] –dedi.

— Mais, madame, c'était du feu![2] –diye ekledi Matmazel Blanche cilveli bir gülümsemeyle.

— Ya işte, on iki bin florin kazandım bir anda! Ne on ikisi, bir de altınlar var! Altınlarla birlikte neredeyse on üç bin. Bizim parayla ne kadar ediyor? Altı bin falan herhâlde değil mi?

---

1 Ne zafer ama! (Fr.)

2 Ama hanımefendi, hem de pek parlak! (Fr.)

Yedi binden biraz fazla ettiğini, hatta şimdiki kurla sekiz bin bile olabileceğini söyledim.

— Sekiz bin demek! Siz kafasızlarsa hiçbir şey yapmadan öylece oturuyorsunuz burada! Potapıç, Marfa, gördünüz mü?

— Ah hanımım, bunu nasıl yaptınız; tam sekiz bin ruble! –diye haykırdı Marfa dalkavukça.

— Nah alın şunları, her birinize beşer altın, al!

Potapıç'la Marfa ellerini öpmek için atıldılar.

— Hamallara da birer frederik ver. Birer frederik ver onlara Aleksey İvanoviç. Bu uşak niye eğilip duruyor, bak öbürü de? Kutluyorlar mı? Onlara da birer frederik ver.

Koltuğun hemen yanında redingotu paçavraya dönmüş, kareli yelek giymiş, bıyıklı bir adam kasketi elinde, dalkavukça gülümseyerek dileniyordu:

— Madame la princesse... un pauvre expatrié... malheur continuel... les princes russes sont si généreux,[3]

— Şuna da bir frederik ver. Yok, iki tane ver; eh haydi, yeter bu kadar, yoksa sonu gelmez. Götürün beni! Praskovya, –dedi Polina Aleksandrovna'ya dönerek,– yarın sana bir elbise alacağım, şu Matmazel, neydi adı... Matmazel Blanche değil mi; ona da elbise alacağım. Çevir bunu Praskovya!

— Teşekkür ederim hanımefendi, –dedi Matmazel Blanche tatlı bir reveransla, sonra Des Grieux ve generale dönüp alaycı bir gülümsemeyle dudak büktü. Generalin biraz neşesi kaçmıştı, bulvara vardığımıza pek sevindi.

— Fedosya, Fedosya da şaşkına dönecek şimdi, –dedi büyükanne birden generalin çocuklarının dadısını hatırlayarak.– Ona da bir elbise hediye etmeli. Hey Aleksey İvanoviç, Aleksey İvanoviç, şu dilenciye bir şey ver!

Perişan kılıklı, sırtı kambur bir adam bize bakarak yanımızdan geçiyordu.

---

3 Prenses hanımefendi... zavallı bir sürgün... sürekli bir talihsizlik içinde... Rus prensesleri çok cömerttir... (Fr.)

— İyi ama dilenci değil, hilebazın biri de olabilir büyükanne.

— Ver! Ver! Bir gulden ver ona!

Adama yaklaşıp parayı uzattım. Tuhaf tuhaf bana baktı ama, ses etmeden parayı aldı. İçki kokuyordu.

— Ya sen Aleksey İvanoviç, şansını denemedin mi daha?

— Hayır büyükanne.

— Gözlerin alev alevdi, gördüm.

— Mutlaka denerim şansımı büyükanne, ama daha sonra.

— Doğruca zéro'ya koy! Bak görürsün! Ne kadar paran var?

— Hepi topu yirmi frederik büyükanne.

— Azmış. İstersen sana elli frederik borç vereyim. Al bakayım şu paketi, –birden generale döndü:– Sen bir şey bekleme oğlum, sana vermeyeceğim!

Generalin keyfi kaçtı ama ses etmedi. Des Grieux de somurttu.

— Que diable, c'est une terrible vieille![4] –diye fısıldadı generale dişlerinin arasından.

— Dilenci, dilenci, bir dilenci daha! –diye haykırdı büyükanne. Aleksey İvanoviç ona da bir gulden ver.

Bu kez de kır saçlı, tahta bacaklı, mavi, uzun kuyruklu bir tür redingot giymiş, elinde kocaman bir sopayla ihtiyar bir adam bize doğru geliyordu. Yaşlı bir askere benziyordu. Ona bir guldeni uzatınca geriye doğru çekildi, korkunç bir ifadeyle yüzüme baktı:

— Was ist's der Teufel![5] –diye bağırdı peşine bir dizi sövgü de ekleyerek.

— Aptal! –diye bağırdı büyükanne elini sallayarak.– İtin beni! Çok acıktım! Yemek yiyeceğim, biraz dinleneceğim ve hemen buraya döneceğim.

---

4 Şeytan alsın, korkunç bir kocakarı bu! (Fr.)

5 Bu da nesi, şeytan alsın! (Alm.) Almanca cümle özgün metinde bu şekilde yazılmıştır.

— Yine mi oynamak istiyorsunuz büyükanne? –diye bağırdım.

— Ne sanmıştın? Siz burada oturup surat edeceksiniz, ben de sizi mi seyredeceğim?

— Mais madame, –dedi Des Grieux yaklaşarak,– les chances peuvent tourner, une seule mauvaise chance et vous perdrez tout... surtout avec votre jeu... c'était terrible![6]

— Vous perdrez absolument,[7] –dedi Matmazel Blanche çabucak.

— İyi de size ne? Sizin paranızı kaybetmeyeceğim ya, para benim param! Ya Bay Astley nerede? –diye sordu bana.

— Salonda kaldı büyükanne.

— Tüh; bak o iyi bir adam.

Otele döndüğümüzde büyükanne merdivende karşılaştığı müdürü çağırıp zaferiyle böbürlendi; sonra Fedosya'yı çağırtıp ona üç frederik verdi ve yemeğini emretti. O yemeğini yerken Fedosya'yla Marfa karşısında neşeyle konuşup durdular.

— Sizi izliyor ve Potapıç'a hanımımız ne yapmak istiyor diye sorup duruyordum hanımım, –diye hızlı hızlı konuşuyordu Marfa.– Masanın üzerinde öyle çok, öyle çok para vardı ki yüce Tanrım! Ömrümde o kadar para görmedim; her yerde beyler, sadece beyefendiler! Bütün bu beyefendiler nereden gelmiş Potapıç diye sordum. Aziz Meryem ona yardım et diye dualar ettim. Hep sizin için dua ettim hanımım, kalbim duruverecekti neredeyse, tir tir titriyordum. Tanrım, ona yardım et diyordum, işte Tanrı size yardım etti. Hâlâ titriyorum hanımım, bakın nasıl titriyorum.

— Aleksey İvanoviç yemekten sonra, saat dörde doğru hazır ol, yine gidelim. Haydi şimdilik hoşça kal, bana bir doktor bulmayı da unutma; şu şifalı sulardan da içelim. Sakın unutma!

---

6 Ama hanımefendi, şans dönebilir, bir kez döndü mü de kaybederseniz... özellikle de sizin oyununuzla... korkunçtu! (Fr.)

7 Kesinlikle kaybedersiniz. (Fr.)

Sarhoş gibi ayrıldım büyükanneden. Şimdi bizimkilere ne olacağını, işlerin nasıl bir yön alacağını kestirmeye çalışıyordum. Bizimkilerin (özellikle de generalin) daha ilk etkiden bile kurtulamadıklarını açıkça görüyordum. Her an bekledikleri ölüm telgrafının (yani miras haberinin) yerine büyükannenin gelmesi bütün planlarına ve aldıkları kararlara öyle bir darbe indirmiş, öyle şaşkına çevirmişti ki, büyükannenin kazandığı ve kazanacağı rulet zaferlerine karşı tam bir katalepsiye tutulmuş gibiydiler. Yalnız bu ikincisi birincisinden daha önemli olabilirdi, çünkü büyükanne generale para vermeyeceğini iki kez tekrarlamış olsa bile tamamen umudu kesmemeliydiler belki de. Mesela generalin tüm işlerine karışan Des Grieux umudu kesmemişti. Yine generalin işlerine karışmaktan geri durmayan (işin ucunda general eşi olmak ve yüklü bir miras vardı!) Matmazel Blanche'ın da umudunu kaybetmeyip, yaltaklanma nedir bilmeyen kibirli ve inatçı Polina'nın aksine, büyükanneye tüm cazibesini kullanacağından emindim. Fakat şimdi, büyükanne rulette böyle zaferler kazanmış ve karakteri (inatçı, hırslı ve tombée en enfance bir kocakarı) gözlerinin önüne bu kadar açık serilmişken her şey mahvolmuştu muhtemelen: Ne olsa gözünü hırs bürümüş bir çocuk kadar neşeliydi şu esnada ve âdet olduğu üzere tüyleri tamamen yolunacaktı. Çünkü her şeyle bütün bağlarını koparmış bir kolej öğrencisi gibi mutluydu ve kumarda kaçınılmaz olarak kaybedecekti. Tanrım! –diye düşünüyordum (Tanrı beni bağışlasın, çünkü çirkin bir keyif alıyordum bundan!),– demin büyükannenin koyduğu her frederik generalin içine oturuyor, Des Grieux'yü ve kaşığın ağzından kaçırıldığını gören Matmazel de Cominges'i deli ediyordu! Dahası da var: Kazanan büyükanne gelip geçen herkesi dilenci sanıp o sevinçle para dağıtırken bile generale "Sana vermeyeceğim!" dedi. Yani bunda kararlıydı, kendi kendine söz vermişti... Bu kadarı da tehlikeli! Tehlikeli!

Büyükannenin dairesinden ayrılıp görkemli merdivenlerden en üst kattaki odama çıkarken bunları düşünüyordum. Bütün bunlar çok ilgimi çekiyordu; gözümün önünde cereyan eden oyunun aktörlerini birbirlerine bağlayan en sağlam, en temel bağları önceden kestirebilsem de, oyunun tüm kurallarını ve gizli nedenlerini bilmiyordum. Polina bana asla tamamen güvenmemişti. Bazen pek isteksizce kalbini açtığı oluyordu, ama bu açılmaların ardından çoğu zaman, hatta hemen her zaman işi alaya vuruyor veya her şeye uydurma izlenimi vermek niyetiyle lafı dolaştırıyordu. Ah! Benden ne çok şey saklıyordu! Her hâlükârda bütün bu gizemli ve gergin durumun son perdesinin yaklaştığını seziyordum. Bir darbe daha inse her şey açığa çıkacak, sona erecekti. Benim kaderime gelince, o da bütün bunlara bağlıydı biliyorum ama, hemen hemen hiç dert etmiyordum. Tuhaf bir hâldeydim doğrusu: Cebimde hepi topu yirmi frederik vardı; vatanımdan uzakta, yersiz yurtsuz, yaşamımı sürdürecek imkânlardan yoksun, umutsuzdum ve bir planım da yoktu ve... bunlar yüzünden hiç tasalanmıyordum! Polina olmasa kendimi yaklaşan sonun komikliğine olduğum gibi bırakır, gırtlağımı paralarcasına kahkahalar atarak gülerdim. Fakat Polina kafamı kurcalıyor; kaderinin belirleneceğini de seziyorum, fakat itiraf edeyim ki beni huzursuz eden kaderi değil. Onun bütün sırlarını öğrenmek istiyorum; bana, “Seni seviyorum,” demesini isterdim, eğer bu çılgın umut gerçekleşmeyecekse... isteyecek başka neyim var? Ne istediğimi biliyor muyum? Kendimi kaybetmiş gibiyim; tek istediğim sonsuza dek, daima, bütün ömrümce onun yanında olmak, onun ışığıyla, onun halesiyle aydınlanmak. Ondan ötesini bilmiyorum! Ondan kaçabilir miyim hiç?

Üçüncü katta, onların koridorunda aniden bir şey dürttü sanki. Arkama baktım ve yaklaşık yirmi adım ötemde koridora çıkan Polina'yı gördüm. Sanki beni bekliyor, gelişimi kolluyordu; hemen işaret edip yanına çağırdı.

— Polina Aleksandrovna...

— Şiişt!

— Daha demin, –diye fısıldadım,– bir şey dürtmüş gibi hissettim; dönüp bir baktım: Sizdiniz! Sizden elektrik akımı gibi bir şey yayıldı sanki!

— Alın şu mektubu, –dedi kaygılı bir sesle; suratı asıktı, galiba söylediklerimi bile duymamıştı,– ve bizzat Bay Astley'e verin. Acele edin lütfen. Cevap beklemenize gerek yok. O...

Sözünü tamamlamadı.

— Bay Astley'e mi? –diye sordum hayretle, ama Polina çoktan kapıyı kapamıştı.

"Demek mektuplaşıyorlar!" –dedim içimden ve hemen Bay Astley'i bulmaya koştum; önce oteline uğradım ama bulamadım, sonra kumarhaneye gidip bütün salonları dolaştım, orada da yoktu. Nihayet can sıkıntısı ve neredeyse üzüntüyle otele dönerken, atla gezmeye çıkmış, kadınlı erkekli bir İngiliz grubunun arasında tesadüfen onu gördüm. El sallayıp durdurdum ve mektubu verdim. Birbirimize bakmaya bile vakit bulamadık. Fakat Bay Astley'in kasten atını hızlandırdığından şüpheleniyorum.

Kıskançlık mıydı canımı yakan? Darmadağın olmuştum sanki. Birbirlerine neler yazdıklarını öğrenmek bile istemiyordum. Demek en çok ona güveniyordu! "Demek ki dostlar, –diye düşündüm,– orası açık (acaba ne zamandan beri?), peki aşk da var mıydı aralarında?" "Yok elbette," diye fısıldadı mantığım. Fakat böyle durumlarda mantığın pek hükmü olmaz. Her hâlükârda bu işi aydınlatmam gerekiyordu. Durum fena hâlde karışmıştı.

Otele adımımı atar atmaz karşılamaya gelen kapıcıyla, odasından dışarı fırlayan müdür, beni generalin dairesinden aradıklarını, üç kez nerede olduğumu sorduklarını ve gelir gelmez oraya beklendiğimi söylediler. Kendimi çok kötü hissediyordum. Generali çalışma odasında Des Grieux ve

Matmazel Blanche'la birlikte buldum; Matmazel Blanche yalnızdı, annesi yanında değildi. Bu anne kesin sahteydi, sadece gösterişe yaradığına eminim; gerçek bir *iş* söz konusuysa Matmazel Blanche yalnız oluyordu. Hatta kadıncağızın sözde kızının neler çevirdiğine dair hiçbir bilgisi olmadığını sanıyorum.

Üçü hararetli bir tartışmanın ortasındaydı, kapı bile kilitliydi ki bu hiç olağan değildi. Kapıya yaklaşınca bağrışmalar duydum: Des Grieux'nün küstah ve iğneleyici sesini, Matmazel Blanche'ın saygısız, kaba ve öfkeli çığlıklarını ve af dilediği anlaşılan generalin sesini. Ben girince toparlanıp düzgün davranmaya başladılar. Des Grieux saçını düzeltti ve asık suratına ölesiye nefret ettiğim o iğrenç, nazik, resmi Fransız gülümsemesi yayıldı. Şaşkın, yorgun görünen general hemen mağrur bir poz takındı, ama tamamen mekanik bir şekilde. Matmazel Blanche'ın öfkeden parlayan yüzünün ifadesiyse neredeyse hiç değişmedi, sadece sabırsız bir bekleyişle gözlerini bana dikti. Bu arada o zamana dek bana karşı son derece kayıtsız davrandığını, selamımı bile almadığını belirtmeliyim.

— Aleksey İvanoviç, –diye başladı general tatlı tatlı azarlar gibi,– müsaadenizle belirtmek zorundayım ki tuhaf, hem de çok tuhaf... yani bana ve aileme karşı davranışlarınız tek kelimeyle çok tuhaf... yani tek kelimeyle tuhaf...

— Eh! ce n'est pa ça, –diyerek küçümser bir tavırla sözünü kesti Des Grieux (her şeye karışıyor gerçekten!)– Mon cher monsieur, notre cher général se trompe,[8] aslında (sonrasını Rusça yazacağım) böyle bir tavır takınmakla demek istediği... yani sizi uyarmak, daha doğrusu onu mahvetmemenizi rica ediyor... evet efendim mahvetmemenizi! Özellikle bu kelimeyi kullanıyorum...

— Fakat nasıl, nasıl? –diye sözünü kestim.

---

8 Ah! öyle değil. Sayın bayım, sevgili generalimiz yanılıyor. (Fr.)

— Hani şu kocakarının rehberliğini (başka bir şey mi denir yoksa?) üstlendiniz ya, cette pauvre terrible vieille,[9] –Des Grieux bir an ne diyeceğini şaşırdı,– ama kaybedecek; bir güzel yolacaklar onu! Nasıl oynadığına bizzat şahit oldunuz! Kaybetmeye başlarsa, inadı, öfkesi yüzünden masadan asla kalkmaz, her şeyini ortaya sürer, fakat bu koşullarda telafisi mümkün olmaz ve işte o zaman... o zaman...

— O zaman da, –diye devam etti general,– bütün aileyi mahvedersiniz! Ben ve ailem varisleriyiz, bizden daha yakın akrabası yok. Size açık açık söyleyeyim: İşlerim karışık, son derece karışık. Bunları kısmen biliyorsunuz... Büyük miktarlarda para kaybederse, hatta her şeyi kaybederse (aman Tanrım!) çocuklarımın hâli nice olur? Ya (general, Des Grieux'ye şöyle bir baktı) ben ne olurum! (küçümseyerek başını çeviren Matmazel Blanche'a baktı bu kez) Aleksey İvanoviç kurtarın, kurtarın bizi!

— İyi de nasıl general, bunu nasıl yapacağımı söyleyin... Ben neyim ki onun için?

— Reddedin, reddedin, ayrılın yanından!..

— Başkasını bulur ama! –diye haykırdım.

Des Grieux tekrar lafa karıştı:

— Ce n'est pa ça, ce n'est pa ça, que diable! Hayır, ayrılmayın, ama en azından onu ayıplayın, kandırın, engellemeye çalışın... Yani fazla kaybetmesine izin vermeyin, bir şekilde engelleyin işte.

— Bunu nasıl yapabilirim ki? –dedim ve en saf hâlimle ekledim:– Bu işi siz halletseniz Mösyö Des Grieux?

Tam burada Matmazel Blanche'ın Des Grieux'ye ateşli, soru sorar gibi bir ifadeyle çabucak bir baktığını fark ettim. Des Grieux'nün yüzünde saklayamadığı, tuhaf, samimi bir ifade belirip kayboldu bir an.

— Artık beni istemez! – diye bağırdı Des Grieux elini sallayarak.– Hâlbuki!.. sonra...

---

9 ...şu zavallı, korkunç kocakarı... (Fr.)

Des Grieux, Matmazel Blanche'a manalı, kaçamak bir bakış attı.

— Mon cher monsieur Alexis, soyez si bon,[10] –dedi Matmazel Blanche ve çekici bir gülümsemeyle *kendiliğinden* bana doğru ilerleyip ellerimi tuttu ve hafifçe sıktı. Şeytan! Bu şeytani yüz bir anda değişebiliyordu. Yüzü tatlı, çocuksu, hatta muzip bir gülümsemeyle bir anda aydınlanıvermişti; cümlesinin sonunda diğerleri görmeden bana kurnazca göz kırptı; oracıkta iflahımı kesmek istemişti herhâlde. Aslında fena görünmüyordu, ama hem kaba, hem berbat bir tavırdı.

General ardından zıpladı... gerçekten zıpladı ama.

— Aleksey İvanoviç, başta söylediklerim için beni affedin, öyle demek istememiştim... Sizden rica ediyorum, yalvarıyorum, önünüzde Rus usulü eğiliyorum... bizi yalnız siz kurtarabilirsiniz! Ben ve Matmazel de Cominges size yalvarıyoruz... anlıyorsunuz, anlıyorsunuz değil mi? –bana göz ucuyla Matmazel Blanche'ı göstererek yalvarıyordu; acınacak hâldeydi.

Tam o sırada kapıya saygılı bir biçimde hafifçe üç kez vuruldu; sonra kapı açıldı ve kat görevlisiyle birkaç adım gerisinde Potapıç girdi. Büyükanne göndermişti onları. Beni bulup hemen getirmelerini istemişti; "Kızar yoksa," –diye açıklama da yaptı Potapıç.

— Fakat saat üç buçuk henüz!

— Uyuyamadılar, yatakta dönüp durdular, sonra birdenbire kalkıp koltuğunu ve sizi bulmamızı istedi. Hanımefendi çoktan merdivendedir herhâlde efendim.

— Quelle mégère![11] –diye haykırdı Des Grieux.

Büyükanneyi beni bulamadığı için çileden çıkmış vaziyette verandada yakaladım ancak. Dörde kadar dayanamamıştı.

— Haydi götürün beni! –diye bağırdı ve yeniden rulet oynamaya yollandık.

---

10 Ah sevgili Mösyö Alexis, bir iyilik yapın. (Fr.)

11 Ne cadaloz! (Fr.)

XII. Bölüm

Büyükanne sabırsız ve öfkeliydi; ruleti kafasına taktığı anlaşılıyordu. Geri kalan hiçbir şey ilgisini çekmiyordu, son derece dalgındı. Mesela öncekinin aksine yol boyunca durmadan soru sormadı. Önümüzden fırtına gibi geçen şık bir arabayı görünce, parmağıyla lütfen işaret ederek "O neydi? Kimindi?" diye sordu, fakat cevabımı bile duymadı sanırım; dalgınlığı sürekli olarak sert, sabırsız jestlerle bölünüyordu. Kumarhaneye yaklaşırken ona uzaktan Baron Wurmerhelm ile baronesi gösterince hiç umursamadan dalgınca bakarak sadece, "Ya!" dedi ve biraz arkamızdan gelen Potapıç'la Marfa'ya dönüp onları azarladı:

— Siz niye takıldınız peşime? Her defasında sizi yanıma alacak değilim! Çabuk otele dönün! –Berikiler telaşla selam verip dönerken bana bakarak ekledi:– Sen bana yetersin.

Kumarhanede zaten büyükanneyi bekliyorlardı. Hemen krupiyenin yanındaki yerini boşalttılar. Daima gayet sakin ve kasanın kazanması veya kaybetmesi zerre kadar umurunda olmayacak sıradan görevlilermiş gibi görünen krupiyeler kasanın zararına hiç de kayıtsız değiller bence; elbette kumarbazları cezbetmek ve kumarhanenin mali çıkarlarını kollamak üzere bazı talimatlar almışlardır ve elbette bu sayede prim ve ikramiye alıyorlardır. En azından büyükanneyi bir kurban gibi görüyorlardı artık. Sonrası bizimkilerin tahminlerindeki gibi gelişti.

Yani şöyle oldu:

Büyükanne hemen zéro'ya on iki frederik birden koymamı emretti. Bir, iki, üç kez koyduk ama zéro gelmedi.

Büyükanne beni sabırsızlıkla dürterek "Koy! Koy!" deyip duruyordu. Ben de ona uydum. Nihayet sabırsızlıkla dişlerini gıcırdatarak:

— Kaç kez koyduk? –diye sordu.

— On iki oldu büyükanne. Yüz kırk dört frederik koyduk. Bakın bir daha söylüyorum büyükanne, ta akşama kadar belki...

— Sus! –diye sözümü kesti büyükanne.– Zéro'a koy, kırmızıya da hemen bin gulden koy. Al bakalım.

Kırmızı geldi ama zéro yine gelmedi; bin florini geri aldım.

— Bak gördün mü! –diye fısıldadı büyükanne. Neredeyse hepsini geri aldık. Yine zéro'ya koy, on kez daha oynar sonra bırakırız.

Ama daha beşinci oynayışımızda büyükanne iyice sıkılmıştı.

— Bırak şu iğrenç zéro'yu, şeytan alsın onu. Al kırmızıya dört bin florin koy! –diye emretti.

— Büyükanne! Çok olur, ya kırmızı çıkmazsa? –diye yalvardım, ama büyükanne neredeyse beni dövüyordu. (Gerçi dürtmesinin de yumruktan pek farkı yoktu.) Çaresiz daha önce kazandığı dört bin guldeni kırmızıya koydum. Çember dönmeye başladı. Büyükanne kazanacağından gayet emin, sakin, mağrur bir tavırla dimdik oturuyordu.

— Zéro! –dedi krupiye.

Büyükanne önce anlamadı, ama krupiyenin onun dört bin guldeni de dâhil olmak üzere masadaki tüm parayı para küreğiyle çektiğini görüp, yaklaşık iki yüz frederik yatırdığımız, ama uzun süredir gelmeyen zéro'nun tam da sövüp vazgeçtiği anda, sanki mahsus geldiğini anlayınca derinden bir ah çekti ve ellerini birbirine vurdu. Etraftan gülüşenler oldu.

— Tanrım! Şimdi geldi lanet olası! –diye bağırdı büyükanne.– Ne lanet olası, lanet olası! Sen! Hepsi senin yüzünden! –diyerek öfkeyle beni dürtmeye başladı.– Beni sen kandırdın.

— Büyükanne ben size olabilecekleri söyledim, neden talihsizliğin suçlusu olayım?

— Talih deme bana, –diye tısladı tehditkâr bir sesle,– defol git buradan.

— Hoşça kalın büyükanne, –dedim ve dönüp gidecek oldum.

— Aleksey İvanoviç, Aleksey İvanoviç dur! Nereye gidiyorsun? Nereye yahu? Bir de kızıyor! Aptal! Dur, biraz daha kal, hemen de kızma, ben aptallık ettim! Söyle bakalım şimdi ne yapacağız?

— Size akıl vermeyeceğim büyükanne, sonra beni suçluyorsunuz. İstediğiniz gibi oynayın; emredin yeter, ben para koyarım.

— İyi, iyi! Öyleyse kırmızıya yine dört bin gulden koy! İşte cüzdanım, –cebinden cüzdanını çıkarıp uzattı.– Al çabuk, içinde yirmi bin ruble var.

— Büyükanne, –diye fısıldadım,– bu kadar yüksek miktar...

— Zararımı telafi etmezsem ölürüm! Koy sen! –Koyduk ve kaybettik.– Koy, koy, sekiz bin koy!

— Mümkün değil büyükanne, en yüksek bahis dört bin!..

— İyi dört bin koy!

Bu kez kazandık. Büyükannenin keyfi yerine geldi bir an.

— Gördün mü, gördün mü! –diyerek beni dürttü.– Dört bin daha koy!

Koyduk ve kaybettik; yeniden koyduk ve yeniden kaybettik.

— Büyükanne on iki bin gitti, –dedim.

Büyükanne deyim yerindeyse bir tür dingin hiddetle:

— Hepsinin gittiğini görüyorum, –dedi, görüyorum oğlum, görüyorum. –Hiç kıpırdamadan, bir şey düşünür gibi önüne bakıyordu.– Eeh! Ölsem ne olur, dört bin gulden daha koy!

— İyi de para kalmadı büyükanne; cüzdanda sadece yüzde beş faizli bizim tahvillerle birkaç da senet var, ama para yok.

— Ya kesemde?

— Biraz bozuk var büyükanne.

— Sarraf var mı buralarda? –diye sordu büyükanne kararlı bir sesle.– Dediklerine göre bizim kâğıtların hepsi bozdurulabiliyormuş.

— Ah sürüsüne bereket! Fakat bozdurunca zararlı çıkarsınız... Öyle ki bir Yahudi bile dehşete kapılır!

— Saçma! Zararımı telafi edeceğim! Haydi götür bakalım beni. Şu mankafaları çağır!

Koltuğu ittim, hamallar koşup geldi; kumarhaneden ayrıldık.

— Çabuk, çabuk, çabuk! –deyip duruyordu büyükanne.– Yolu göster Aleksey İvanoviç, en yakındakine gidelim... daha var mı?

— İki adım sonra büyükanne.

Fakat parktan bulvara saparken bizimkilerle karşılaştık: General, Des Grieux, Matmazel Blanche ve annesi. Polina Aleksandrovna ile Bay Astley onlarla değildi.

— Eh, haydi! Durma! –diye bağırdı büyükanne.– Ne istiyorsunuz bakayım? Size ayıracak vaktim yok!

Ben arkadan yürüyordum, Des Grieux hemen yanıma sokuldu.

— Sabah kazandıklarının hepsini kaybetti, on iki bin gulden fazlasını da cebinden. –diye fısıldadım çabucak.– Yüzde beşlik tahvilleri bozdurmaya gidiyoruz.

Des Grieux ayağını yere vurup generale haber vermeye koştu. Bizse koltuğu itmeye devam ettik.

— Durdurun onu! Durdurun– diye öfkeyle fısıldadı general.

— Kendiniz deneyin isterseniz, –diye fısıltıyla cevap verdim ben de.

— Teyzeciğim, –dedi general yaklaşarak,– teyzeciğim şimdi... şimdi biz... –sesi titremeye başlamıştı,– at kiralayıp dağa gideceğiz... Olağanüstü bir manzara... zirve... biz de sizi davet etmeye geliyorduk.

— Yerin dibine batsın zirven! –dedi büyükanne öfkeyle elini sallayarak.

— Orada bir köy de var... çay da içeriz... –dedi general tam bir umutsuzlukla.

— Nous boirons du lait, sur l'herbe fraîche,[1] –diye ekledi Des Grieux kötücül bir sesle.

Du lait, de l'herbe fraîche... Parisli bir burjuvanın pastoral ideali bundan ibarettir işte; onun malum "nature et la vérité"[2] anlayışı budur.

— Senin sütün de yerin dibine batsın! Kendin iç, benim mideme dokunur. Neden ısrar ediyorsunuz?! –diye bağırdı büyükanne.– Olmaz diyorum işte!

— Geldik büyükanne! –diye haykırdım.– Burası!

Sarrafa kadar büyükanneyi ittik. Bozdurmaya ben gittim; büyükanne girişte beni bekledi; Des Grieux, general ve Matmazel Blanche ne yapacaklarını bilemeden bir köşede duruyordu. Büyükanne öfkeyle onlara bakınca, dönüp kumarhaneye doğru ilerlediler.

Tahviller için öyle düşük bir para teklif ettiler ki, dönüp büyükanneye sormam gerekti.

— Ah soyguncular! –diye bağırdı ellerini birbirine vurarak.– Neyse! Yapacak bir şey yok, bozdur! –diye emretti kararlı bir tavırla.– Dur, dur, sarrafı çağır buraya!

— Görevlilerden biri olmaz mı büyükanne?

---

1 Tazecik çimenlerin üzerinde süt içeriz. (Fr.)

2 Doğa ve gerçeklik. (Fr.)

— Fark etmez kim olursa olsun. Ah soyguncular!

Görevli yürüyemeyen, sakat, yaşlı bir kontes tarafından çağırıldığını duyunca dışarı çıkmayı kabul etti. Büyükanne uzun bir süre öfkeyle bağıra çağıra dolandırıcılığa kalkıştığı için adamı azarladı ve ardından Rusça, Fransızca ve Almancayı birbirine karıştırarak benim de yardımımla pazarlık etti. Görevli ciddi bir ifadeyle bize bakıyor, sessizce başını sallıyordu. Hatta büyükanneyi saygısızlık denebilecek bir merakla inceleyip durdu; nihayet gülümsemeye başladı.

— Peki çek git şuradan! –diye bağırdı büyükanne.– Paramda boğulursun umarım! Buna bozdur Aleksey İvanoviç, zamanımız yok, başka sarrafa gitmeyelim şimdi...

— Başkası daha az verir diyor.

Tahvilleri kaça bozdurduğumuzu şimdi hatırlamıyorum elbette, ama çok düşüktü. Altın ve banknot olarak on iki bin florin aldım, makbuzla beraber büyükanneye verdim.

— Tamam, tamam! Sayacak hâlim yok! –dedi elini sallayarak.– Çabuk, çabuk, çabuk! O melun zéro'ya da, kırmızıya da hayatta para koymam artık, –diye mırıldanıyordu kumarhaneye girerken.

Bu kez küçük oynamaya kandırmaya çalıştım onu elimden geldiğince; talihi döndüğünde nasılsa büyük oynayabilirdi. Fakat öyle sabırsızdı ki söylediklerime önce inansa da oynarken ona engel olamadım. On yirmi frederik kazanmaya başlayınca beni dürtmeye başladı:

— Bak! Bak işte! Kazandık! On değil dört bin koysaydık, ya şimdi? Hepsi senin suçun, hepsi!

Oyununu izledikçe sinirlenmeye başlamıştım; nihayet susup hiçbir tavsiye vermememeye karar verdim.

Birden Des Grieux beliriverdi yanı başımızda. Diğerleri etraftaydı; Matmazel Blanche'ın annesiyle birlikte bir köşede küçük prense komplimanlar yaptığını fark ettim. Generalin neredeyse tamamen gözden düştüğü açıktı. Matmazel Blanche etrafında dört dönen generale bakmak bile istemiyordu. Zavallı general! Bir bembeyaz kesiliyor, bir kızarıyor, bir titremeye başlıyordu, hatta büyükanneyi bile izlemiyordu. Nihayet Blanche'la küçük prens dışarı çıktı, general de peşlerinden koştu.

Des Grieux tatlı bir sesle büyükannenin kulağına fısıldadı:

— Madame, madame, öyle bahis olmaz... yok, yok, mümkün değil... olmaz! –Rusçası felaketti.

— Ya nasıl olur? Göster bakalım! –dedi büyükanne.

Des Grieux birden büyük bir hevesle ve Fransızca anlatmaya başladı; tavsiyeler veriyor, telaşlanıyor, talihin dönmesini beklemek gerektiğini söylüyor, birtakım hesaplar yapıyordu... Büyükanne hiçbir şey anlamıyordu. Des Grieux çevirmem için sürekli bana başvuruyor, parmağıyla gösteriyordu; en sonunda bir kalem alıp birtakım sayılar yazmaya başladı. Büyükannenin sabrı da tükenmişti ama.

— Eeh, git başımdan, defol! Hepsi saçmalık! "Madame, madame" diyorsun ama sen de bir şey anlamıyorsun, defol!

— Mais madame, –diye mırıldandı Des Grieux ve tekrar gösterip açıklamaya başladı.

— İyi, bir kez de onun dediğine oyna, –diye emretti büyükanne.– Belki işe yarar.

Des Grieux'nün tek istediği büyük oynamasına engel olmaktı: Tek sayılara ve sayı gruplarına oynamayı tavsiye etti. Ben de ona uyup ilk on iki içerisindeki tek sayılara birer frederik koydum, on iki on sekiz arasındaki sayı grubuna beş, on sekiz yirmi dört arası gruba da yine beş frederik koydum; yani toplam on altı frederik koyduk.

Tekerlek döndü, krupiye "Zéro!" diye bağırdı. Hepsini kaybetmiştik.

— Ahmak! –diye bağırıp Des Grieux'ye döndü büyükanne:– Seni alçak Fransız! Bir de tavsiye veriyor zebani! Defol, defol! Hiçbir şey bilmiyorsun, işimize karışma!

Çok bozulan Des Grieux omuz silkti, büyükanneye küçümseyerek baktı gitti. Onunla görülmekten utanmıştı, ama kendini tutamamıştı işte.

Tüm çırpınışlarımıza rağmen bir saat sonra bütün parayı kaybetmiştik.

— Otele dönüyoruz! –diye haykırdı büyükanne.

Bulvara kadar tek sözcük söylemedi. Bulvarda tam otele yaklaşırken bağırmaya başladı:

— Aptal! Aptal kadın! Seni ihtiyar aptal!

Dairesine vardığımızda da bağırdı:

— Çay verin bana! Sonra hemen toparlanın! Gidiyoruz!

— Nereye gideceğiz hanımım? –diye sordu Marfa.

— Sana ne? Haddini bil! Potapıç, bütün eşyaları topla. Moskova'ya dönüyoruz! On beş bin ruble kaybettim!

— On beş bin mi hanımım, ah Tanrım! –diye haykıran Potapıç, herhâlde hanımına yaranmak için üzülmüş gibi ellerini birbirine vurmaya başladı.

— Haydi oradan şapşal! Bir de ağlasaydın bari! Kes sesini! Toplan! Hesabımı da hazırlat çabuk!

— İlk tren dokuz buçukta büyükanne, –dedim öfkesi biraz yatışsın diye.

— Ya şimdi saat kaç?

— Yedi buçuk.

— Ne belaymış! Neyse fark etmez! Aleksey İvanoviç, bir kapiğim bile kalmadı. Al şu iki tahvili, bir koşu bozdur. Yoksa geri dönemeyeceğim.

Hemen koştum. Yarım saat sonra otele döndüğümde, bizimkilerin hepsini büyükannenin dairesinde buldum. Büyükannenin Moskova'ya dönmesi onları kaybettiklerinden çok daha fazla etkilemiş gibiydi. Gittiği için serveti kurtulacaktı diyelim, peki general ne olacaktı? Des Grieux'ye borçları kim ödeyecekti? Matmazel Blanche elbette büyükannenin ölmesini beklemeyecek ve herhâlde şu küçük prensle veya bir başkasıyla kaçacaktı. Orada öyle durmuş, büyükanneyi sakinleştirmeye, ikna etmeye çalışıyorlardı. Polina yine yoktu. Büyükanne öfkeyle bağırıyordu hepsine.

— Şeytan alsın hepinizi! Size ne oluyor? Bu keçi sakallının ne işi var benimle? –diye bağırdı Des Grieux'ye.– Ya sen ne istiyorsun yassı burun? –dedi Matmazel Blanche'a.– Ne kıvranıyorsun?

Matmazel Blanche gözleri öfkeden parlayarak:

— Diantre![3] –diye mırıldandı, ama birden bir kahkaha atarak çıktı.

Kapıdayken generale bağırdı:

— Elle vivra cent ans![4]

— Demek ölümümü hesaplıyorsun ha? –diye bağırdı büyükanne generale.– Defol! Kov şunların hepsini Aleksey İvanoviç! Bunlara ne oluyorsa artık? Kendi paramı kaybettim, sizinkini değil!

General omuz silkti, selam verip çıktı. Des Grieux da onu izledi.

Büyükanne, Marfa'ya:

— Praskovya'yı çağır! –diye emretti.

Marfa beş dakika sonra Polina'yla birlikte döndü. Polina çocuklarla birlikte odasında oturuyormuş hep, herhâlde bütün gün özellikle dışarı çıkmak istememişti. Yüzü ciddi, üzgün ve endişeliydi.

— Praskovya, –dedi büyükanne,– demin kazara öğrendiğim şey doğru mu, üvey baban olacak aptal, şu ahmak zilliyle, şu aktris veya daha da beter bir şey olan Fransız'la mı evleniyor? Söyle doğru mu?

— Tam olarak bilmiyorum büyükanne, –dedi Polina,– fakat artık saklamayı gerekli görmeyen Matmazel Blanche'ın sözlerinden anladığım kadarıyla...

Büyükanne sert bir sesle onun sözünü kesti:

— Yeter! Her şeyi anlıyorum! Bu adamdan hep böyle bir şeyler bekliyordum zaten; dünyanın en boş, en kafasız adamı. Generalim diye caka satıyor (aslında albaydı da emekliye ayrılırken terfi etti), burnu da pek büyümüş. Fakat ben her şeyi biliyorum anacığım, "kocakarı nalları ne zaman

3 Şeytan alsın! (Fr.)

4 Bu yüz yıl yaşar. (Fr.)

dikecek?" diye Moskova'ya telgraf çekip durduğunuzu biliyorum. Miras bekliyordunuz; para olmazsa o adi yaratık –de Cominges miydi ismi?– bizim takma dişliyi uşak olarak bile almazdı. Faizle borç veriyormuş galiba, nasıl kazandıysa artık parayı. Senin hiç suçun yok Praskovya; telgrafları çeken sen değildin ya, hem geçmişi kaşımanın yararı yok. Pek düzgün bir karakterin olmadığından da haberdarım; eşekarısı gibisin, soktuğun yer hemen şişer, fakat sana acıyorum, çünkü rahmetli annen Katerina'yı severdim. Bak şimdi, istersen bırak bunların hepsini benimle gel. Ne de olsa gidecek yerin yok, artık bunlarla kalman da uygun olmaz. Sus! –diye bağırdı büyükanne cevap vermek isteyen Polina'ya.– Daha bitirmedim. Senden hiçbir şey istemiyorum. Moskova'daki evimi biliyorsun, saray gibidir; istersen bütün bir katı al, benden hoşlanmıyorsan haftalarca uğramasan da olur. Evet, istiyor musun istemiyor musun?

— Önce müsaadenizle şunu soracağım: Gerçekten hemen şimdi gitmek istiyor musunuz?

— Şaka mı edeceğim sana anacığım? Gideceğim dedim, gidiyorum. Bugün o lanet olası ruletinizde on beş bin ruble bıraktım. Beş yıl önce Moskova civarındaki ahşap bir kiliseyi taştan yaptıracağıma söz vermiştim, ama onun yerine paramı burada batırdım. Şimdi de kiliseyi yaptırmaya gidiyorum anacığım.

— Ya kaplıcalar büyükanne? Kaplıcalar için gelmemiş miydiniz?

— Boş ver şimdi kaplıcayı! Beni de kızdırma Praskovya; kasten mi böyle yapıyorsun? Söyle geliyor musun, gelmiyor musun?

— Büyükanne bana sığınacak bir çatı teklif ettiğiniz için size çok teşekkür ederim, –dedi Polina dokunaklı bir sesle.– Durumumu bir parça doğru tahmin ettiniz. Size öyle minnettarım ki, sizi temin ederim yanınıza geleceğim, hem belki de çok yakında, şimdiyse bazı önemli sebepler yüzünden... hemen karar veremem. Hiç olmazsa iki hafta kalabilseydiniz...

— İstemiyor musun yani?

— Elimde değil. Üstelik de ne olursa olsun kardeşlerimi bırakamam, yoksa... yoksa... tam anlamıyla terk edilmiş olurlar. Çocuklarla birlikte olsa elbette gelirdim büyükanne, –ateşli bir sesle ekledi:– hem inanın buna layık da olurdum! Fakat çocuklar olmadan olmaz büyükanne.

— İyi, ağlama, (Polina ağlamayı aklının ucundan geçirmemişti, zaten asla ağlamazdı) civcivlere de yer bulunur: Kümes büyük. Hem okul zamanları da geldi. Eh, şimdi gelmeyeceksin demek? Bak dikkatli ol Praskovya! Senin iyiliğini istiyorum ve neden gelmediğini de biliyorum. Her şeyi biliyorum Praskovya! O Fransız'dan hayır gelmez.

Polina kıpkırmızı oldu. Bense beynimden vurulmuşa döndüm. (Hepsi biliyordu! Herhâlde hiçbir şeyden haberi olmayan bir tek ben vardım!)

— Peki, peki somurtma. Uzatmıyorum işte. Yalnız dikkat et, kötü bir şey olmasın, anlıyorsun değil mi? Akıllı kızsın; bir şey olursa üzülürüm. Eh yeter bu kadar. Hiçbirinizi gözüm görmesin! Haydi git! Hoşça kal!

— Sizi yolcu edebilirim büyükanne, –dedi Polina.

— Gerek yok, rahatsız olma, hem hepinizden bıktım zaten.

Polina büyükannenin elini öpmeye davrandı, ama beriki elini çekti ve onun yanağını öptü.

Polina önümden geçerken bana çabucak bir baktı ve hemen bakışlarını kaçırdı.

— Sen de hoşça kal Aleksey İvanoviç! Trene bir saat kaldı. Sen de benden bıkmışsındır herhâlde. Al şu elli frederiki.

— Çok teşekkür ederim büyükanne, ama kabul edemem...

— Hadi, hadi! –diye bağırdı büyükanne, ama öyle sert ve ürkütücüydü ki geri çevirmeye cüret edemeyip aldım.

— Moskova'da başını sokacak bir yer bulamazsan gel beni bul; tavsiye mektubu falan veririm. Haydi çekil artık!

Odama çıkıp, yatağıma uzandım. Ellerimi başımın altında kavuşturup yarım saat kadar sırtüstü yattım herhâlde. Felaket gerçekleşmişti, düşünmek gerekliydi. Ertesi gün Polina'yla ciddi bir konuşma yapmaya karar verdim. Şu Fransız ha? Demek doğruydu! Peki nasıl olabilirdi? Polina ve Des Grieux! Tanrım, ne uygun çift!

Bütün bunlar inanılmazdı. Birden aklım başımdan gitmiş gibi fırladım ve derhâl Bay Astley'i bulmaya, ne şekilde olursa olsun ağzından laf almaya karar verdim. Bu konuda da benden fazlasını biliyordu mutlaka. Ya Bay Astley? İşte bana bir bilmece daha!

Fakat birden kapı çaldı. Gidip baktım: Potapıç'tı.

— Aleksey İvanoviç, azizim, hanım sizi istiyor!

— Ne oldu? Gidiyor mu yoksa? Trene daha yirmi dakika var.

— Çok huzursuz efendim, yerinde zor duruyor. "Çabuk! Çabuk!" diyerek sizi istedi. Tanrı aşkına gecikmeyin!

Hemen aşağı indim. Büyükanneyi koridora çıkarmışlardı bile. Cüzdanı da elindeydi.

— Düş önüme Aleksey İvanoviç, gidiyoruz!

— Nereye büyükanne?

— Ölsem de zararımı telafi edeceğim! Haydi marş, soru sorma! Gece yarısına kadar oynanabiliyor değil mi?

Donakalmıştım, biraz duraksadım ama hemen kararımı verdim:

— Siz bilirsiniz Antonida Vasilyevna, ama ben gitmiyorum.

— Neden? Ne oldu ki? Hepiniz delirdiniz mi?

— Siz bilirsiniz, ama ben sonradan kendimi suçlamak istemiyorum! Buna ne şahit olmak istiyorum, ne de ortak: Bağışlayın Antonida Vasilyevna. İşte elli frederikinizi buyurun, elveda! –büyükannenin koltuğunun hemen yanındaki sehpaya parayı bıraktım ve selam verip yürüdüm.

— Ne saçma! –diye arkamdan bağırdı büyükanne.– Gelmezsen gelme, tek başıma da yolu bulurum! Yürü Potapıç! Haydi götür beni!

Bay Astley'i aradım, ama bulamayınca otele döndüm. Büyükannenin gününün nasıl sona erdiğini de gece bire doğru Potapıç'tan öğrendim. Daha önce bozdurduklarımın hepsini, yani on bin rubleyi daha kaybetmişti. Daha önce iki frederik verdiği Polonyalı yanına gelmiş ve oyununu yönetmişti. Polonyalıdan önce bahisleri Potapıç'a koyduruyormuş, ama kısa süre sonra onu kovmuş yanından; Polonyalı da hemen atlamış tabii. Rusçayı anlaması yetmezmiş gibi, üç dili karıştırarak da olsa biraz konuşmayı bile beceriyormuş, yani ikisi anlaşabiliyormuş. Adam sürekli "Leh usulü ayaklarınızın dibine serileyim" dese de büyükanne acımasızca sövüp durmuş ona.

— Sizinle kıyaslanmazdı bile, –Aleksey İvanoviç dedi Potapıç.– Size *tıpkı bir beyefendi* gibi davranıyordu, öbürüyse –yemin ederim gözlerimle şahit oldum– hanımın parasını çalıyordu. Hatta bir iki kez hanımım onu çalarken yakaladı ve ağzına geleni sayarak azarladı, hatta adamın saçını bile çekti; yemin ederim çekti, herkes buna güldü. Her şeyi kaybetti azizim, her şeyi; sizin bozdurduklarınızı da kaybetti. Hanımı otele getirdik, sadece su istedi, istavroz çıkarıp yattı. Bitkin düşmüş herhâlde, hemen uyudu. Tanrı melek gibi huzurlu bir uyku versin ona! Al sana yurtdışı işte! Hayır gelmeyeceğini söylemiştim. Bir an evvel Moskova'mıza dönmeli! Moskova'da olmayan ne var ki? Burada bile bulamayacağın parklarımız, çiçeklerimiz, havası, çiçeklenmiş elma ağaçları, engin topraklar... Ama yoo, yurtdışına gitmeli! Ah, ah, Ah!

XIII. Bölüm

Karışık ama güçlü duyguların etkisiyle yazmaya başladığım notlarıma dokunmayalı neredeyse bir ay oluyor. Gelişini sezdiğim felaket gerçekleşti, ama sandığımdan yüz kat şiddetli ve beklenmedik oldu. Her şey tuhaf, çirkin, hatta trajikti, en azından benim için. Başımdan mucizevî denebilecek pek çok şey geçti; yaşadıklarım bir başka bakış açısıyla, özellikle de o zamanlar kapıldığım girdapta en fazla alışılmışın biraz dışında görünse bile, en azından şu zamana dek mucize diye baktım onlara. Ama asıl mucizevî dediğim o olaylar esnasındaki davranışlarımdı. Şu ana dek kendimi anlamış değilim! Bütün bunlar bir rüya gibi geçti... şiddetli ve samimi olan tutkum bile geçti... peki tutkum nereye gitti? Bazen aklıma bir düşünce geliyor: "Acaba o zamanlar aklımı mı kaçırmıştım, aslında bir akıl hastanesinde miydim? Belki de hâlâ oradayım, belki de bütün bunlar sadece bana olmuş gibi *göründü*, belki de hâlâ öyle *görünüyor*..."

Yazdıklarımı toplayıp tekrar inceledim. (Belki de onları bir akıl hastanesinde yazmadığıma kendimi ikna etmek istemişimdir kimbilir?) Şimdi yapayalnızım. Sonbahar geliyor, yapraklar sararıyor. Bu kasvetli küçük şehirde (ah ne kasvetli olur bu küçük Alman şehirleri!) bir sonraki adımımı planlamak yerine, izleri henüz silinmiş duyguların, taze hatıraların, yakın zamanda beni içine çekip girdabında döndürdükten sonra bir yerlere fırlatıp atan hortumun etkisi altında oturuyorum. Bazen yine o girdaba kapılacağımı, hortumun yaklaştığını, yanımdan geçerken beni içine çekeceğini, düzen ve ölçü duygularımı kaybedip yine dönmeye, dönmeye, dönmeye başlayacağımı sanıyorum...

Zaten eğer bu ay olup bitenlerin olabildiğince doğru ve kesin bir özetini yapabilirsem dönmeyi bırakıp durabilirim belki. Yeniden kalemi elime almak istiyorum; kimi zaman akşamları yapacak hiçbir şeyim olmuyor. Uğraşacak bir şey olsun diye buranın sefil kütüphanesinden Paul de Kock'un kitaplarını (hem de Almanca çevirilerini!) alıyorum, hiç katlanamasam da okuyor ve buna şaşıyorum: Ciddi bir kitap okuyarak veya ciddi bir meşgale bularak yakın geçmişin büyüsünü bozmaktan korkar gibiyim. Sanki bu karmakarışık rüya ve bıraktığı tüm etkiler benim için pek değerliydi, yeni bir olayın dokunuşuyla duman gibi dağılmalarından korkuyordum! Bunlar çok mu değerliydi gerçekten? Evet, elbette değerliydi; bunları kırk yıl sonra da hatırlayabilirim...

O hâlde yazmaya başlıyorum. Aslında her şey kısaca anlatılabilir: Etkileri hiç eskisi gibi değil zira...

İlkin büyükannenin hikâyesini bitirmeli. Ertesi gün her şeyini kesin olarak kaybetmişti. Öyle olacağı da belliydi: Onun tuttuğu yola giren biri, karlı bir dağın tepesinden kızakla kayar gibi hızlandıkça hızlanır. Akşam sekize dek oynamış; orada olmadığımdan sadece anlatılanları biliyorum.

Potapıç bütün gün kumarhanede onun başında nöbet tutmuş. Büyükanneyi yönlendiren Polonyalılar birkaç kez değişmiş. İlk olarak bir gün önce saçını çektiği Polonyalıyı kovmuş, sonra bir başkası yanaşmış ama ilkinden de beter çıkmış. Bunu da kovaladıktan sonra tekrar birinci gelmiş ki, zaten kovulduğunda uzağa gitmeyip koltuğunun arkasında durmuş, büyükannenin oyununa karışmaya devam ediyormuş. Nihayet büyükanne tam bir umutsuzluğa kapılmış. Kovulan ikinci Polonyalı da gitmek istemeyince biri kadıncağızın soluna, diğeri sağına yerleşmiş. Bu ikisi koyulan bahis ve oyunun gidişatı üzerine sürekli kavga edip, birbirlerine sövüyor, birbirlerine laidak[1] vb. nazik Polonya iltifatları ediyor, sonunda barışıp parayı karmakarışık, boş yere sürüp duruyorlarmış. Kavga ettiklerinde her biri istediği gibi koyuyormuş paraları, mesela biri kırmızıya oynarsa, öbürü siyaha oynuyormuş. Nihayet büyükannenin aklını öyle bir karıştırmışlar ki, kadıncağız neredeyse ağlayarak yaşlı bir krupiyeden onu kurtarmasını, Polonyalıları kovmasını istemiş. Bağrışlarına, itirazlarına bakmadan adamları hemen kovmuşlar. İkisi de büyükannenin onlara borçlu olduğunu, kendilerini kandırdığını, alçakça şerefleriyle oynadığını iddia etmiş. Zavallı Potapıç bunları gözünden sicim gibi yaşlar dökülürken hemen o akşam bana anlattı; Polonyalıların vicdansızca para çalıp ceplerini doldurduklarını gözleriyle gördüğünü söyleyerek yakındı. Mesela Polonyalılardan biri hizmetine karşılık büyükanneden beş frederik istiyor, aldığı parayı büyükannenin koyduğu paranın yanına koyuyormuş. Büyükanne kazanırsa, adam bağıra çağıra paranın kendisinin olduğunu, büyükannenin kaybettiğini iddia ediyormuş. Adamlar kovulurken Potapıç araya girip ceplerinin altın dolu olduğunu söylemiş. Büyükanne krupiyeden bu işi halletmesini istemiş ve Polonyalıların acı bağrışlarına (tıpkı boğazlarından yakalanmış iki horoz gibiymişler) rağmen polis gelmiş, adamların cepleri büyükanne yararına boşaltılmış. Sıfırı tüketmediği sürece büyükanne krupiyelerden ve kumarhane yöneticilerinden büyük saygı görmüş. Yavaş yavaş ünü de bütün şehre yayılmış. Kaplıcalara gelen en sıradanından en ünlüsüne kadar her milletten insan, çoktan "birkaç milyon" kaybetmiş "une vieille comtesse russe, tombée en enfance"ı görmeye koşuyormuş. İki Polonyalıdan kurtulmak büyükanneye pek fazla yarar sağlamamış. Onların yerini hemen bir üçüncüsü almış, üstelik Rusçası gayet iyiymiş, bir uşağa benzemesine rağmen gerçek bir

1 Düzenbaz, alçak. (Leh.)

beyefendi gibi giyiniyormuş, kocaman bir bıyığı varmış ve çok kibirliymiş. O da "hanımefendinin ayaklarını öpüyor", "Leh usulü ayaklarının dibine seriliyormuş", fakat herkese tepeden bakıyor, etrafa sert emirler yağdırıyormuş; yani bir anda kendini büyükannenin uşağı değil de efendisi konumuna yerleştirmiş. Her oyundan sonra büyükanneye dönüp, onurlu bir insan olduğuna, ondan bir kapik bile talep etmeyeceğine dair korkunç yeminler ediyormuş. Öyle sık yemin ediyormuş ki sonunda büyükanneyi iyice ürkütmüş. Fakat bu adam başlarda oyunu epeyce düzeltmiş ve kazanç sağlamış gibi göründüğünden büyükanne onu başından atamamış bir türlü. Kumarhaneden kovulan iki Polonyalı bir saat sonra tekrar büyükannenin koltuğunun arkasında peyda olmuş ve küçük işler için bile olsa tekrar hizmetlerini sunmak istemişler. Potapıç o "onurlu beyefendi"nin diğerlerine göz kırptığına, hatta onlara bir şeyler verdiğine yeminler etti. Büyükanne yemek yemediği ve yerinden de hiç kıpırdamadığı için Polonyalılardan biri gerçekten işe yaramış: Kumarhanenin lokantasına koşup ona bir kâse et suyu, sonra da çay getirmiş. Gerçi lokantaya da ikisi birden koşmuşlar. Günün sonunda büyükannenin son banknotunu kaybettiğini herkes gördüğündeyse, koltuğunun arkasında daha önce kimsenin görmediği, tanımadığı tam altı Polonyalı varmış. Büyükanne son paralarını kaybederken adamlar onu dinlemek bir yana, umursamıyormuş bile; omzunun üzerinden masaya eğiliyor, paraları topluyor, emir veriyor, bahis sürüyor, tartışıp bağrışıyor, onurlu beyefendiyle senli benli konuşuyorlarmış; onurlu beyefendiyse büyükannenin varlığını bile unutmuş gibiymiş. Büyükanne her şeyini kaybedip akşam sekiz gibi otele dönerken, bir türlü onu rahat bırakmayan üç dört Polonyalı koltuğunun peşinden koşuyormuş; laf kalabalığı yaparak büyükannenin onları aldattığını, onlara borçlu olduğunu iddia ediyorlarmış. Bu vaziyette otele vardıklarında nihayet yaka paça kovulmuşlar.

Potapıç'ın hesabına göre büyükanne önceki günkülerin haricinde, sadece o gün doksan bin ruble kaybetmiş, yanındaki yüzde beş faizli tüm devlet tahvillerini, değerli kâğıtları art arda bozdurmuştu. Yedi sekiz saat boyunca neredeyse masadan hiç ayrılmadan koltuğunda oturmasına şaşırmıştım, ama Potapıç birkaç kez gerçekten büyük paralar kazandığını söyledi; yeniden umutlanınca da kalkıp gidememişti. Kumarbazlar insanın bir gün boyunca elinden iskambil kâğıtlarını bırakmadan, hatta sağına soluna bile bakmadan bir sandalyede oturabileceğini gayet iyi bilir.

Bu arada o gün bizim otelde de epey önemli olaylar cereyan etmiş. Sabah saat on bir civarında büyükanne henüz oteldeyken bizimkiler, yani general ve Des Grieux son bir kez şanslarını denemeye karar vermişler. Büyükannenin Moskova'ya dönmekten cayıp, yine kumarhaneye gideceğini öğrenince kesin, *hatta samimi* bir konuşma yapmak için hep birlikte (Polina hariç) dairesine gitmişler. Bu konuşmanın kendisi için feci sonuçlar doğurabileceğini düşündükçe tir tir titreyen ve neredeyse soluğu kesilen general tuz biber ekmiş üstüne: Yarım saatlik rica ve yalvarmadan, hatta bütün borçlarını ve Matmazel Blanche'a aşkını bile itiraf ettikten sonra (delirmiş gibiymiş) birden tehditkâr bir tavır takınmış, tepinerek büyükanneye bağırıp çağırmaya başlamış; aileyi rezil ettiğini, bütün şehre yayılan bir skandal çıkardığını söylemiş ve sonunda... en sonunda da: "Rus ismini rezil ediyorsunuz hanımefendi! –diye bağırmış.– Buna polis müdahalesi bile gerekir!" Nihayet büyükanne onu bastonla (lafın gelişi değil, gerçekten) döverek kovmuş. Generalle Des Grieux öğleye kadar bir iki kez daha görüşüp gerçekten polise başvurup vuramayacaklarını tartışmışlar. Güya zavallı ama saygıdeğer, aklını kaçırmış bir ihtiyarın kumarda bütün parasını kaybedeceğini falan söyleyerek bir nezaret veya yasak koparabilir miyiz diye tartmışlar. Fakat Des Grieux, odada bir aşağı bir yukarı zırvalayarak dolaşan generale dudak büküp onunla alay etmiş. Nihayet Des Grieux ona boş verip bir yerlere sıvışmış. Akşamüzeri de Matmazel Blanche'la kesin ve gizli bir görüşme yaptıktan sonra otelden tamamen ayrıldığını öğrenmişler. Matmazel Blanche ise daha sabahtan kesin önlemler almaya başlamış: Generali tamamen kendisinden uzaklaştırmış, onu görmeye bile dayanamıyormuş. General kadının ardından kumarhaneye koşup, onu küçük prensin kolunda görünce, Matmazel Blanche da annesi veuve[2] de Cominges de onu tanımazdan gelmiş. Küçük prens bile selam vermemiş. Matmazel Blanche bütün gün boyunca küçük prens üzerine çalışmış, numaralar yapmış. Ama heyhat! Prens üzerine hesaplarında fena hâlde yanılıyormuş meğer! Bu küçük çaplı felaket akşamüzeri ortaya çıkmış; birden küçük prensin fakir olduğu, hatta rulet oynamak için senet karşılığı Matmazel Blanche'tan borç almayı tasarladığı anlaşılmış. Blanche büyük bir öfkeyle onu kovup odasına kapanmış.

Ben de o gün sabahtan Bay Astley'e uğradım, daha doğrusu bütün sabah Bay Astley'i aradım ama bulamadım. Ne otelinde, ne kumarhanede, ne de parktaydı. Otelde yemek de yememişti. Saat beşte onu istasyondan doğruca Hotel de l'Angleterre'e giderken gördüm. Acelesi vardı, yüzünde herhangi bir endişe veya huzursuzluk belirtisi görmek imkânsız olsa da, çok kaygılıydı sanki. Her zamanki "Ah!" nidasını koyuverip samimiyetle elini uzattı, ama durmayıp hızlı adımlarla yoluna devam etti. Hemen ardından koştum, ama bana öyle bir cevap verdi ki, herhangi bir şey sormayı beceremedim. Üstelik Polina'dan bahsetmekten çok utanmıştım nedense; Bay Astley de onu hiç sormadı. Büyükannenin başına gelenleri anlattım: Beni dikkat ve ciddiyetle dinledi ve omuz silkti.

— Her şeyini kaybedecek, –dedim.

---

2 Dul (Fr.)

— Ah evet, –dedi,– ben giderken oynamaya başlamıştı bile, şüphesiz kaybedecek. Vakit bulursam kumarhaneye uğrayıp bakarım, çünkü çok ilginç...

O zamana kadar aklıma gelmemesine kendim de şaşırarak:

— Ya siz nereye kayboldunuz? –diye haykırdım.

— Frankfurt'taydım.

— İş için mi?

— Evet.

Daha fazla ne sorabilirdim? Ayrıca onun yanında yürürken, birden yol üstündeki "De quatre saisons"[3] Oteli'ne saptı, başıyla bir selam verip kayboldu. Otele dönerken onunla iki saat konuşsam da hiçbir şey öğrenemeyeceğimi fark ettim yavaş yavaş, çünkü... ona soracak bir şeyim yoktu! Evet kesinlikle öyleydi! Hiçbir şekilde ona sorumu soramazdım.

Polina bütün gün çocuklar ve dadıyla kâh parkta gezindi, kâh otelde oturdu. Epeydir generalden kaçıyor, artık onunla hemen hiç konuşmuyordu, en azından önemli konularda. Bir süreden beri bunu görüyordum. Fakat generalin o günkü hâlini bildiğimden, ondan kaçamadığını, yani aralarında mutlaka önemli ailevi meseleleri konuştuklarını düşünüyordum. Bay Astley'le konuşmamın ardından otele döndüğümde, Polina'yla çocuklara rastladım; yüzünde derin huzur vardı, ailedeki fırtınalardan kurtulan bir tek oydu sanki. Başıyla selamımı aldı. Öfkeyle odama çıktım.

Elbette onunla konuşmaktan kaçındım, Wurmerhelm olayından bu yana onunla bir kez olsun bir araya gelmemiştik. Bu konuda biraz çalım satıyor, bozuk çalıyordum, ama zaman geçtikçe içimde gerçek bir öfke kaynamaya başlamıştı. Beni zerre kadar sevmese de duygularımı bu kadar çiğneyemez, itiraflarımı böyle küçümsemeyle karşılayamazdı. Onu gerçekten sevdiğimi biliyordu; onun-

3 Dört mevsim. (Fr.)

la öyle konuşmama izin vermişti ya işte! Açıkçası bu da epey tuhaf başlamıştı. Bir süre önce, aslında neredeyse iki ay önce beni güvenilir bir dost olarak görmek istediğini, hatta bunun için bazı teşebbüslerde bulunduğunu fark etmiştim. Fakat her nedense aramızdaki ilişki öyle bir yöne sapmadı o zamanlar; onun yerini şimdiki tuhaf ilişki aldı, bu yüzden onunla böyle konuşmaya başladım. Peki sevgim ona bu kadar iğrenç geliyorsa, neden bundan bahsetmeyi yasaklamıyordu bana?

Ama yasaklamamıştı işte, hatta bazen beni bu şekilde konuşmaya kışkırttı... sırf alay etmek için tabii. Bundan eminim, çünkü şahit oldum: Beni dinleyip, acıdan kıvrandıracak kadar öfkelendirdikten sonra, birden son derece muzip bir küçümseme veya kayıtsızlık göstererek şaşkına çevirmeye bayılıyordu. Onsuz yaşayamayacağımı biliyor ne olsa. Şu baron hikâyesinin üzerinden üç gün geçti sadece ve ben *ayrılığımıza* artık dayanamıyorum. Az önce kumarhanenin yakınında ona rastladığımda yüreğim öyle bir çarpmaya başladı ki, yüzüm bembeyaz oldu herhâlde. Fakat o da bensiz yaşayamaz! Bana ihtiyacı var, yoksa... yoksa onun için sadece bir Balakirev[4] miyim?

Bir sırrı var... orası belli! Büyükanneyle aralarında geçen konuşma yüreğimi dağladı. Bin kez bana karşı açık yürekli davranmasını söyledim, hem gerçekten onun için canımı vermeye hazır olduğumu da biliyor. Fakat ya daima küçümseyerek beni uzaklaştırdı, ya da ona sunduğum canım yerine, barona yaptığım türden muziplikler talep etti benden! İnsanı delirtmez mi bunlar? O Fransız nasıl tüm dünyası olur? Ya Bay Astley? Fakat işte burada her şey anlaşılmaz oluyordu, oysa ben... amma acı çekiyordum Tanrım!

Odama varınca öfkeden gözüm döndü, kalemi alıp şunları yazdım:

---

4 İvan Aleksandroviç Balakirev (1699-1763): Büyük Petro'nun soytarısı. Ona atfedilen fıkralar pek yaygındı. (ç.n.)

"Polina Aleksandrovna, sizi de yaralayacak bir felaketin yaklaştığını açıkça görüyorum. Son kez tekrarlıyorum: Canımı istiyor musunuz? *Herhangi* bir şeye ihtiyacınız olursa işe yarayabilirim... emredin yeter; şimdilik odamdayım, en azından çoğu zaman buradayım, bir yere gitmiyorum. Gerekirse yazın veya çağırtın."

Pusulayı mühürledim ve bizzat vermesini söyleyerek kat hizmetçisiyle gönderdim. Cevap beklemeyecekti, ama üç dakika sonra hizmetçi döndü ve bana onun "selamlarını" iletti.

Yediye doğru generalin yanına çağrıldım.

General çalışma odasındaydı ve çıkmaya hazırlanır gibi giyinmişti. Şapkasıyla bastonu kanepedeydi. İçeri girdiğimde onu odanın ortasında bacaklarını açmış, başı önüne eğik buldum, kendi kendine bir şeyler de söylüyordu sanki. Fakat beni görünce bir çığlık atarak öyle bir atıldı ki, gayriihtiyarî geriye bir adım attım ve odadan çıkmaya davrandım, ama general ellerimi tutup kanepeye doğru çekti; kanepeye oturdu, beni de tam karşısındaki koltuğa oturttu ve ellerimi bırakmadan, dudakları titreyerek, kirpiklerinde birden parlayan yaşlarla, yalvaran bir sesle konuşmaya başladı:

— Aleksey İvanoviç kurtarın beni, kurtarın, acıyın bana!

Uzun bir süre hiçbir şey anlayamadım; general hiç durmadan konuşuyor, konuşuyor ve "Bana acıyın!" diye tekrarlayıp duruyordu. Sonunda benden bir tür tavsiye beklediğini veya daha doğrusu sevdiği herkes tarafından terk edilince duyduğu acı ve üzüntü arasında beni hatırladığını ve sadece konuşmak, içini dökmek için beni çağırttığını sezdim.

Aklını kaçırmış gibiydi, en azından epey dağılmış görünüyordu. Yalvarırcasına ellerini kavuşturuyor, ayaklarıma kapanmaya hazır görünüyordu, hem de ne için dersiniz, hemen Matmazel Blanche'a gidip, rica minnet ona dönmeye, onunla evlenmeye ikna etmem için.

— İnsaf general, –diye bağırdım,– Matmazel Blanche bugüne kadar beni belki de hiç fark etmemiştir. Ne yapabilirim ki?

Fakat boşuna itiraz ediyordum: Söylenenleri anlamıyordu bile. Birbirini tutmayan şeyler söyleyerek büyükanneden bahsetmeye başladı; polise başvurma fikrini hâlâ mantıklı buluyordu.

— Bizde, bizde, –dedi müthiş bir öfkeyle,– polisin işe yaradığı düzgün bir ülkede onun gibi kocakarıları derhâl gözetim altına alırlar! Evet efendim, evet bayım, –diye devam etti azarlar gibi, birden yerinden fırlayıp odada dolaşmaya başlamıştı.– Sizin daha bundan haberiniz yok bayım, –köşedeki hayali bir adama hitap ediyordu sanki.– Şunu bilin ki... evet efendim... bilin ki bizde böyle kocakarıları muma çevirirler, muma, muma efendim, bildiğiniz muma... lanet olasıca!

Kendini yeniden kanepeye attı ve bir anda neredeyse hıçkıra hıçkıra ağlayıp soluğu kesilerek, telgraf yerine büyükanne geldiği ve artık mirasa konamayacağı açıkça belli olduğu için Matmazel Blanche'ın kendisiyle evlenmek istemediğini anlattı. Bunu henüz bilmediğimi sanıyordu. Des Grieux'den bahsedecek oldum ama elini salladı:

— O gitti! Her şeyim ona ipotekli, dımdızlak kalakaldım! Sizin getirdiğiniz şu paradan... şu paradan –ne kadar kaldığını da bilmiyorum ya, galiba yedi yüz frank– başka bir şey kalmadı elimde. Sonrasını bilmiyorum, bilmiyorum efendim!..

— Otel hesabını nasıl ödeyeceksiniz? –diye haykırdım ürkerek,– Hem... ya sonra?

General dalgın dalgın baktı, herhâlde hiçbir şey anlamamıştı, hatta duymamış bile olabilir. Polina Aleksandrovna'yla çocuklardan bahsetmeye çalıştım, beni çabucak:

— Evet, evet! –diyerek geçiştirdi ve Matmazel Blanche'la gitmeye hazırlanan prensten bahsetmeye başladı:– İşte o zaman... o zaman ne yapacağım Aleksey İvanoviç? Ne yapacağım söylesenize, nankörlük değil mi bu! Nankörlük değil mi ha?

En sonunda gözyaşlarına boğuldu.

Böyle bir adam için yapılacak bir şey yoktu; yalnız bırakmak da tehlikeliydi; bir şey yapmaya kalkışabilirdi. Yine de bir şekilde ondan kurtuldum, ama dadıya sık sık uğramasını tembih ettim; ayrıca aklı başında bir delikanlı olan kat hizmetçisiyle de konuştum, o da göz kulak olacağına söz verdi.

Generalin yanından henüz ayrılmıştım ki, Potapıç gelip büyükannenin çağırdığını bildirdi. Saat sekizdi ve büyükanne her şeyini kaybettiği kumarhaneden yeni dönmüştü. Dairesine indim: İhtiyar tamamen bitkin düşmüş vaziyette, hasta gibi koltuğunda oturuyordu. Marfa ona bir fincan çay getirip neredeyse zorla içirdi. Büyükannenin sesi de, davranışları da belirgin bir şekilde değişmişti.

— Merhaba Aleksey İvanoviç, –dedi alçak sesle ve ciddi bir tavırla başını öne eğerek.– Sizi bir kez daha rahatsız ettiğim için bağışlayın, umarım yaşlı bir kadını hoş görürsünüz. Her şeyi orada bıraktım azizim, neredeyse yüz bin ruble. Dün benimle gelmemekte haklıymışsın. Artık tek kapiğim yok. Bir dakika bile gecikmeden dokuz buçukta gidiyorum. Senin şu İngiliz'e, Astley miydi ismi, haber yolladım, bir haftalığına üç bin frank borç almak istiyorum ondan. Benim için ikna ediver onu, aklına kötü bir şey gelip de reddetmesin. Hâlâ epey zenginim azizim. Üç köyüm, iki evim var. Nakit param da var daha, hepsini yanıma almamıştım. Bunları bir şeyden şüphelenmemesi için söylüyorum... Hah işte geldi! İyi bir insan gerçekten.

Bay Astley, büyükannenin çağrısı üzerine hemen koşmuştu. Hiç tereddüt etmeden, hatta uzun boylu konuşmadan büyükannenin imzaladığı bir senet karşılığında derhâl üç bin frank verdi. Sonra da selam verip hemen çıktı.

— Artık sen de gidebilirsin Aleksey İvanoviç. Bir saatten fazla zamanım var... Biraz uzanacağım, kemiklerim sızlıyor.

Fazla kızma bu ihtiyar aptala. Artık gençleri havailikle suçlamayacağım, hatta sizin zavallı generali bile, çünkü ben de bir günahkârım artık. Yine de istediği parayı vermeyeceğim ona, çünkü bence aptalın teki, hoş ben koca aptal da ondan akıllı sayılmam. Aslında Tanrı yaşlı da olsan kibri cezalandırır işte. Eh hoşça kal. Kaldır beni Marfa.

Her şeye rağmen büyükanneyi uğurlamak istiyordum. Ayrıca nedense bir bekleyiş içindeydim; her an bir şey olmasını bekliyordum. Odamda oturamadım. Koridora çıktım, hatta kısa bir süre bulvarda gezindim. Polina'ya yazdığım mektup açık ve kesindi, fakat ortadaki felaket de kesindi elbette. Otelde Des Grieux'nün gidişinden bahsedildiğini duydum. Hem Polina dostluğumu reddetse bile, uşak olarak reddetmezdi belki. Ufak tefek işler için bana ihtiyacı olurdu nasılsa, ben de emrine amadeydim işte, başka türlüsü mümkün değildi ya!

Trenin hareket saatinde istasyona gidip büyükanneyi yerleştirdim. Ona özel bir kompartıman verdiler.

— Karşılıksız yardımların için teşekkür ederim azizim, –dedi vedalaşırken.– Dün söylediklerimi Praskovya'ya tekrarla. Onu bekleyeceğim.

Odama döndüm. Generalin dairesinin önünden geçerken dadıyla karşılaştım ve efendisini sordum. "Durumu iyi efendim," dedi üzgün bir tavırla. Yine de dairesine girdim, ama çalışma odasının kapısında şaşırarak durdum. Matmazel Blanche'la general kahkahalar atıyordu içeride. Veuve de Cominges de kanepedeydi. Sevinçten çılgına dönmüş gibi görünen general zırvalayıp duruyor, yüzünü kırışıklıklara boğup gözlerini iki çizgi hâline getiren sinirli kahkahalar atıyordu. Daha sonra bizzat Matmazel Blanche'tan öğrendiğime göre, prensi kovduktan sonra generalin üzüntüsünü duymuş, onu teskin etmek için şöyle bir uğramıştı. Fakat zavallı general kaderinin çizildiğinden, Matmazel Blanche'ın ertesi sabah ilk trenle Paris'e gitmek üzere çoktan eşyalarını toplamaya başladığından habersizdi. Generalin çalışma odasının eşiğinde bir dakika durduktan sonra girmekten vazgeçtim ve fark ettirmeden çıktım. Odamın kapısını açtığımda, yarı karanlıkta pencerenin yanındaki sandalyede oturan bir karaltı gözüme çarptı. Ben içeri girince karaltı doğruldu. Çabucak yaklaştım ve... soluğum kesildi bir an: Polina'ydı bu!

XIV. Bölüm

Bir çığlık attım.

— Ne oldu? Ne oldu? –diye sordu Polina tuhaf bir sesle. Yüzü bembeyazdı, kederle bakıyordu.

— Ne mi oldu? Siz? Burada, benim odamda!

— Gelirsem *tamamen* gelirim. Âdetim böyledir. Siz de az sonra göreceksiniz zaten; bir mum yakın.

Mumu yaktım. Ayağa kalkıp masaya yaklaştı, önüme açılmış bir mektup koydu.

— Okuyun, –diye emretti.

— Bu, bu Des Grieux'nün yazısı! –diye haykırdım mektubu alırken. Ellerim titriyor, satırlar gözlerimin önünde dönüyordu. Mektupta tam olarak ne yazdığını unuttum, kelimesi kelimesine değilse de en azından kabaca şöyleydi:

"Matmazel, –diye yazıyordu Des Grieux,– bazı nahoş olaylar yüzünden derhâl gitmem gerekiyor. Her şey iyice belli olana dek size kesin bir açıklama yapmaktan özellikle kaçındığımı şüphesiz fark etmişsinizdir. Akrabanız olan o yaşlı hanımın (de la vieille dame) gelişi ve saçma davranışları beni tüm tereddütlerimden kurtardı. Elbette işlerimdeki düzensizlik de bir süredir beni sarhoş eden o tatlı umutlara dair daha fazla hayale kapılmaktan kati surette men ediyor. Geçmişte yaşananlara çok üzülüyorum, fakat umarım davranışımda bir centilmene ve dürüst bir adama (gentilhomme et honnête homme) yakışmayan bir şeyler bulmazsınız. Neredeyse tüm paramı üvey babanızın borçlarını ödemeye harcadığımdan, elimdeki imkânları kullanmak zorunda kaldım: Hiç gecikmeden adıma ipotekli malların satışına başlamaları için Peterburg'taki dostlarımdan yardım istedim bile; yine de düşüncesiz üvey babanızın bütün servetinizi harcadığını bildiğimden ona elli bin frank bağışlamaya karar verdim ve bu miktarın karşılığı olan taşınmazların üzerindeki ipoteği kaldırıyorum, yani taşınmazlar üzerindeki hakkınızı mahkeme marifetiyle talep edip geri alma imkânına sahipsiniz artık. İşlerimin hâlihazırdaki durumunda bu davranışımın epey yararınıza olacağını umarım. Ayrıca bu davranışımla onurlu ve soylu bir adama düşen tüm görevleri de yerine getirdiğimi umarım. Sizi temin ederim hatıranız ilelebet kalbimde kalacak."

— Eh işte her şey ortada, –dedim Polina'ya ve öfkeyle ekledim:– Yoksa başka bir şey mi bekliyordunuz?

— Hiçbir şey beklemiyordum, –diye cevap verdi sakince, ama sesi biraz titriyordu sanki.– Uzun zaman önce kararımı vermiştim: Düşüncelerini okuyor, ne düşündüğünü gayet iyi biliyordum. Onu arayacağımı... ısrar edeceğimi sanmış... (Dudaklarını ısırarak durdu ve cümlesini tamamlamadı.) Onu özellikle daha çok küçümsemeye başlamıştım, –diye devam etti,– ne yapacağını merak ediyordum. Miras telgrafı gelseydi, o aptalın (yani üvey babamın) borçlu olduğu parayı suratına fırlatıp onu kovacaktım! Uzun süredir, hem de çok uzun süredir ondan nefret ediyorum. Ah eskiden hiç böyle biri değildi, şimdikinden bin kat farklı bir adamdı, oysa şimdi, şimdi!.. Ah o elli bin frankı ne büyük bir sevinçle o alçak suratına fırlatırdım... hem de tükürerek!

— İyi ama o belge, geri verdiği elli bin franklık senet generalde değil mi zaten? Alıp Des Grieux'ye geri gönderin işte.

— Ah aynı şey değil! Aynı şey değil!

— Evet, elbette aynı şey değil! Zaten generalin kendine hayrı yok artık. Ya büyükanne? –diye bağırdım birden.

Polina dalgın ve sabırsız bir ifadeyle bana baktı.

— Ne büyükannesi? –dedi sıkıntıyla.– Onun yanına gidemem... Hem kimseden merhamet dilenmek istemiyorum, –diye ekledi ters ters.

— Ne yapmalı peki? –diye haykırdım.– Hem nasıl, nasıl sevebildiniz Des Grieux'yü? Ah alçak, alçak! Onunla düello edip öldürmemi ister misiniz? Nerede şimdi?

— Frankfurt'ta, üç gün orada kalacak.

— Tek sözünüz yeter, yarın ilk trenle giderim! –dedim aptalca bir coşkuyla.

Gülmeye başladı.

— Ne olacak ki, herhâlde önce sizden elli bin frankı ister. Hem neden düello etsin? Ne saçma!

— Peki şu elli bin frankı nereden bulmalı, nereden? –diye tekrarlayıp duruyordum dişlerimi gıcırdatarak; sanki o parayı pat diye yerden toplayabilecek gibiydim.– Ya Bay Astley? –dedim birden ona dönerek, aklıma tuhaf bir fikir gelmişti.

Polina'nın gözleri parladı. Ta içime işleyen bakışlarını gözlerime dikip acı bir gülümsemeyle:

— Ne yani, şu İngiliz için *senden* ayrılmamı mı istiyorsun? –dedi. Bana ilk kez *sen* diyordu.

Sanırım o anda heyecandan başı döndü, birden bitkin düşmüş gibi kanepeye oturdu.

Bense yıldırım çarpmış gibi oldum; gözlerime ve kulaklarıma inanamadan kalakalmıştım olduğum yerde! Demek beni seviyordu! Bay Astley'e değil, *bana* gelmişti! O, tek başına bir genç kız, bir otelde benim odama gelmişti... yani herkesin nezdinde itibarını zedelemeyi göze almıştı, bense karşısına geçmiş hâlâ hiçbir şey anlamadan dikiliyordum!

Birden çılgınca bir fikir düştü aklıma.

— Polina! Bana bir saat izin ver! Sadece bir saat burada bekle... hemen döneceğim! Bu... bu kaçınılmaz! Göreceksin! Burada kal, burada kal!

Hayret ve soru dolu bakışlarını karşılıksız bırakıp, koşarak odadan çıktım; arkamdan seslendi ama dönmedim.

Bazen en çılgın, en imkânsız görünen fikir kafanızda öyle kuvvetli bir yer edinir ki, öyle veya böyle gerçekleşeceğini zannedersiniz... Dahası bu düşünce şiddetli, güçlü bir arzuya eşlik ediyorsa, bazen onu kaçınılmaz, önceden belirlenmiş, kadere yazılmış, var olmaması, gerçekleşmemesi imkânsız bir şey gibi kabul edersiniz! Belki burada başka bir şeyler, önsezilerin bir bileşimi, olağandışı bir irade, kendi hayal gücüyle kendini zehirleme veya buna benzer bir şeyler söz konusudur... tam bilemiyorum, ama (hayatım boyunca unutamayacağım) o akşam bir mucize yaşadım. Gerçi matematikle açıklanabilir belki, yine de benim için hâlâ bir mucizedir. Peki bu kesin inanç nasıl bunca derin ve köklü bir biçimde yerleşmişti içime o zamanlar? Çünkü onu –bir daha söylüyorum– sıradan, gerçekleşmesi mümkün (veya mümkün olmayan) herhangi bir olay gibi değil, gerçekleşmemesi imkânsız bir şey olarak görüyordum!

Onu çeyrek geçiyordu; kumarhaneye öylesine müthiş bir umutla ve o zamana dek hiç hissetmediğim bir heyecanla girdim. Oyun salonları gündüzden iki kat daha az insan olmasına rağmen hâlâ kalabalık sayılırdı.

Saat on birde oyun masalarında sadece gerçek, pervasız kumarbazlar kalır, onlar için kaplıcada ruletten başka hiçbir şey yoktur, buraya sırf rulet yüzünden gelmişlerdir; sezon boyunca kumar haricinde çevrelerinde olup bitenle hiç ilgilenmez, sabahtan akşama kadar kumar oynarlar; mümkün olsaydı gün ağarana dek bütün gece oynarlardı herhâlde. Gece on ikide rulet masası kapandığında büyük bir hoşnutsuzlukla dağılırlar. Krupiyelerin en kıdemlisi kapanıştan önce, yani saat on ikiye yaklaşırken "Les trois derniers coups, messieurs!"[1] diye bağırdığında, o son üç oyuna ceplerinde ne varsa yatırmaya hazırdırlar... elbette en büyük pa-

---

1 Son üç oyun baylar! (Fr.)

ralar da bu saatte kaybedilir. Doğruca büyükannenin daha önce oynadığı masaya yaklaştım. Pek kalabalık sayılmazdı, o yüzden kısa sürede masanın yanında, ayakta bir yer bulabildim. Tam önümde, yeşil çuhanın üzerinde "Passe" sözcüğü yazılmıştı. On dokuzdan otuz altıya kadar olan sayıların yer aldığı diziye "Passe" denir. Birden on sekize kadarki ilk dizinin adıysa "Manque"tır; gerçi bana ne bunlardan? Ben hesap falan yapmıyordum, son gelen sayıyı bile duymamıştım; hatta azıcık kazanma hesabı olan herhangi bir kumarbazın aksine, kimseye son sayıyı bile sormamıştım. Yirmi frederikimin tamamını çıkarıp "passe"a koydum.

— Vingt deux![2] –diye bağırdı krupiye.

Kazanmıştım. Yeniden hepsini sürdüm: Hem sermayemi hem kazandığımı.

— Trente et un![3] –diye bağırdı krupiye. Yine kazanmıştım! Seksen frederikim olmuştu! Hepsini ortadaki on iki sayıya oynadım (yani üç kat kazanç, ama iki karşı ihtimal), tekerlek döndü ve yirmi dört geldi. Bana elli frederiklik üç paket, on da altın verdiler; şimdi sermayemle birlikte iki yüz frederikim olmuştu.

Hummaya tutulmuş gibi bütün para yığınımı kırmızıya koydum... ve birden kendime geliverdim! Bütün gece boyunca korkudan soğuk terler döktüğüm, ellerimin ayaklarımın titrediği tek an buydu. Kaybetmenin benim için ne anlama geleceğini dehşet içinde fark ettim! Masada duran bütün yaşamımdı!

— Rouge! –diye bağırdı krupiye ve rahat bir soluk aldım; ateş gibi yakan bir karıncalanma kapladı tüm vücudumu. Bana banknotla ödeme yaptılar; toplam dört bin florin ve seksen frederik altınım olmuştu (henüz hesaplayabiliyordum)!

Ondan sonra yine ortadaki on ikiye iki bin florin koyup kaybettiğimi hatırlıyorum; altınlarımı ve seksen frederikimi

2 Yirmi iki! (Fr.)

3 Otuz bir! (Fr.)

de oynayıp kaybettim. İçimde bir öfke kabarmıştı: Kalan iki bin florinimi kapıp ilk on iki sayıya oynadım... öylesine, gelişigüzel, hiç hesap yapmaksızın! Fakat o kısacık süren bekleyişte, belki de ancak Madame Blanchard'ın[4] Paris'te balonundan yere uçarken hissettiği duyguyla karşılaştırılabilecek bir duyguya kapıldım.

— Dört! –diye bağırdı krupiye; öncekiyle birlikte tekrar altı bin florinim olmuştu. Muzaffer bir eda takınmıştım, artık hiçbir şeyden korkmuyordum; siyaha dört bin florin koydum. On kumarbaz da ardımdan siyaha oynadı. Krupiyeler bakışıp aralarında konuştular. Etraftaki herkes bir şeyler mırıldanıyor ve bekliyordu.

Siyah geldi. Ondan sonra ne kadar ve nasıl oynadığımı hiç hatırlamıyorum. Hayal meyal da olsa tek hatırladığım yaklaşık on altı bin florin kazandığım; sonra talihsiz üç oyunda bunun on iki binini kaybettim, kalan dört bini "passe"a oynadım (o sırada artık hiçbir şey hissetmiyor, hiçbir şey düşünmüyor, sadece bekliyordum) ve kazandım; dört oyun daha üst üste kazandım. Sadece paraları biner biner topladığımı hatırlıyorum; bir de sadık kaldığım ortadaki on iki sayının daha sık geldiğini. Neredeyse düzenli olarak en az üç kez üst üste geliyor, sonraki iki oyun kayboluyor ve tekrar üç, dört kez üst üste geliyordu. Bu şaşırtıcı düzene bazen rastlanır, tuttukları notlara güvenerek oynayan kumarbazların kafalarını karıştıran da budur işte. Burada bazen kaderin korkunç cilvelerine rastlanır elbette!

Sanırım geleli yarım saat bile olmamıştı ki, birden krupiye otuz bin florin kazandığımı, kasanın bir kerede bundan fazlasını karşılayamayacağını, yani ruleti sabaha kadar kapatacaklarını bildirdi. Bütün altınlarımı alıp ceplerime tıktım, banknotlarımı da kapıp başka bir salondaki başka bir rulet masasına gittim; kalabalık da peşime takılmıştı.

---

4 Madeleine Sophie Blanchard (1778-1819): Dünyanın ilk kadın balon pilotu. Balon kazasında hayatını kaybetti.

Masada hemen yer açtılar, ben de yine gelişigüzel oynamaya başladım. Beni kurtaran neydi hiç bilmiyorum!

Bazen hesaplı oynamak geliyordu aklıma. Kimi sayılara, bazı bahislere takıldığım oluyor, ama kısa sürede onları da bırakıp neredeyse bilinçsizce oynamaya devam ediyordum. Çok dalgındım herhâlde; krupiyelerin birkaç kez bahislerimi düzelttiğini çok iyi hatırlıyorum. Çok kaba hatalar yapıyordum. Favorilerim bile terlemişti, ellerim titriyordu. Polonyalılar hemen koşup bana hizmet etmeyi teklif ettiler, ama kimseyi dinlemiyordum. Talihim de dönmüyordu! Birden etraftan bir uğultu ve gülüşmeler yükseldi. "Bravo, bravo!" diye bağrışıyorlardı, hatta alkışlayan bile oldu. Yine otuz bin florin kazanmış ve kasayı sabaha dek kapattırmıştım!

— Gidin, gidin! –diye fısıldadı biri sağ tarafımdan. Bu Frankfurtlu bir Yahudi'ydi; oynarken hep yanımdaydı ve sanırım birkaç kez yardım da etmişti.

— Tanrı aşkına gidin! –diye fısıldadı bir başkası sol tarafımdan. Dönüp baktım. Otuz yaşlarında, iddiasız ama düzgün giyimli bir kadındı fısıldayan; yorgun yüzünün hastalıklı bir beyazlığı vardı, ama bu bile vaktiyle çok güzel bir kadın olduğunu saklayamıyordu. Tam o sırada banknotları buruştura buruştura ceplerime dolduruyor, masada kalan altınlarımı topluyordum. Elli frederiklik son paketi aldım ve kimseye sezdirmeden beyaz yüzlü kadının avucuna sıkıştırdım; bunu yapmayı çok istemiştim, bir minnet işareti olarak incecik, uzun parmaklarıyla elimi sıktığını hatırlıyorum. Bütün bunlar bir anda olup bitivermişti.

Bütün paramı topladıktan sonra hızla trente et quarante'a gittim.

Trente et quarante'ı genellikle aristokratlar oynar. Rulete benzemez, bir iskambil oyunudur. Burada kasa yüz bin talere kadar karşılayabilir. En büyük bahis burada da dört bin florindir. Oyunun nasıl bir şey olduğunu hemen hiç bilmiyordum; burada kırmızı ve siyah vardı, ama bunun haricinde hiçbir bahisten haberim yoktu. Ben de hep onlara oynadım. Bütün kumarhane etrafımdaydı. Gece boyunca Polina'yı bir kez olsun düşünüp düşünmediğimi hiç hatırlamıyorum. Önümde sürekli büyüyen banknot yığınını tutup kendime çekmekten tarif edilemeyecek bir haz duyuyordum sadece.

Gerçekten de kader beni itiyor gibiydi. Bu kez de mahsus olmuş gibi, aslında kumarda sık sık rastlanan bir şey gelmişti başıma. Talih bazen, mesela kırmızıya bağlanır ve on, hatta on beş tur boyunca üst üste gelir kırmızı. Önceki gün kırmızının bir hafta önce üst üste yirmi iki kez geldiğini duymuştum; hiç kimse rulette böyle bir şeye rastlamadığından hayretle bundan bahsediliyordu. Elbette herkes onuncu kez üst üste gelmişken kırmızıyı bırakır, para koymaya cesaret edemez. Ama tecrübeli kumarbazların hiçbiri kırmızının karşıtı siyaha oynamaz o zaman da. Tecrübeli bir kumarbaz "kısmetin kaprisi"nin anlamını bilir. Mesela kırmızı on altı kere geldikten sonra on yedinci oyunda mutlaka siyah gelecekmiş gibi görünür insana. İşte acemilerin hepsi buna saldırır, bahislerini iki, üç katına çıkarır ve muazzam paralar kaybederler.

Ben de kırmızının tuhaf bir kaprisle yedi kez üst üste geldiğini görünce mahsus onu izledim. Bunun sebebinin yarı yarıya kendini beğenmişlik olduğuna eminim; çılgınca bir riske girerek seyircileri şaşırtmak istemiştim, aynı zamanda –tuhaf bir duyguydu– riske atılma arzusunun birdenbire tüm benliğimi kapladığını açıkça hatırlıyorum. Belki de ruh sayısız duyguyu bir anda tattıktan sonra tatmin olmuyor, huzursuzlanıyor ve nihai bir bitkinliğe varıncaya dek, her defasında artan bir şiddetle yepyeni duygular tatmak istiyordur. Gerçekten hiç uydurmuyorum, eğer kurallar bir kerede elli bin florin koymama izin verseydi derhâl koyardım. Etraftan bunun çılgınca olduğuna, kırmızının on dördüncü kez üst üste geldiğine dair sesler duyuyordum!

— Monsieur a gagné déjà cent mille florins,[5] –dedi yanımdakilerden biri.

Birden kendime geldim. Ne? Demek bir gecede yüz bin florin kazanmıştım! İyi de daha fazlası lazım değildi ki bana. Hemen banknotlarımı alıp saymadan ceplerime tıktım, hepsi paket hâlindeki altınlarımı da kapıp aceleyle kumarhaneden çıktım. Dopdolu olduklarından açık duran ceplerim ve altının ağırlığı yüzünden dengesiz yürüyüşümle kumar salonlarından geçerken herkes gülümsedi. Galiba üzerimde yarım puddan[6] çok daha fazla yük vardı. Bana doğru birkaç elin uzandığını gördüm, avuç dolusu para verdim bu ellere. Çıkışta iki Yahudi beni durdurdu.

— Cesursunuz! Çok cesursunuz! –dediler.– Fakat yarın sabah olabildiğince erken gidin buradan, yoksa hepsini kaybedersiniz...

Daha fazla dinlemeden devam ettim. Bulvar öyle karanlıktı ki kendi elimi bile göremiyordum. Otele de yarım verst kadar vardı. Çocukken bile hırsızlardan, haydutlardan korkmadığım için o anda bunları hiç düşünmedim. Zaten yolda ne düşündüğümü hatırlamıyorum; düşünce falan yoktu sanki. Sadece başarının, zaferin, gücün verdiği müthiş hazzı duyuyordum; başka nasıl anlatacağımı bilemiyorum. Polina geliyordu gözlerimin önüne, şu anda onun yanına gittiğimi hatırlıyor, birazdan kavuşacağımızı, ona her şeyi anlatacağımı, göstereceğimi düşünüyordum... Fakat bana kısa süre önce söylediklerini, yanından ne amaçla ayrıldığımı belli belirsiz hatırlıyordum, dahası ancak bir buçuk saat önce hissettiğim bütün duygular çok uzaklardaki bir geçmişte kalmış, çoktan aşılmış gibi geliyordu; artık onları anmayacaktık bile, çünkü her şey yeniden başlayacaktı. Bulvarın neredeyse sonuna geldiğimdeyse içime bir korku düştü: "Ya şimdi beni öldürüp soyarlarsa?" Her adımda korkum ikiye

---

5 Beyefendi yüz bin florin kazandı bile. (Fr.)

6 Bir pud 16,4 kg'dır.

katlanıyordu. Neredeyse koşmaya başlamıştım. Birden yolun sonunda sayısız ışıkla aydınlatılmış otelimizi gördüm. Tanrı'ya şükür gelmiştim!

Merdivenleri hızla çıkıp odamın kapısını açtım. Polina kollarını kavuşturmuş, yanan mumun karşısında, kanepemde oturuyordu. Şaşkın şaşkın yüzüme baktı, herhâlde o esnada çok tuhaf görünüyordum. Karşısında durdum ve paramı masaya boşaltmaya başladım.

XV. Bölüm

Gözlerini ısrarla yüzüme dikip bana baktığını, ama yerinden hiç kıpırdamadığını, hatta duruşunu bile değiştirmediğini hatırlıyorum.

— İki yüz bin frank kazandım! –diye bağırdım cebimdeki son paketi de masaya atarken. Banknotlar ve altın paketleri bütün masayı kaplayan bir yığın oluşturmuştu; bakışlarımı o yığından ayıramıyor, bazen Polina'yı tamamen unutuyordum. Kâh banknotları düzeltip bir yana koyuyor, kâh altınları toplamaya çalışıyor, kâh hepsini bırakıp derin düşüncelere dalmış vaziyette odada dolaşıyor, kâh masaya dönüp parayı saymaya başlıyordum. Birden aklım başıma yeni gelmiş gibi kapıya koşup anahtarı iki kez çevirdim. Sonra tereddütle küçük bavulumun önünde durdum.

Birden Polina'yı hatırlayıp ona dönerek:

— Sabaha kadar bavula mı koysam bunları? –diye sordum. Polina hiç kıpırdamadan aynı yerde oturuyor, ama gözleriyle beni takip etmekten de geri durmuyordu. Yüzünde tuhaf bir ifade vardı ve hiç hoşlanmamıştım bundan. Nefret dolu bir ifadeydi dersem yanılmış olmam.

Hemen ona yaklaştım.

— Polina işte yirmi beş bin florin, elli bin frank, hatta daha fazla eder. Alın ve yarın gidip onun suratına fırlatın.

Hiç karşılık vermedi.

— İsterseniz yarın sabah ben götürürüm. Olur mu?

Polina birden gülmeye başladı. Uzun süre de güldü.

Şaşkınlık ve üzüntüyle ona baktım. Bu gülüş yakın zamana dek benim en tutkulu itiraflarıma karşılık olarak kullandığı o özel, alaycı gülüşüne çok benziyordu. Nihayet susup somurttu; bana yan yan, sertçe baktı.

— Sizin paranızı almam, –diye mırıldandı küçümseyerek.

— Ne? Neden? –diye haykırdım.– Nereden çıktı bu Polina?

— Karşılıksız para kabul edemem.

— Dostunuz olduğum için veriyorum; canımı bile veririm size.

Gözlerinde meraklı bir ifadeyle, bakışlarıyla beni deşmek ister gibi uzun uzun bana baktı.

— Çok fazla veriyorsunuz, –dedi gülümseyerek.– Des Grieux'nün metresi elli bin frank etmez.

— Polina bana bunu nasıl dersin? –diye bağırdım sitemle.– Ben Des Grieux müyüm?

— Sizden nefret ediyorum! Evet... Evet!.. Sizi de Des Grieux'den fazla sevmiyorum! –diye bağırdı; gözleri parlamaya başlamıştı.

Birden ellerini yüzüne bastırdı ve bir kriz geçirmeye başladı. Ona doğru atıldım hemen.

Ben yokken bir şeyler olduğunu anlamıştım. Aklını kaybetmiş gibiydi. Hıçkırıklarla sarsılırken arada bana bağırıyordu:

— Satın al beni! İster misin? İster misin ha? Des Grieux gibi elli bin franka!

Ona sarıldım, ellerini, ayaklarını öptüm, dizlerine kapandım. Kriz birden geçiverdi. Ellerini omuzlarıma koyup yüzümden bir şey okumak ister gibi dikkatle bana bakmaya başladı. Beni dinliyor, ama söylediklerimi duymuyordu sanki. Yüzünde kaygılı, düşünceli bir ifade belirdi. Epey korkutmuştu beni; aklını kaçırdığını sanmıştım. Kâh beni usulca kendine doğru çekiyor, dudaklarında güven dolu bir gülümseme dolaşıyordu, kâh itiyor ve karanlık bir ifadeyle incelemeye başlıyordu.

Birden boynuma sarıldı:

— Beni seviyorsun değil mi, seviyor musun? –dedi.– Benim için... benim için... baronla düello edecektin!

Sonra birden aklına komik, hoş bir şey gelmiş gibi bir kahkaha attı. Hem gülüyor, hem de ağlıyordu. Ne yapabilirdim? Ben de hummaya tutulmuş gibiydim. Bir şeyler anlatmaya başladığını hatırlıyorum, ama hemen hiçbir şey anlamadım. Sayıklama gibi bir şeydi, bir an evvel bir şeyler anlatmak istermişçesine hızlı hızlı konuşuyordu; sayıklaması bazen beni korkutmaya başlayan neşeli bir kahkahayla kesiliyordu.

— Yok, yok sen benim sevgilimsin, sevgilim! –diye tekrarlayıp duruyordu.– Sadık sevgilimsin!

Sonra tekrar ellerini omuzlarıma koyup yine beni seyretmeye başlıyor, bir yandan da, "Beni seviyorsun... seviyorsun... Hep seveceksin değil mi?" diye tekrarlayıp duruyordu. Gözlerimi ayırmıyordum; onda hiç böyle şefkat ve sevgi nöbetleri görmemiştim daha önce; evet, şüphesiz sayıklama olmalıydı bunlar, ama... benim tutkulu bakışımı fark edince dudaklarında kurnaz bir gülümseme belirdi ve durup dururken Bay Astley'den bahsetmeye başladı.

Aslında lafı sürekli Bay Astley' getirip duruyordu (özellikle az evvel bana bir şeyler anlatmaya çalıştığı sırada), ama ne demeye çalıştığını anlayamıyordum; hatta onunla alay ettiğini sanmıştım. Oysa sürekli Bay Astley'in beklediğini tekrarlıyor, belki de penceremin altında olduğunu bilip bilmediğimi soruyordu. "Evet, evet, pencerenin altında, aç bak, orada işte!" diyerek beni pencereye doğru itiyor, ama ben kalkmaya davrandığımda çılgınca bir kahkaha atıyordu; yanından ayrılmıyordum ve o da boynuma sarılıyordu.

— Gidecek miyiz? Yarın gidecek miyiz gerçekten? –dedi birden, bu düşünce onu huzursuz etmişti.– Peki... (durup düşündü) peki büyükanneye yetişir miyiz ne dersin? Bence onu Berlin'de yakalarız. Bizi karşısında görünce şaşırır mı, ne der acaba? Ya Bay Astley? Ama o Schlangenberg'den atlamazdı değil mi? (Bir kahkaha attı.) Şunu dinle bak: Gelecek yaz nereye gidecek biliyor musun? Bilimsel araştırmalar yapmak için Kuzey Kutbu'na, hem beni de davet etti, ha, ha, ha! Avrupalılar olmadan biz Rusların hiçbir şey öğrenemeyeceğini, hiçbir şey yapamayacağımızı söylüyor... Ama o da iyi biri! Bizim "generali" hiç suçlamıyor biliyor musun; Blanche diyor... tutku yüzünden... aman neyse, bilmiyorum, bilmiyorum (ne diyeceğini unutmuş gibiydi). Zavallılar, onlara acıyorum, büyükanneye de acıyorum... Dur, dur, peki Des Grieux'yü nasıl öldürecektin? Gerçekten, gerçekten bunu düşündün mü? Ah aptal! Gerçekten Des Grieux ile düello etmene izin vereceğimi mi sandın? Sen baronu bile öldüremezdin ki, –dedi birden gülerek.– Ah baronun karşısında o kadar komik görünüyordun ki, bankta oturmuş ikinize bakıyordum, seni göndermeye çalıştığımda nasıl gitmek istememiştin ama! Öyle güldüm, öyle güldüm ki, –diye ekledi kahkahalar atarak.

Sonra yine beni öpüp sarılmaya, tutku ve şefkatle yüzünü yüzüme bastırmaya başladı. Artık hiçbir şey düşünmüyor, hiçbir şey duymuyordum, başım dönüyordu...

Kendime geldiğimde sabahın yedisiydi herhâlde; oda aydınlanmıştı. Polina yanıma oturmuş, tuhaf tuhaf etrafı inceliyordu; karanlıktan çıkmış da kafasını toparlamaya çalışıyormuş gibiydi. O da yeni kendine gelmiş, bakışlarını masaya ve paraya dikmişti. Başım ağrıyordu. Polina'nın elini tutmak istedim, birden beni itip kanepeden kalktı. Kasvetli bir gündü; şafaktan az önce yağmur yağmıştı. Polina pencereye yaklaşıp açtı, dirseklerini pervaza dayayarak aşağı sarktı, sonra dönüp bana bakmadan, söylediklerimi de duymadan iki üç dakika öylece kaldı. İçime bir korku düşmüştü: Şimdi ne olacaktı, bu iş nasıl sonuçlanacaktı? Polina birden pencereden çekilip masaya yaklaştı, müthiş bir nefretle bana baktı ve dudakları öfkeden titreyerek şöyle dedi:

— Şimdi elli bin frankımı ver bakalım!

— Polina yine mi, yine mi? –dedim.

— Fikrini mi değiştirdin? Ha, ha, ha! Pişman mı oldun yoksa?

Dün ayırdığım yirmi beş bin florin masadaydı; alıp ona uzattım.

— Şimdi bunlar benim mi oldu? Öyle mi? Öyle mi? –diye sordu kötücül bir sesle parayı alarak.

— Onlar hep senindi, –dedim.

— Öyleyse al işte elli bin frankını!

Paraları yüzüme fırlattı. Para destesi sertçe yüzüme çarpıp yere saçıldı. Polina da koşarak odadan çıktı.

O anda aklının başında olmadığını biliyorum, ama bu geçici çılgınlığı hâlâ anlayamıyorum. Aradan bir ay geçmesine rağmen hâlâ hasta olduğunu da biliyorum. İyi ama neden böyle davranmıştı, o aşırılığın nedeni neydi? İncinmiş gururu mu? Bana gelmeye karar vermesine neden olan çaresizliği mi? Onun gözünde ben de talihimle böbürlenmiş, ona elli bin frank bağışlayan Des Grieux'ye mi benzemiştim yoksa? Yemin ederim hiç öyle değildi. Sanırım suç bir ölçüde kibrindeydi: Ruhunda olup bitenler ona bile epey muğlak görünse de, bana güvenmemesini ve bana hakaret etmesini fısıldayan kibriydi. Des Grieux'nün cezasını ben çekmiştim elbette ve muhtemelen hiç günahım olmadan suçlu duruma düşmüştüm. Aslında hepsi sadece hezeyandı; ben de bu hezeyanı gördüğüm hâlde hiç önem vermemiştim doğrusu. Affedemediği bu muydu acaba? Davranışının sebebi bu olsa bile öncekininki neydi? Hezeyanı ve hastalığı Des Grieux'nün mektubuyla bana gelirken ne yaptığını unutturacak kadar şiddetli miydi yani? Demek ki ne yaptığını biliyordu.

Banknotlarımla altınlarımı ne yaptığımı hiç düşünmeden aceleyle yatağımın içine tıktım, üzerini örttüm ve Polina'dan on dakika sonra odamdan çıktım. Kendi odasına gittiğinden emindim, o yüzden onların dairesine geçip dadıdan küçükhanımın sağlığını öğrenmek istiyordum. Merdivende rastladığım dadıdan Polina'nın daha dönmediğini, onu aramak için bana geldiğini öğrenince şaşkına döndüm.

— Daha demin, on dakika önce yanımdan ayrıldı, –dedim,– nereye gitti ki?

Dadı ayıplar gibi bana baktı.

Bu arada olup bitenler otele yayılmıştı bile. Kapıcıdan müdüre kadar herkes küçükhanımın sabahın altısında yağmur altında koşarak çıktığını, doğruca Hotel d'Angleterre'e gittiğini fısıldıyordu birbirine. Konuşmalardan ve imalardan Polina'nın bütün geceyi odamda geçirdiğini öğrendiklerini anladım. Ayrıca generalin ailesi hakkında hikâyeler yayılmaya başlamıştı bile: Generalin dünkü deliliğini, bütün oteli ayağa kaldıracak kadar bağıra çağıra ağladığını biliyorlardı. Büyükannenin onun annesi olduğunu, oğlunun Matmazel de Cominges'le evlenmesine engel olmak için mirasından mahrum etmekle tehdit ettiğini, bu yüzden kalkıp Rusya'dan geldiğini söylüyorlardı; general söz dinlemediği için de annesi kontes, ona miras bırakmamak için gözlerinin önünde, rulette tüm servetini bilerek kaybetmişti. "Diese Russen!"[1] diyordu müdür öfkeyle başını sallayarak. Diğerleri de gülüyordu. Müdür hesabı hazırlıyordu. Benim kazandığımı da çoktan öğrenmişlerdi: Beni ilk kutlayan kat hizmetçisi Karl oldu. Fakat bunlarla uğraşacak vaktim yoktu. Hemen Hotel d'Angleterre'e koştum.

Henüz erkendi; Bay Astley hiç kimseyi kabul etmiyordu; yine de benim geldiğimi öğrenince karşılamak için koridora çıktı ve soğuk bakışlarını dikip konuşmamı bekledi. Hemen Polina'yı sordum.

— Hasta, –diye cevap verdi Bay Astley, dik dik bakmaya devam etti.

---

1 Şu Ruslar! (Alm.)

— Yani gerçekten yanınızda mı?

— Evet burada.

— Öyleyse siz... siz onu burada mı tutacaksınız?

— Evet öyle.

— Bay Astley bu bir rezalete yol açar; mümkün değil. Hem belki fark etmediniz ama epey hasta.

— Fark ettim, hem hasta olduğunu size söylemiştim. Hasta olmasa geceyi sizinle geçirmezdi zaten.

— Bunu da mı biliyorsunuz?

— Biliyorum elbette. Dün buraya gelecekti, ben de onu akrabam olan bir hanımın yanına götürecektim, ama hasta olduğu için hata yapıp size gelmiş.

— Bak sen! Eh öyleyse sizi kutlarım Bay Astley. Bu arada şimdi hatırladım: Bütün gece penceremin altında mıydınız? Bayan Polina gece boyunca pencereyi açıp orada olup olmadığınıza bakmamı söyleyip durdu ve bundan da pek hoşlandı doğrusu.

— Gerçekten mi? Hayır pencerenin altında falan değildim, ama koridorda bekliyor, bir aşağı bir yukarı dolanıyordum.

— Tedaviye ihtiyacı var Bay Astley.

— Ah evet, bir doktor çağırttım; ama ölürse bunun hesabını vereceksiniz bana.

Şaşkına dönmüştüm.

— Bağışlayın ama ne demek istiyorsunuz Bay Astley?

— Dün iki yüz bin taler kazandığınız doğru mu?

— Sadece yüz bin florin.

— İşe bak! Öyleyse bugün Paris'e gideceksiniz herhâlde değil mi?

— Neden?

— Ruslar para bulduklarında Paris'e gider, –dedi Bay Astley, bunları bir kitapta okumuş gibi konuşuyordu.

— Şimdi, yaz mevsiminde Paris'te ne yapayım? Onu seviyorum Bay Astley! Bunu biliyorsunuz!

— Öyle mi? Pek sanmıyorum. Hem burada kalırsanız, tüm paranızı kaybedersiniz ve Paris'e de gidemezsiniz. Neyse, iyi yolculuklar size, bugün Paris'e gideceğinize eminim.

— Peki hoşça kalın, ama Paris'e gitmeyeceğim. Başımıza neler geleceğini bir düşünün Bay Astley. Yani general... ve şimdi de Bayan Polina... bütün şehir bunu konuşacak.

— Evet, bütün şehir konuşacak, ama general pek aldırmayacaktır sanırım, bununla ilgilenmez bile. Hem Bayan Polina'nın istediği yerde yaşama hakkı var. Ailesine gelince, gayet haklı olarak artık ailesi olmadığı söylenebilir.

Yürürken mutlaka Paris'e gideceğimi söyleyen şu İngiliz'in tuhaf güvenine gülüyordum. "Bir de Matmazel Polina ölürse, beni düelloda öldürecekmiş, –diye düşünüyordum,– işe bak sen!" Yemin ederim Polina'ya çok üzülüyordum, fakat tuhaftır, dün oyun masasına dokunduğumdan ve para destelerini toplamaya başladığımdan beri aşkım ikinci plana düşmüş gibiydi. Bunu şimdi söylüyorum elbette; o zamanlar bunu bu kadar açık fark etmemiştim. Peki gerçekten de bir kumarbaz mıydım ve Polina'yı böyle... böyle tuhaf mı seviyordum? Hayır, onu hâlâ seviyorum, Tanrı şahidimdir! Bay Astley'den ayrılıp otele dönerken gerçekten acı çekiyor, kendimi suçlayıp duruyordum. Fakat... fakat tam o sırada son derece tuhaf ve aptalca bir şey geldi başıma.

Aceleyle generalin dairesine giderken birden yan dairenin kapısı açıldı ve biri bana seslendi. Madame veuve de Cominges, Matmazel Blanche'ın beni istediğini söylüyordu. Matmazel Blanche'ın dairesine girdim.

İki odalı küçük bir daireydi. Yatak odasından Matmazel Blanche'ın epey yüksek sesle konuştuğu, kahkaha attığı duyuluyordu. Yataktan yeni kalkıyordu.

— A, c'est lui! Viens donc, bête! Que tu as gagné une montagne d'or et d'argent doğru mu? J'aimerais mieux l'or.[2]

---

2 Hah bu o! Gel buraya seni sersem! Dağ gibi altın ve gümüş kazandığın doğru mu? Ben altını daha çok severim. (Fr.)

— Doğru kazandım, –diye cevap verdim sırıtarak.

— Ne kadar?

— Yüz bin florin.

— Bibi comme tu es bête! Girsene içeri, iyi duymuyorum. Nous ferons bombance, n'est-ce pas?[3]

Yatak odasına girdim. Esmer, dinç, olağanüstü omuzlarını –ki öylesi ancak rüyalarda görülebilir– açıkta bırakan pembe, saten bir çarşafın altındaydı; esmer tenine müthiş yakışan bembeyaz, parlak dantellerle süslü patiska bir geceliği vardı.

— Mon fils, as-tu du coeur?[4] –diye haykırdı beni görünce ve bir kahkaha attı. Hep keyifle gülerdi, hatta bazen de samimi.

— Tout autre...[5] –diye başladım Corneille alıntısına devam ederek.

— Bak gördün mü, vois-tu? –dedi.– Önce şu çoraplarımı getir ve giymeme yardım et; sonra si tu n'es pas trop bête, je te prends à Paris.[6] Hemen gidiyorum bildiğin gibi.

— Hemen mi?

— Yarım saat sonra.

Gerçekten her şey toplanmıştı. Bavullar ve eşyalar hazır bekliyordu. Kahvaltı da çoktan bitmişti.

— Eh bien! İstersen tu verras Paris. Dis donc qu'est ce que c'est qu'un outchitel? Tu étais bien bête, quand tu étais outchitel.[7] Ya çoraplarım nerede? Giydir şunları ayağıma, haydi!

Gerçekten büyüleyici, esmer, küçücük bir ayak uzattı; o daracık çizmelerin içinde pek sevimli görünmelerine rağmen şekilleri fena hâlde bozulan ayaklara hiç mi hiç benzemiyor-

---

3 Ah ne sersemsin! ... Bir ziyafet çekeriz değil mi? (Fr.)

4 Oğlum cesur musun? (Fr.)

5 Başka herkes... (Fr.)

6 ... çok sersem değilsen seni Paris'e götürürüm. (Fr.)

7 Pekâlâ! İstersen Paris'i görürsün. Söylesene outchitel nedir? Bir outchitel'ken çok sersemdin.

du. Güldüm ve ipek çorabı gererek giydirmeye başladım. Bu arada Matmazel Blanche yatağında oturmuş gevezelik ediyordu.

— Eh bien, que feras-tu, si je te prends avec? Önce je veux cinquante mille francs. Onları bana Frankfurt'ta verirsin. Nous allons à Paris; orada birlikte yaşarız et je te ferai voir des étoiles en plein jour.[8] Ömründe hiç görmediğim türden kadınlar gösteririm sana. Bak şimdi...

— Dur biraz sana elli bin frank verirsem bana ne kalacak?

— Et cent cinquante mille francs, üstelik de seninle, que sais-je, bir iki ay yaşamaya razı oluyorum! Elbette iki ayda öbür yüz elli bin frankı da harcarız. Görüyor musun, je suis bonne enfant, sana önceden söylüyorum işte, mais tu verras des étoiles![9]

— Nasıl, hepsini iki ayda mı?

— Ne yani? Bundan mı korktun? Ah vil esclave! Ama bu yaşamın bir ayı bütün ömründen daha iyidir. Bir ay... et après le deluge! Mais tu ne peux comprendre, va! Haydi git, buna layık değilsin! Ay, que fais-tu?[10]

O sırada diğer çorabı giydiriyordum, ama dayanamayıp ayağını öptüm. Hemen çekti ayağını ve ucuyla yüzüme vurmaya başladı. En sonunda beni tamamen kovdu. Ben çıkarken de arkamdan bağırdı:

— Eh bien, mon outchitel, je t'attends, si tu veux;[11] on beş dakika sonra gidiyorum!

Odama giderken başım fırıl fırıl dönüyordu sanki. Ne yani, Matmazel Polina bir deste parayı yüzüme fırlattıysa,

---

8 Ee, seni yanıma alırsam ne yapacaksın? Önce elli bin frank isterim... Paris'e gideriz... güpegündüz yıldızları gösteririm sana... (Fr.)

9 Yüz elli bin daha var ya ... ne bileyim ... iyi bir çocuğum ben ... ama yıldızları göreceksin. (Fr.)

10 Ah seni adi köle! ...sonrası tufan... ama sen anlamazsın, haydi!.. Ay, ne yapıyorsun? (Fr.)

11 Pekâlâ outchitel'im, istersen seni beklerim... (Fr.)

daha bir gün önceden Bay Astley'i tercih ettiyse suç benim miydi? Yerde hâlâ birkaç banknot vardı; onları da topladım. Tam o sırada kapı açıldı ve (daha önce yüzüme bile bakmak istemeyen) müdür içeri girip, aşağıda Kont V.'nin yeni boşalttığı şahane daireye yerleşmek isteyip istemediğimi sordu.

Bir süre düşündükten sonra:

— Hesap! –diye bağırdım,– On dakika sonra Paris'e gidiyorum.

"Paris'se Paris! –diye düşündüm.– Madem kaderde bu var!"

On beş dakika sonra üçümüz birlikte özel bir kompartımanda oturuyorduk: Ben, Matmazel Blanche ve madame veuve de Cominges. Matmazel Blanche bana bakarak isterik kahkahalar atıyordu. Veuve Cominges de onu taklit ediyordu; pek keyifli olduğumu söyleyemem. Hayatım darmadağın oluyordu, ama dünden beri her şeyimi tek bir kâğıda oynamaya alışmıştım. Belki de onca paraya sahip olmayı kaldıramadığımdan başım dönmüştü. Peut-être, je ne demandais pas mieux.[12] Bazen bir anlığına –ama sadece bir anlığına– dekor değişmiş gibi geliyordu. "Bir ay sonra buraya döneceğim, işte o zaman... işte o zaman sizinle boy ölçüşeceğiz Bay Astley!" Yok, yok, şimdi hatırlayabildiğim kadarıyla şu aptal Blanche ile birlikte kahkahalar atsam da dehşetli üzgündüm.

Blanche gülmeyi kesip beni ciddi şekilde azarlamaya başladı:

— İyi ama, ne istiyorsun? Ne aptalsın! Ah ne aptal! Evet, evet, iki yüz bin frankını harcayacağız, mais tu seras heureux, comme un petit roi;[13] kravatlarını ellerimle bağlayacağım, seni Hortense'la tanıştıracağım. Bütün parayı harcadıktan sonra buraya gelip kasaları yine boşaltırsın. Ne demişti Yahudiler? En önemlisi cesarettir, o da sende var, Paris'e

12 Belki de tek ihtiyacım olan buydu. (Fr.)
13 ...ama küçük bir kral gibi mutlu olacaksın...

bana daha çok para taşıyacaksın. Quant à moi, je veux cinquante mille francs de rente et alors...[14]

— Ya general? –diye sordum.

— Bildiğin gibi general her gün bu saatte bana bir buket çiçek almaya gider. Bu kez bilerek en nadir çiçekleri bulmasını söyledim. Zavallı döndüğünde kuş çoktan uçmuş olacak! Fakat peşimizden gelecek, görürsün. Ha, ha, ha! Çok eğleneceğim. Paris'te çok işime yarar; Bay Astley de buradaki borçlarını ödeyecek...

İşte Paris'e böyle gittim.

14 Bana gelince, elli bin frank gelir istiyorum, ondan sonra... (Fr.)

XVI. Bölüm

Paris hakkında ne anlatabilirim ki? Orada yaşadığım her şey elbette saçmalık ve aptallıktı. Paris'te en fazla üç hafta kaldım, ama bu sürenin sonunda yüz bin frankım gitmişti. Sadece yüz bin diyorum, çünkü öbür yüz bin frankı Matmazel Blanche'a verdim: Elli binini Frankfurt'ta, elli binini de üç gün sonra senet olarak Paris'te; ayrıca bir hafta sonra bana gelip, "Et les cent mille francs, qui nous restent, tu les mangeras avec moi, mon outchitel,"[1] dedi. Bana hep öğretmen diyordu. Doğrusu dünyada Matmazel Blanche kadar hesaplı, paragöz bir varlık zor bulunur. Elbette sadece kendi parası söz konusu olduğunda. Benim yüz bin franka gelince, daha sonra açıkladığına göre, Paris'e yerleşmek için bu paraya ihtiyacı vardı. "Artık kendi ayaklarımın üzerinde konforlu bir hayat sürebilecek durumdayım ve uzun süre kimse beni yıkamaz, en azından böyle ayarladım her şeyi," diye ekledi. Gerçi o yüz bin frankı neredeyse hiç görmedim bir daha; paraların hepsi ondaydı, her gün kontrol ettiği cüzdanımda asla yüz franktan fazlası olmuyordu, genellikle daha azı vardı.

Bazen en saf ifadesini takınıp, "Parayı ne yapacaksın ki?" diyordu, ben de uzatmıyordum. Oysa kendisi çok lüks bir daireye yerleşti ve bana yeni evini gezdirirken şöyle

1 Kalan yüz bin frankı da benimle yiyeceksin outchitel'im. (Fr.)

dedi: "İşte bak, tutumlu ve zevk sahibi olunca, insan en kıt imkânlarla neler yapabiliyor." Kıt imkân dediği tam elli bin franktı. Kalan elli bin frankla da kendine arabayla at aldı, iki balo verdik, daha doğrusu çok hem de pek çok konuda nam salmış, ama hiç de fena kızlar olmayan Hortense, Lisette ve Cléopâtre'nin de katıldığı iki suare demeli. Bense bu iki suarede gayet aptalca ev sahibi rolünü oynamak, katlanılmayacak kadar cahil, arsız, sonradan görme zenginleri, türlü türlü subayı, acınası yazarları ve son moda fraklı, sapsarı eldivenler giymiş, bizim Peterburg'takilerin hayal bile edemeyecekleri –ki bu kadarı bile az şey değildir– bir kibir ve çalımla yürüyen gazeteci bozuntularını kabul etmek zorunda kaldım. Bir ara benimle alay etmeye bile kalkıştılar, ama ben şampanyayla iyice sarhoş olduğumdan yan odada sızdım. Bütün bunlar son derece iğrenç geliyordu. Matmazel Blanche benden bahsederken, "C'est un outchitel, –diyordu,– il a gagné deux cent mille francs,[2] ben olmasam nereye harcayacağını bilemezdi. Daha sonra yeniden öğretmenliğe dönecek; iyi bir yer bileniniz var mı? Onun için bir şeyler yapmalı." Çok şampanya içiyordum, çünkü hep çok üzgündüm ve müthiş canım sıkılıyordu. Burjuvazinin tam ortasında, her meteliğin ince ince hesaplandığı, dünyanın en çıkarcı çevresinde yaşıyordum. İki hafta boyunca Blanche benden nefret etti, bunu fark etmiştim; beni çok şık giydirip, gerçekten kravatımı her gün kendi elleriyle bağlıyordu, ama içten içe beni müthiş küçümsüyordu. Benimse umurumda bile değildi. Kederli ve sıkkın vaziyette dışarı çıkmaya, çoğunlukla da "Château des Fleurs"e gitmeye başladım; her akşam gayet düzenli olarak içiyor, kankan dansını –rezil bir danstı– öğreniyordum, sonradan bu konuda nam bile saldım. Nihayet Blanche nasıl biri olduğumu anladı: Her nedense birlikte yaşadığımız süre boyunca elimde kalem kâğıtla peşinde koşup ne kadar harcadığını, ne kadar çaldığını, daha

2 Bir outchitel, iki yüz bin frank kazandı... (Fr.)

ne kadar harcayıp ne kadar çalacağını hesaplayacağımı sanmıştı. On franklık her banknot için benimle sıkı bir mücadeleye gireceğine emindi. Her saldırımı önceden hesaplayıp, her biri için çoktan bir karşılık bile hazırlamıştı, fakat saldırı falan gelmediğini görünce benden önce davranmaya karar vermişti. Bazen hararetli bir şekilde üzerime gelmeye başlıyor, ama gıkımı çıkarmadığımı –çoğunlukla da kanepeye devrilip hiç kıpırdamadan gözlerimi tavana diktiğimi– görünce şaşkına dönüyordu. Önceleri benim sadece bir aptal, bir "outchitel" olduğumu sandığından ve herhâlde "Aptalın teki işte, kendisi anlamazsa uyandırmaya gerek yok," diye düşündüğünden açıklamalarını yarıda kesip yanımdan ayrılıyor, ama on dakika sonra dönüp devam ediyordu. Kesemize hiç uymayan, en çılgınca harcamalar yaptığı zamanlarda aramızda bunlar geçiyordu işte: Mesela atlarını on altı bin frank değerindeki bir çift atla değiştirdiğinde öyle yapmıştı.

— Ee, kızmadın mı? –demişti bana yaklaşarak.

— Haa-yır! Ca-nı-mı sıkıyorsun! –dedim elimle onu iteleyerek, fakat bunu öyle ilginç buldu ki, hemen yanıma oturuverdi.

— Bak atları bu kadar pahalıya aldım, çünkü bu bir fırsat. Şimdi satsak en az yirmi bin frank ederler.

— İnanıyorum, inanıyorum; atlar da çok güzel, araban kusursuz oldu şimdi, bu da çok işine yarar; eh bu kadarı da kâfi zaten.

— Kızmadın mı yani?

— Neden kızayım? İhtiyacın olan şeyleri temin etmekle akıllılık etmişsin. Hepsi sonradan çok işine yarayacak. Böyle yaşaman gerektiğini gerçekten anlıyorum; aksi takdirde bir milyon falan edinemezsin. Bizim yüz bin frank sadece bir başlangıç, denizde bir su damlası.

Benden bu tür düşüncelerden başka her şeyi (bağrışmalar, azarlar!) bekleyen Blanche basbayağı damdan düşmüş gibi oldu.

— Yani sen... sen böyle misin? Mais tu as de l'esprit pour comprendre! Sais-tu, mon garçon,[3] bir outchitel olsan da prens doğmuş olmalısın! Paramızın bu kadar çabuk bitmesine üzülmüyorsun demek, öyle mi?

— Olabildiğince çabuk bitsin!

— Mais... sais-tu... mais dis donc, yoksa zengin misin sen? Mais sais-tu, parayı fazla küçümsüyorsun. Qu'est ce que tu feras après, dis donc?[4]

— Après[5] Homburg'a gider, yüz bin frank daha kazanırım.

— Oui, oui, c'est ça, c'est magnifique![6] Kazanacağına ve parayı buraya bana getireceğine eminim. Öyle bir tavrın var ki, sonunda seni gerçekten seveceğim! Eh bien, madem böylesin ben de birlikte olduğumuz müddetçe seni severim, bir kez bile aldatmam. Şu son günlerde seni sevmiyordum, parce que je croyais, que tu n'est qu'un outchitel (quelque chose comme un laquais, n'est-ce pas?) ama hep sana sadık kaldım, çünkü parce que je suis bonne fille.[7]

— İyi yalan söylüyorsun! Geçen sefer seni Albert'le, şu karayağız subayla görmediğimi mi sanıyorsun?

— Ah, mais tu es...[8]

— Yalan söylüyorsun, yalan, ama buna kızdığımı düşünme. Umurumda değil! Il faut que jeunesse se passe.[9] Madem benden önce vardı ve madem seviyorsun, bırakacak değilsin tabii. Yalnız ona para verme, tamam mı?

— Yani buna da mı kızmadın? Mais tu es un vrai philosophe, sais-tu? Un vrai philosophe! –diye bağırdı heye-

---

3 Anlayacak kadar zekisin! Biliyor musun oğlum... (Fr.)

4 Fakat... biliyor musun... söylesene... Ya sonra ne yapacaksın? (Fr.)

5 Sonra. (Fr.)

6 Evet, evet harika! (Fr.)

7 Çünkü senin sadece bir outchitel (uşak gibi bir şey bu değil mi?) olduğunu sanıyordum... ben iyi bir kızım (Fr.)

8 Ah ama sen... (Fr.)

9 Gençliğin hakkı olmalı. (Fr.)

canla.– Eh bien, je t'aimerai, je t'aimerai... tu verras, tu sera content![10]

Gerçekten o günden sonra bana bağlanmıştı sanki, hatta dostça davranıyordu; son on günümüz de böyle geçti. Söz verdiği "yıldızlar"ı görmedim, ama bazı sözlerini tuttu. Üstelik beni Hortense'la, kendi türünde epey ilginç bir kadın olan ve bizim çevrede Thérèse-philosophe[11] denen Hortense'la tanıştırdı.

Bunda daha fazla anlatacak bir şey yok; bunlar başka tür bir hikâyenin konusu olabilir ancak, bu hikâyeye öyle bir hava vermek istemiyorum. İşin aslı, bütün bunların en kısa zamanda sona ermesini çok istiyordum. Fakat daha önce söylediğim gibi, bizim yüz bin frank neredeyse bir ay yetti, buna da gerçekten şaşırıyordum: Blanche en azından seksen bin franklık özel alışveriş yaptığına göre, biz sadece yirmi bin frank harcamıştık. Sonlara doğru bana karşı gerçekten dürüst davranan (en azından bazı konularda yalan söylemeyen) Blanche, kaçınılmaz bazı borçlarını karşılamak zorunda kalmayacağımı söyledi. "Sana ne fatura ne de senet imzalattım, –dedi,– çünkü acıdım; başkası olsa mutlaka bunu yapar, seni de hapse gönderirdi. Bak işte, seni ne kadar sevdim, ne kadar iyiyim sana karşı! Yalnız bu evlenme belası pahalıya patlayacak!"

Gerçekten bir düğün yapıldı. Birlikte yaşadığımız ayın tam sonunda yapıldı ve sanırım benim yüz bin franktan kalanlar da buna harcandı. Bu iş de böylece bitti, yani bizim bir ayımız sona erdi, sonra resmen emekliye ayrıldım.

Bu da şöyle oldu: Paris'e yerleşmemizden bir hafta sonra general geldi. Trenden iner inmez Blanche'ın dairesine geldi ve neredeyse daha ilk ziyarette yanımıza yerleşiyor-

---

10 Fakat sen gerçek bir filozofsun, biliyor musun? Gerçek bir filozof!.. Pekâlâ, seveceğim seni, seveceğim... göreceksin, mutlu olacaksın! (Fr.)

11 Filozof Thérèse. (Fr.) Erotik içerikli anonim kitap *Thérèse-philosophe, ou Mémoires pour servir à l'histoire de D. Dirrag et de m-lle Eradice*'in kahramanı.

du. Aslında bir yerlerde küçük bir dairesi de vardı. Blanche onu sevinç çığlıkları ve kahkahalarla karşıladı, hatta boynuna bile sarıldı; onu bırakmadı, general de peşinden her yere gitmek zorunda kaldı: Bulvara, gezintilere, tiyatrolara, tanıdıklara giderken hep yanında sürükledi adamı. General hâlâ bu iş için uygundu, gayet saygın ve soylu görünüyordu... uzun boyluydu, boyalı uzun favorileri (zırhlı süvari alayındaydı eskiden), biraz toplu olsa da güzel bir yüzü vardı. Davranışları kusursuzdu, frakı çok iyi taşırdı üzerinde. Paris'te madalyalarını takmaya da başlamıştı. Bulvarlarda böyle bir adamla dolaşmak sadece akıllıca değil, deyim yerindeyse *tavsiye edilmesi* gereken bir şeydi de. İyi ve ahmak general bunların hepsine bayılıyordu, Paris'e gelip bize uğradığında bu kadarını hiç beklemiyordu. Hatta korkudan titriyordu, Blanche'ın bağıra çağıra onu kovacağını sanmıştı. Bu yüzden işlerin böyle tersine dönmesine pek sevindi ve bütün bir ayı kendini bile unuttuğu bir mutluluk içinde geçirdi; onu bıraktığımda da hâlâ aynı durumdaydı. Biz Roulettenbourg'dan ayrıldıktan sonra başına gelenleri, o sabah bir tür kriz geçirdiğini ancak buraya geldikten sonra öğrendim. Kendini kaybederek düşmüş, bütün bir hafta deli gibi sayıklayıp durmuş. Tedavi görüyormuş, ama birden her şeyi bırakıp trene atladığı gibi doğruca Paris'e kaçmış. Blanche'ın onu karşılayış biçimi de elbette en iyi ilaç gibi gelmişti. Fakat o mutluluk hâline rağmen, hastalığın izleri uzun zaman silinmedi. Artık düzgün akıl yürütemiyor, birazcık ciddi bir konuşmayı bile beceremiyordu; böyle durumlarla karşılaştığında her kelimesine bir "Hımm!" ekliyor ve başını sallıyordu... böylece geçiştiriyordu. Sık sık gülüyordu, ama sinirli, hastalıklı bir gülüşle. Bazen de gür kaşlarını çatıp somurtuyor, yüzünde gece gibi karanlık bir ifadeyle saatlerce kıpırdamadan oturuyordu. Hiç hatırlamadığı bir sürü şey vardı; saygısızlığa varacak kadar dalgınlaşmış, kendi kendine konuşma alışkanlığı edinmişti. Sadece Blanche onu canlandırabiliyordu; bir köşede oturup her şeyi unuttuğu o kasvetli somurtkanlık nöbetleri ya Blanche'ı uzun zamandır görmediğinden, ya Blanche sokağa çıkarken onu yanına almadığından ya da evden çıkarken ona şefkat göstermediğindendi. Böyle anlarda ne istediğini söyleyemiyor, kederli olduğunu kendi bile bilmiyordu. Bir iki saat hiç kımıldamadan oturduktan sonra (Blanche herhâlde Albert'le buluşmaya gittiği ve bütün gün ortada görünmediği zamanlarda bunu birkaç kez gözlemledim) birden çevresine bakınmaya, kıpırdanmaya, sağa sola dönmeye başlıyor, bir şeyleri hatırlamaya çalışıyor, birini arıyordu sanki; hiç kimseyi göremeyip ne soracağını da hatırlayamayınca, gayet şık giyinmiş, neşeli, cilveli Blanche çın çın öten kahkahalarla eve gelene dek yine uyuşukluğa gömülüyordu. Blanche hemen ona koşuyor, azarlıyor ve nadiren de olsa sarılıp öpüyordu. Bir keresinde general onu görünce öyle sevindi ki ağlamaya bile başladı; buna çok şaşırmıştım.

Blanche, general gelir gelmez onun tarafına geçmişti. Hatta bir nutuk bile çekti: Benim yüzümden generale ihanet ettiğini, onunla nişanlı sayıldığını, ona söz verdiğini hatırlattı; generalin onun uğruna ailesini terk ettiğini, nihayet onun hizmetinde olduğumu söyledi... ayrıca kendimden utanmalıydım... Bunları söylerken sesimi bile çıkarmadım. En sonunda kahkahalarla gülmeye başladım ve her şey orada bitiverdi, yani önce beni aptal sandı, sonra da benim iyi, mülayim bir insan olduğum fikrini tercih etti. Kısacası sonunda bu yüce ruhlu saygın kadının bütün muhabbetini kazanma mutluluğuna erişmiştim. (Bu arada Blanche gerçekten çok iyi bir kızdı... elbette kendi türüne göre; başta onu yanlış değerlendirmişim.) Sonlara doğru bana, "Sen akıllı ve iyi bir insansın, –diyordu,– ama... ama... bu kadar aptal olman çok üzücü! Asla, asla bir şey kazanamayacaksın! Un vrai Russe, un Calmouk!"[12]

12 Gerçek bir Rus, bir Kalmuk! (Fr.)

Uşağını tazısını gezdirmeye gönderir gibi, beni de birkaç kez generali gezdirmeye gönderdi. Ben de onu tiyatroya, Bal Mabille'e, lokantalara götürdüm. Generalin parası olmasına ve herkesin içinde cüzdanını çıkarmaya bayılmasına rağmen, Blanche bu geziler için bana para veriyordu. Bir keresinde generalin Palais-Royal'de görüp beğendiği ve mutlaka Blanche'a almak istediği bir broşa yedi yüz frank vermesini engellemek için neredeyse zor kullanmam gerekti. Yedi yüz franklık bir broşu ne yapacaktı Blanche? Generalin parası da bin franktan fazla değildi. Bu parayı nereden bulduğunu da hiç öğrenemedim. Herhâlde oteldeki hesabını da kapatan Bay Astley'den almıştır. Sanırım general bu süre zarfında Blanche'la ilişkimi hiç anlamadı. Kumarda kazandığımdan haberi vardı galiba, ama Blanche'ın özel sekreteri, hatta belki de uşağı olduğumu sanıyordu. En azından benimle eskisi gibi tepeden bakarak emrindeymişim gibi konuşuyor, hatta bazen beni azarlıyordu. Bir sabah kahvaltıda Blanche'la beni pek eğlendirdi. Hiç alıngan değildi aslında; durup dururken bana gücenmesinin sebebini hâlâ bilmiyorum. Hoş kendisi de bilmiyordur sanırım. Neyse, başı sonu belli olmayan à bâtons-rompus[13] bir sohbet esnasında yaramazın teki olduğumu, bana günümü göstereceğini... aklımı başıma getireceğini... ve benzeri şeyler söyledi bağırarak. Fakat hiç kimse bunlardan bir şey anlamadı. Blanche kahkahalarla gülüyordu; nihayet generali biraz olsun sakinleştirip gezmeye götürdük. Bu arada pek çok kez üzüntüye kapıldığını, birine veya bir şeye hayıflandığını, Blanche'ın varlığına rağmen birilerinin eksikliğini hissettiğini fark ettim. Bu anların birkaçında bana içini döktü, ama asla kesin bir şey öğrenemedim açıklamalarından; askerliğini, ölmüş karısını, topraklarını, servetini hatırlıyordu. Kazara bir kelime hoşuna giderse, duygularını ve düşüncelerini yansıtmamasına rağmen günde yüz kere tekrarlıyordu. Konuşmayı çocuklarına getirmek

---

13 Dereden tepeden. (Fr.)

istiyordum, ama eskiden yaptığı gibi hep laf kalabalığına boğuyor ve hemen konuyu değiştiriyordu: "Evet, evet, çocuklar, haklısınız, çocuklar!" Bir keresinde tiyatroya giderken duygulandı: "Talihsiz çocuklar onlar, –dedi birden,– evet bayım, talihsiz çocuklar!" O akşam birkaç kez "Talihsiz çocuklar!" diye tekrarladı. Polina'dan bahsetmek istediğimde çok kızdı. "Nankör bir kız o! –diye bağırdı,– kötü ve nankör! Ailemizin şerefini lekeledi! Burada yasalar işlese onu şişe geçirirdim! Evet efendim!" Des Grieux'ye gelince, ismini duymaya bile dayanamıyordu: "Beni mahvetti, –diyordu,– beni soydu, paramparça etti! Tam iki yıl karabasanım oldu! Aylarca rüyalarıma girdi! O... O herif... Sakın bana ondan bahsetmeyin!"

İkisi arasında bir şeyler olduğunu görüyor, ama her zamanki gibi susuyordum. İlk açılan Blanche oldu: Ayrılmamızdan tam bir hafta önceydi.

— Il a de la chance![14] –dedi,– Babouchka gerçekten hastaymış, hatta ölmek üzereymiş. Bay Astley bir telgraf yollamış; takdir edersin ki her şeye rağmen general onun varisi. Olmasa da önemi yok. Bir defa emekli maaşı var, ikincisi gayet mutlu olacağı arka odada yaşayacak. Ben "madame la générale" olacağım. Yüksek sosyeteye gireceğim (Blanche bunun hayaliyle yaşıyordu), sonra Rus pomeşçiki olacağım, j'aurai un château, des moujiks, et puis j'aurai toujours mon million.[15]

— Ya kıskançlığa başlar, taleplerini artırırsa... Tanrı bilir neler ister... anlarsın ya.

— Ah hayır, non, non, non! Cüret edemez! Ben tedbirimi aldım, hiç merak etme! Ona Albert adına yazılı bir sürü senet imzalattım bile. Gık derse cezasını çeker, buna cüret edemez!

— İyi evlen o zaman...

---

14 Şansı dönüyor. (Fr.)

15 ...bir şatom, mujiklerim olacak, milyonumu da nasılsa kazanırım.

Özel bir merasim olmaksızın, aile arasında sade bir düğün yapıldı. Albert ve birkaç yakın dost çağırılmıştı. Hortense, Cléopâtre ve diğerleri uzaklaştırılmıştı. Damat son derece ciddiydi. Blanche kravatını elleriyle bağladı, pomatlar sürdü; general frakı ve beyaz yeleğiyle très comme il faut[16] idi.

Blanche generalin odasından çıkarken, sanki très comme il faut olması onu bile şaşırtmış gibi:

— Il est pourtant très comme il faut,[17] –dedi. Bütün bunlara tembel bir seyirci olarak katıldığım için ayrıntılara giremiyorum, zaten çoğunu da unuttum. Sadece Blanche'ın ve annesinin soy isimlerinin de Cominges değil, du Placet olduğu aklımda kaldı. Neden de Cominges ismini kullandıklarını hâlâ bilmiyorum. Fakat general bu duruma memnun olmuş gibiydi, hatta du Placet ismi, de Cominges'den daha çok hoşuna gitti. Düğün sabahı giyinip kuşanmış, salonda bir aşağı bir yukarı dolaşırken gayet ciddi bir tavırla tekrarlayıp duruyordu: "Mademoiselle Blanche du Placet! Blanche du Placet! Du Placet!" Yüzünde biraz mağrur bir ifade parlıyordu. Kilisede, belediyede ve evdeki yemek sırasında sadece mutlu değil, aynı zamanda gururluydu. İkisine de bir hâller olmuştu aslında. Blanche da pek özel meziyetleri varmış gibi bir eda takınmıştı.

— Artık bambaşka davranmalıyım, –dedi son derece ciddi bir sesle.– Mais vois-tu, daha önce düşünmediğim tatsız bir şey var: Yeni soy ismimi hâlâ ezberleyemedim! Zagoryanski, Zagozianski, madame la générale de Sago-Sago, ces diables des noms russes, enfin madame la générale à quatorze consonnes! comme c'est agréable, n'est-ce pas?[18]

Nihayet ayrıldık, hatta Blanche, o aptal Blanche vedalaşırken ağladı. "Tu étais bon enfant, –dedi hıçkırarak.– Je

---

16 Gayet doğru düzgün. (Fr.)

17 Yine de gayet doğru düzgün. (Fr.)

18 Ama biliyor musun... lanet olası Rus isimleri, Madam General on dört sessiz harfli! Ne güzel değil mi? (Fr.)

te croyais bête et tu en avais l'air,[19] ama bu sana yakışıyor." Elimi son bir kez daha sıktıktan sonra birden, "Attends!"[20] diye bağırdı. Hemen odasına koştu, bir dakika sonra bin franklık iki banknotla döndü. Böyle bir şey yapacağına dünyada inanmazdım! "Al, işine yarar; bir outchitel olarak belki çok bilgilisin, ama çok aptal bir adamsın. İki binden fazla vermiyorum, çünkü nasıl olsa kaybedeceksin. Eh elveda! Nous serons toujours bons amis; eğer yine kazanırsan, mutlaka beni görmeye gel, et tu seras heureux!"[21]

Cebimde de beş yüz frank kadar vardı; ayrıca yaklaşık bin frank değerinde çok güzel bir saatim, pırlanta kol düğmelerim ve ufak tefek bir iki şey daha var; yani hiçbir şey için tasalanmadan uzun süre yaşayabilirim. Toparlanabilmek ve özellikle de Bay Astley'i beklemek için bilerek bu küçük şehirde kaldım. Bir şekilde buradan mutlaka geçeceğini ve işleri için yirmi dört saat kalacağını öğrendim. Her şeyi öğreneceğim... sonra da... sonra da dosdoğru Homburg'a gideceğim. Roulettenbourg'a gitmeyeceğim, belki gelecek yıl giderim. Aynı masada talihini iki kere denemenin kötü olduğu söylenir; hem Homburg'ta da gayet iyi kumar oynanıyor.

---

19 İyi bir çocuktun... Seni sersem sanmıştım, öyle bir havan vardı...

20 Bekle! (Fr.)

21 Hep dost olacağız... mutlu olursun! (Fr.)

XVII. Bölüm

Bu notlara bakmayalı tam bir yıl sekiz ay olmuş; ancak bugün acılarımdan ve üzüntümden biraz uzaklaşmak için şöyle bir okumak aklıma geldi. Homburg'a gidişimde bırakmışım. Tanrım! Şu son satırları amma kaygısızca yazmışım o zaman! O kadar kaygısızca olmasa bile, büyük bir kendini beğenmişlikle, sağlam umutlarla! Kendimden şu kadarcık bile şüphem yok muymuş? Oysa bir buçuk yıldan fazla zaman geçti ve ben bir dilenciden daha beterim! Dilenci de laf mı? Tüküreyim dilenciliğe! Basbayağı kendimi mahvettim! Kimseyle karşılaştırılacak durumda değilim, ahlak dersi falan da istemiyorum! Böyle bir durumda ahlak dersinden daha abes bir şey olamaz! Ah o kendinden memnun insanlar! Bu saksağanlar kibirli bir kendini beğenmişlikle şatafatlı cevherler yumurtlamaya hazırdır! Düştüğüm şu hâlin iğrençliğini ne kadar iyi anladığımı bilseler, bana ders vermeye dilleri varmazdı. Zaten bilmediğim yeni bir şey söyleyebilirler mi bana? İşte asıl mesele! Asıl mesele şu: Tekerleğin tek bir dönüşüyle her şey bir anda değişir ve dostça şakalaşarak beni kutlamaya ilk gelenler de (buna eminim) o ahlakçılar olur. O zaman şimdiki gibi benden yüz çevirmezler. Hepsinin yüzüne tüküreyim! Neyim ben şimdi? Zéro. Peki yarın ne olabilirim? Yarın küllerimden doğup yeni bir hayata başlayabilirim! Tamamen mahvolmadan önce içimdeki insanı keşfedebilirim!

O zamanlar gerçekten Homburg'a gittim, ama... daha sonra Roulettenbourg'a da, Spa'ya da gittim, hatta buradaki sabık efendimin, alçak danışman Hinze'nin uşağı olarak Baden'e bile gittim. Evet, tam beş ay uşaklık yaptım! Hapisten hemen sonraydı. (Roulettenbourg'daki bir borcum yüzünden hapse de düştüm. Tanımadığım biri borçlarımı ödedi. Kimdi acaba? Bay Astley mi? Polina mı? Bilmiyorum, ama borcum ödendi; zaten iki yüz taler bir şeydi, sonra özgürlüğe kavuştum.) Nereye gidebilirdim ki? İşte o zaman Hinze'nin yanına girdim. Genç, havai, tembelliğe bayılan bir herifti, bense üç dilde okuyup yazabiliyorum. Başlangıçta otuz gulden aylıkla sekreter gibi bir şeydim, ama sonunda gerçekten uşağı oldum: Bir sekreter tutacak parası kalmamıştı, bu yüzden maaşımı azalttı, benim de gidecek yerim olmadığından kaldım ve kendi kendimi uşak yaptım. Yiyip içmem iyi sayılmazdı, ama beş ayda yetmiş gulden biriktirdim. Baden'de bir akşam işten ayrılacağımı söyledim; hemen o akşam da rulete gittim. Ah yüreğim nasıl çarpıyordu! Yo hayır, paraya önem verdiğimden değil! O anda tek istediğim, ertesi gün bütün o Hinze'lerin, bütün otel müdürlerinin, Baden'in bütün güzel kadınlarının benden bahsetmesi, hikâyemi anlatması, hayret edip beni övmesi ve yeni zaferim karşısında yerlere eğilmesiydi. Hepsi çocukça hayallerdi işte, ama... kimbilir: Belki Polina'ya rastlar, ona her şeyi anlatırdım, o da kaderin bütün saçma darbelerinin üzerinde olduğumu görürdü... Hayır, paraya değer vermiyordum! Kazansam bile, yine Blanche gibi birine vereceğime ve on altı bin franklık atlar almak için üç haftalığına Paris'e gideceğime eminim. Cimri olmadığımı biliyorum; hatta savurgan olduğumu düşünüyorum... yine de krupiyenin bağırışlarını kalbim duracakmış gibi tir tir titreyerek dinliyordum: trente et un, rouge, impaire et passe, veya quatre, noir, pair et manque! Krupiyenin küreği altında kor gibi parıldayan, üst üste yığılmış louis altınlarının, frederiklerin ve talerlerin saçıldığı kumar masalarına veya etrafı uzun gümüş sütunlarıyla çevrilmiş rulete nasıl bir hırsla bakıyordum. Daha kumar salonuna bile varmadan, altın ve gümüş paraların şıkırtısını duyar duymaz spazm geçiriyordum neredeyse.

Kumar masasına yetmiş guldenimi götürdüğüm gece de harika geçti. On guldenimi passe'a koyarak başladım. Passe'a sempatim vardır nedense. Kaybettim. Altmış gümüş guldenim kalmıştı; şöyle bir tarttım ve... zéro'yu tercih ettim. Her defasında zéro'ya beş gulden koydum; üçüncü kez koyduğumda zéro geldi, o yüz yetmiş beş guldeni alırken sevinçten ölüyordum neredeyse; yüz bin gulden kazandığımda bu kadar sevinmemiştim. Hemen rouge'a yüz gulden koydum ve kazandım; rouge'a iki yüz gulden koydum... yine kazandım; noir'a dört yüz koydum, kazandım; manque'a sekiz yüz gulden koydum, yine kazandım... bin yedi yüz guldenim olmuştu, hem de beş dakikadan daha kısa sürede! İşte böyle zamanlarda insan tüm eski başarısızlıklarını unutur! Ne olsa yaşamımdan bile fazlasını riske atarak kazanmıştım... riske atılmaya cesaret etmiş ve... yeniden insanlar arasına girmiştim!

Bir oda tuttum, kapımı kilitledim ve saat üçe kadar paramı saydım. Sabah uyandığımda artık uşak değildim. Hemen o gün Homburg'a gitmeye karar verdim: Orada ne uşaklık etmiş, ne de hapse girmiştim. Trenin kalkışından yarım saat önce yine gidip iki oyun oynadım, daha fazla değil... ve bin beş yüz florin kaybettim. Yine de Homburg'a gittim, iki aydan beri de buradayım işte...

Elbette sürekli kaygıyla yaşıyorum; en düşük bahsi oynuyor, bir şeyler bekliyor, hesaplar yapıyor; günlerce rulet masasının yanında durup *gözlemliyorum*, rüyamda bile oyunu görüyorum; bu arada kendimi katılaşmış, çamura bulanmış gibi hissediyorum. Bay Astley'le karşılaşmamın izlenimleriyle bitireceğim. O zamandan beri görüşmemiştik, tesadüfen karşılaştık. Şöyle oldu: Çayırda yürüyor, elli florinden başka param kalmadığını düşünerek hesap yapıyordum; otelin hesabını iki gün önce kapatmıştım. Demek ki rulette bir oyun daha oynayabilirdim; kazanırsam oynamaya devam edebilirdim; kaybedersem de... beni öğretmen olarak yanına alacak bir Rus ailesi bulamazsam, yeniden uşaklık etmem gerekecekti... Kafam bunlarla meşgul vaziyette, parktan ve ormandan geçerek komşu prensliğe dek uzandığım günlük gezimi yapmaya gidiyordum. Bazen böyle dört saat yürüyor, Homburg'a yorgun ve aç dönüyordum. Tam çayırdan parka girdiğim anda bir bankta oturan Bay Astley'i gördüm. O da beni görmüş, sesleniyordu. Yanına oturdum. Yüzündeki ciddi ifadeyi fark edince sevincim de azaldı; oysa onu gördüğüme çok sevinmiştim.

— İşte buradasınız! –dedi.– Sizinle karşılaşacağımı düşünmüştüm. Bana bir şey anlatma zahmetine katlanmayın hiç: Biliyorum, her şeyi biliyorum; son bir yıl sekiz ayda neler yaşadığınızdan haberim var.

— Ya! Demek eski dostlarınızı izletiyorsunuz böyle! Onurlu bir insan olduğunuz için dostlarınızı unutmuyor ve... Fakat bir dakika, aklıma bir şey getirdiniz: İki yüz guldenlik borcumu ödeyip beni Roulettenbourg hapishanesinden siz mi çıkardınız? Bilinmeyen biri borcumu ödemiş de.

— Hayır, hayır; iki yüz guldenlik borcunuzu falan ödeyip sizi Roulettenbourg hapishanesinden ben kurtarmadım, ama borç yüzünden hapse girdiğinizi biliyorum.

— Beni kimin kurtardığını biliyor musunuz peki?

— Hayır, bildiğimi söyleyemem.

— Tuhaf; buradaki Rusları tanımıyorum, hoş tanısam da kimse borcumu ödemezdi; bizim orada, Rusya'da Ortodokslar ancak din kardeşlerini kurtarır. Ben de tuhaf bir İngiliz'in sırf tuhaflık olsun diye bunu yaptığını sanmıştım.

Bay Astley biraz şaşkın dinliyordu. Herhâlde beni üzgün ve umutsuz bulacağını sanmıştı.

— Eh açık fikirliliğinizi, hatta neşenizi kaybetmediğinizi görmek beni sevindirdi, –dedi epey nahoş bir sesle.

— Yani beni mahvolmuş ve sefil bir hâlde göremediğiniz için hayal kırıklığına uğradınız, –dedim gülerek. Söylediklerimi hemen anlayamadı, ama anladığında gülümsedi.

— Yorumlarınızdan çok hoşlanıyorum. Bu sözlerinizde zeki, mağrur, coşkulu ve aynı zamanda alaycı eski dostumu buluyorum; bunca çelişkiye ancak Ruslar aynı anda sahip olabilir. Gerçekten insan en iyi dostunun sefil olduğunu görmekten hoşlanır; dostluğun çoğu da bu sefillik üzerine bina edilir; bu da tüm akıllı insanların bildiği çok eski bir gerçektir. Fakat hâlihazırda sefil görmediğime memnun olduğuma sizi temin ederim. Söyler misiniz, kumarı bırakmaya niyetiniz var mı?

— Lanet olsun kumara! Hemen bırakırdım, tabii eğer...

— Eğer tekrar kazansaydınız değil mi? Ben de öyle düşünmüştüm, sonunu getirmeyin... biliyorum... bunu gayriihtiyari ağzınızdan kaçırdınız, yani gerçeği söylediniz. Peki kumardan başka bir şeyle ilgileniyor musunuz?

— Pek değil...

Beni bir sınavdan geçirdi. Hiçbir şey bilmiyordum, gazetelere bile göz atmamış, son zamanlarda tek bir kitabın kapağını açmamıştım.

— Katıyürekli olmuşsunuz, –dedi,– Sadece yaşamdan, şahsi ve sosyal çıkarlardan, insanlık ve vatandaşlık sorumluluklarınızdan, dostlarınızdan (her şeye rağmen dostlarınız vardı), kazanmak haricinde her tür amaçtan uzaklaşmakla kalmamış, hatıralarınızdan bile uzaklaşmışsınız... Ben sizi yaşamınızın en tutkulu, en güçlü olduğunuz zamanındayken hatırlıyorum, ama kendinize dair o zamanki en iyi izlenimleri unuttuğunuza eminim; hayalleriniz, en acil günlük arzularınız artık pair ve impair, rouge et noir, ortadaki on ikiden öteye gitmiyordur, bundan da eminim!

— Yeter Bay Astley, lütfen, lütfen hatırlatmayın! –diye haykırdım öfkeye varan bir sıkıntıyla.– Hiçbir şeyi unutmadım, ama bir süreliğine bütün bunları, hatta hatıralarımı bile kafamdan kovdum... durumumu kesin olarak düzeltinceye kadar; o zaman... o zaman küllerimden doğacağım, göreceksiniz!

— On yıl sonra da burada olacaksınız, –dedi.– Bahse bile girerim sizinle, ömrüm olursa bunu yine bu bankta size hatırlatırım.

— Peki yeter, –diye sözünü kestim sabırsızlıkla.– Geçmişi sandığınız kadar unutmadığımı kanıtlamak için izninizle Bayan Polina'nın şimdi nerede olduğunu sorayım. Borcumu siz ödemediyseniz, mutlaka o ödemiştir. O zamandan beri ondan hiç haber alamadım.

— Ah hayır! Borcunuzu ödediğini hiç sanmıyorum. Şimdi İsviçre'de; ayrıca Bayan Polina hakkında soru sormayı bırakırsanız memnun olurum, –dedi kesin, hatta öfkeli bir sesle.

— Demek ki sizi de çok yaraladı! –dedim gayriihtiyari gülerek.

— Bayan Polina dünyanın en saygıdeğer insanlarının hepsinden iyidir, yalnız bir kez daha söylüyorum, onun hakkında soru sormayı keserseniz büyük bir iyilik yapmış olursunuz. Onu hiç tanımadınız ve adını sizin ağzınızdan duyunca, bunu ahlak anlayışıma bir hakaret olarak alıyorum.

— Bak sen! Ama pek haklı sayılmazsınız, bundan başka ne konuşacağım sizinle, söylesenize? Bütün anılarımız ondan ibaret. Hiç rahatsız olmayın, sizin mahrem duygularınızı öğrenmeye ihtiyacım yok... Ben sadece, deyim yerindeyse, Bayan Polina'nın hâlini, içinde bulunduğu koşulları merak ediyorum. Bunu da iki kelimeyle anlatmak mümkün.

— Pekâlâ, ama o iki kelimeden sonra konu kapanacak. Bayan Polina uzun süre hastaydı, şimdi de hasta aslında; bir süre kuzey İngiltere'de, annemle kız kardeşimin yanında kaldı. Altı ay önce büyükannesi –hatırlarsınız, şu deli kadın– Bayan Polina'ya yedi bin pound bırakarak öldü. Şimdi de evli kız kardeşim ve ailesiyle birlikte yolculukta. Büyükannenin vasiyetnamesi kız kardeşiyle erkek kardeşinin geleceğini de güvence altına aldı, onlar da Londra'da okuyor. General, yani üvey babasıysa bir ay önce Paris'te kriz geçirerek öldü. Matmazel Blanche ona iyi baktı, büyükannenin generale bıraktıklarının hepsini üzerine almayı da başardı... Eh, sanırım hepsi bu kadar.

— Peki, ya Des Grieux? O da İsviçre'de yolculukta mı?

— Hayır, Des Grieux İsviçre'de falan değil, nerede olduğunu da bilmiyorum. Ayrıca bir daha böyle imalar ve çirkin yakıştırmalar yapmamanız için sizi ilk ve son kez uyarıyorum, aksi hâlde cidden hesaplaşmamız gerekecek.

— Vay! Onca yıllık dostluğumuza rağmen mi?

— Evet, onca yıllık dostluğumuza rağmen.

— Bin kez özür dilerim Bay Astley. Yalnız izninizle şunu belirtmeliyim: Bunda kırıcı veya çirkin bir şey yok; Bayan Polina'yı hiçbir şeyle suçlamıyorum. Ayrıca genel olarak bir Fransız'la bir Rus kızının yakınlaşmasına ne siz, ne de ben bir anlam verebiliriz.

— Des Grieux'nün ismini bir başka isimle anmasaydınız, "bir Fransız'la bir Rus kızı" derken ne demek istediğinizi sorardım. Ne gibi bir "yakınlaşma" var? Neden ille bir Fransız'la bir Rus kızı?

— Bakın, ilginizi çekti işte. Ama bu uzun bir konu Bay Astley. Önceden bilinmesi gereken çok şey var. İlk bakışta ne kadar komik görünse de aslında önemli bir sorundur. Bir Fransız'ın tarzı kusursuz güzelliktir Bay Astley. Bir Britanyalı olduğunuzdan herhâlde bunu kabul etmezsiniz; ben de bir Rus olarak, haydi diyelim ki kıskançlıktan kabul etmem. Fakat bizim Rus kızları başka türlü düşünebilir. Racine'i bezdirici, yapmacık, parfüm kokulu bulabilirsiniz, muhtemelen alıp okumazsınız bile. Ben de onu bezdirici, yapmacık, parfüm kokulu, hatta bir açıdan komik bile bulurum, ama Racine güzeldir Bay Astley, en önemlisi, beğensek de beğenmesek de büyük bir şairdir. Bir Fransız'ın, yani Parisli'nin milli tarzı biz daha ayıyken zarif bir tarza dönüşmüştü bile. Devrim aristokrasinin varisi oldu. Artık en aşağılık Fransız'da bile girişkenliğinin, ruhunun veya yüreğinin hiçbir katkısı olmaksızın gayet zarif tavırlar, ifadeler, görgü ve hatta düşünceler bulunabilir. Bütün bunları miras yoluyla edinmiştir. Kişisel olarak dünyanın en boş, en aşağılık yaratıkları bile olsalar bunları becerebilirler. Şimdi de başka bir şey söyleyeyim size Bay Astley, yeryüzünde iyi yürekli, akıllı ve öyle fazla yapmacık olmayan bir Rus kızından daha güven dolu, daha samimi bir yaratık olamaz. Maskesini takıp herhangi bir role bürünmüş bir Des Grieux, inanılmayacak kadar kolay fethedebilir onun yüreğini; çünkü zarif bir tarzı vardır Bay Astley, bizim küçükhanım da bu tarzı ona miras kalmış bir giysi gibi değil de, onun gerçek ruhu, ruhunun ve yüreğinin doğal hâli zanneder. Muhtemelen hiç hoşunuza gitmeyecek, ama size şunu itiraf etmek zorundayım: İngilizlerin çoğu sıkıcı ve kabadır; Ruslarsa güzelliği ayırt etmekte çok daha hassastırlar, çünkü ona tutkundurlar. Ama ruh güzelliğini ve özgün kişiliği ayırt edebilmek için bizim kadınlarımızda, özellikle de genç kızlarımızda bulunandan çok daha fazla özgüven, özgürlük ve tecrübe gereklidir. Bayan Polina'nınsa –bağışlayın ağzımdan kaçırdım– sizi alçak bir Des Grieux'ye tercih etmeye karar vermek için çok uzun zamana ihtiyacı var. Size değer verir, dostunuz olur, tüm yüreğini açar, ama bu yürekte hükmünü süren yine iğrenç, alçak, aşağılık küçük tefeci Des Grieux olur... Hatta sırf inat ve onur yüzünden böyle sürüp gidecek, çünkü bu Des Grieux vaktiyle onun karşısına zarif bir marki hâlesiyle, hayal kırıklığına uğramış bir liberal, ailesine ve düşüncesiz generale yardım etmek isterken (güya) mahvolmuş biri olarak çıktı. Bütün bu numaralar sonradan anlaşıldı. Ama hiç önemli değil açığa çıkması, şimdi bile ona tek istediğini, eski Des Grieux'yü verseniz yeter! Şimdiki Des Grieux'den nefret ettiği ölçüde eskisini özler, hem de sadece hayalinde yaşamış olmasına rağmen. Bir şeker fabrikanız var değil mi Bay Astley?

— Evet, ünlü Lovell and Co.'nun ortağıyım.

— İşte Bay Astley. Bir tarafta bir şeker fabrikatörü, diğer tarafta Apollo Belvedere; bunları birleştiremezsiniz. Bense bir fabrikatör bile değilim: Sıradan, küçük bir rulet oyuncusuyum, uşaklık bile yaptım, herhâlde Bayan Polina bunu da biliyordur, çünkü iyi kurulmuş bir polis gücü var anlaşılan.

— Acı çektiğiniz için bütün bu zırvalıkları söylüyorsunuz, -dedi Bay Astley soğukkanlı bir tavırla; bir süre düşündükten sonra ekledi:– Ayrıca sözleriniz pek de orijinal değil.

— Kabul! İşte soylu dostum asıl korkunç olan da bu: Suçlamalarımın tamamı ne kadar eskimiş, aşağılık ve vodvillerde rastlanır türden olsa da gerçek! İşte siz de ben de hiçbir şey kazanamadık!

— İğrenç bir saçmalık bu... Çünkü, çünkü... Şunu bilin ki!.. -diye bağırdı Bay Astley; sesi titriyor, gözleri parlıyordu.– Şunu bilin ki nankör, çirkin, küçük ve talihsiz sefil, Homburg'a onun emriyle, sırf sizi görüp uzun uzun, samimiyetle konuşmak ve bütün duygularınızı, düşüncelerinizi, umutlarınızı ve... anılarınızı ona aktarmak için geldim!

— Gerçekten mi? Gerçekten mi? -diye haykırdım ve bir anda gözlerimden sağanak gibi yaşlar boşandı. Gözyaşlarımı tutamamıştım ve sanırım ömrümde ilk kez böyle bir şey oluyordu.

— Evet talihsiz sefil, sizi seviyordu, bunu size söyleyebilirim, çünkü mahvolmuş bir adamsınız! Dahası şimdiye dek sadece sizi sevdiğini söylesem bile sizin için fark etmez... yine burada kalırsınız! Evet kendinizi mahvettiniz. Bazı yetenekleriniz, atılgan bir karakteriniz vardı, hiç de kötü bir insan değildiniz; hatta insana bu kadar ihtiyacı olan ülkenize bile yararlı olabilirdiniz, ama siz burada kalacaksınız, yaşamınız sona erdi. Sizi suçlamıyorum. Bence bütün Ruslar böyle veya buna meyilli. Rulet olmazsa, ona benzer başka bir şey olur. İstisnalar çok nadir. Emeğin ne olduğunu anlamayan ilk kişi değilsiniz (halkınızdan bahsetmiyorum). Rulet özellikle bir Rus oyunudur. Şimdiye kadar dürüsttünüz, hırsızlıktansa uşaklığı tercih ettiniz... Ama gelecekte neler olabileceğini düşünmek bile bana korkunç geliyor. Bu kadar yeter, elveda! Paraya ihtiyacınız var elbette değil mi? Buyurun size on louis; daha fazlasını vermiyorum, nasılsa hepsini kaybedeceksiniz. Alın şunu ve hoşça kalın! Alsanıza!

— Hayır Bay Astley, bütün o söylediklerinizden sonra...

— Alın şunu! –diye bağırdı.– Hâlâ soylu olduğunuza inanıyorum ve bu parayı size bir dostun gerçek dostuna verdiği gibi veriyorum. Kumarı ve Homburg'u bırakıp ülkenize döneceğinize emin olabilseydim, yepyeni bir hayata başlamanız için gözümü kırpmadan size bin pound verirdim. Size özellikle bin pound yerine on louis veriyorum, çünkü şu anda sizin için ikisi de bir... kaybedeceksiniz. Alın, elveda.

— Veda olarak sizi kucaklamama izin verirseniz kabul ederim.

— Ah, memnuniyetle!

Tüm samimiyetimizle kucaklaştık ve Bay Astley gitti.

Hayır, yanılıyor! Polina'yla Des Grieux hakkında sert ve aptalca konuştum belki, ama o da Ruslar hakkında sert ve aptalca şeyler söyledi. Kendimdense hiç bahsetmiyorum zaten. Fakat... fakat şu anda bunların yeri değil. Hepsi laf, laf, laf... harekete geçmeli! Şimdi önemli olan İsviçre! Hemen yarın... ah keşke hemen yarın gidebilseydim! Küllerinden doğmak, dirilmek... Onlara göstermek gerek... Polina hâlâ bir erkek olabileceğimi görmeli. Yeter ki... Fakat geç oldu zaten... ama yarın... Ah! İçime doğuyor, hem başka türlü de olamaz! Şimdi on beş louis altınım var, oysa on beş guldenle başlamıştım! Şöyle ihtiyatlı bir başlangıçla... ah, çocuk muyum ben! Mahvolmuş bir adam olduğumu niye anlamıyorum? Fakat neden küllerimden doğmayayım? Evet! Ömrümde bir kez ihtiyatlı ve sabırlı olmam yeter... hepsi bu işte! Sadece haysiyetli davranmalı, o zaman bir saatte hayatımı değiştirebilirim! En önemlisi haysiyet. Yedi ay önce, Roulettenbourg'da kesinlikle mahvolmadan önce başıma neler geldiğini hatırlasam yeter.

Ah harika bir azim örneği olmuştu doğrusu: Her şeyi kaybetmiştim, her şeyi... Kumarhaneden çıktım, şöyle bir yokladım sağımı solumu... Yeleğimin cebinde bir gulden kalmıştı. "İyi o zaman, yemek param varmış!" –diye düşündüm, ama yüz adım kadar gittikten sonra kararımdan cayıp geri döndüm. Bir guldenimi manque'a koydum (bu kez manque'a koymuştum nedense)... insan yabancı bir ülkede yapayalnızken, vatanından, dostlarından uzakta, o gün ne yiyeceğini bile bilmez hâldeyken, son, en son guldeniyle kumar oynadığında gerçekten özel bir duyguya kapılıyor! Kazandım ve yirmi dakika sonra cebimde yüz yetmiş guldenle kumarhaneden çıktım. İşte size bir gerçek efendim! Bazen son gulden bile değerli olabilir! Ya o esnada cesaretimi kaybetseydim, ya karar vermeye cüret edemeseydim?

Yarın, yarın, her şey bitecek!

Hasan Âli Yücel Klasikler Dizisi

1. J. Austen, GURUR VE ÖNYARGI, Çev. H. Koç
2. Novalis, GECEYE ÖVGÜLER, Çev. A. Cemal
3. O. Wilde, MUTLU PRENS -Bütün Masallar, Bütün Öyküler-, Çev. R. Hakmen - F. Özgüven
4. H. C. Andersen, SEÇME MASALLAR, Çev. M. Alpar
5. KEREM İLE ASLI, Haz. Çev. İ. Öztürk
6. H. James, YÜREK BURGUSU, Çev. N. Aytür
7. R. M. Rilke, DUINO AĞITLARI, Çev. Z. A. Yılmazer
8. H. de Balzac, MODESTE MIGNON, Çev. O. Rifat - S. Rifat
9. F. G. Lorca, KANLI DÜĞÜN, Çev. R. Hakmen
10. Şeyh Galib, HÜSN Ü AŞK, Çev. A. Gölpınarlı
11. J. W. von Goethe, YARAT EY SANATÇI, Çev. A. Cemal
12. Platon, GORGİAS, Çev. M. Rifat - S. Rifat
13. E. A. Poe, DEDEKTİF (AUGUSTE DUPIN) ÖYKÜLERİ, Çev. M. Fuat - Y. Salman - D. Hakyemez
14. G. Flaubert, ERMİŞ ANTONIUS VE ŞEYTAN, Çev. S. Eyüboğlu
15. G. Flaubert, YERLEŞİK DÜŞÜNCELER SÖZLÜĞÜ, Çev. S. Rifat - E. Gökteke
16. C. Baudelaire, PARİS SIKINTISI, Çev. T. Yücel
17. Iuvenalis, YERGİLER, Çev. Ç. Dürüşken - Alova
18. YUNUS EMRE, HAYATI VE BÜTÜN ŞİİRLERİ, Haz. A. Gölpınarlı
19. E. Dickinson, SEÇME ŞİİRLER, Çev. S. Özpalabıyıklar
20. A. Dumas, fils, KAMELYALI KADIN, Çev. T. Yücel
21. Ömer Hayyam, DÖRTLÜKLER, Çev. S. Eyüboğlu
22. A. Schopenhauer, YAŞAM BİLGELİĞİ ÜZERİNE AFORİZMALAR, Çev. M. Tüzel
23. M. de Montaigne, DENEMELER, Çev. S. Eyüboğlu
24. Platon, DEVLET, Çev. S. Eyüboğlu - M. A. Cimcoz
25. F. Rabelais, GARGANTUA, Çev. S. Eyüboğlu - V. Günyol - A. Erhat
26. İ. A. Gonçarov, OBLOMOV, Çev. S. Eyüboğlu - E. Güney
27. T. More, UTOPIA, Çev. S. Eyüboğlu - V. Günyol - M. Urgan
28. Herodotos, TARİH, Çev. M. Ökmen

29. S. Kierkegaard, KAYGI KAVRAMI, Çev. T. Armaner
30. Platon, ŞÖLEN - DOSTLUK, Çev. S. Eyüboğlu - A. Erhat
31. A. S. Puşkin, YÜZBAŞININ KIZI -Bütün Romanlar, Bütün Öyküler-, Çev. A. Behramoğlu
32. A. S. Puşkin, SEVİYORDUM SİZİ, Çev. A. Behramoğlu
33. G. Flaubert, MADAME BOVARY, Çev. N. Ataç - S. E. Siyavuşgil
34. İ. S. Turgenyev, BABALAR VE OĞULLAR, Çev. E. Altay
35. A. P. Çehov, KÖPEĞİYLE DOLAŞAN KADIN, Çev. E. Altay
36. A. P. Çehov, BÜYÜK OYUNLAR, Çev. A. Behramoğlu
37. Molière, CİMRİ, Çev. S. Eyüboğlu
38. W. Shakespeare, MACBETH, Çev. S. Eyüboğlu
39. W. Shakespeare, ANTONIUS VE KLEOPATRA, Çev. S. Eyüboğlu
40. N. V. Gogol, AKŞAM TOPLANTILARI, Çev. E. Altay
41. Narayana, HİTOPADEŞA, Çev. K. Kaya
42. Feridüddin Attâr, MANTIK AL-TAYR, Çev. A. Gölpınarlı
43. Yamamoto, HAGAKURE: SAKLI YAPRAKLAR, Çev. H. C. Erkin
44. Aristophanes, EŞEKARILARI, KADINLAR SAVAŞI VE DİĞER OYUNLAR, Çev. S. Eyüboğlu - A. Erhat
45. F. M. Dostoyevski, SUÇ VE CEZA, Çev. M. Beyhan
46. M. de Unamuno, SİS, Çev. Y. E. Canpolat
47. H. Ibsen, BRAND - PEER GYNT, Çev. S. B. Göknil - Z. İpşiroğlu
48. N. V. Gogol, BİR DELİNİN ANI DEFTERİ, Çev. M. Beyhan
49. J. J. Rousseau, TOPLUM SÖZLEŞMESİ, Çev. V. Günyol
50. A. Smith, MİLLETLERİN ZENGİNLİĞİ, Çev. H. Derin
51. J. de La Fontaine, MASALLAR, Çev. S. Eyüboğlu
52. J. Swift, GULLIVER'İN GEZİLERİ, Çev. İ. Şahinbaş
53. H. de Balzac, URSULE MIROUËT, Çev. S. Rifat - S. Rifat
54. Mevlânâ, RUBAİLER, Çev. H. Â. Yücel
54. Seneca, MEDEA, Çev. Ç. Dürüşken
56. W. Shakespeare, JULIUS CAESAR, Çev. S. Eyüboğlu
57. J. J. Rousseau, BİLİMLER VE SANAT ÜSTÜNE SÖYLEV, Çev. S. Eyüboğlu
58. M. Wollstonecraft, KADIN HAKLARININ GEREKÇELENDİRİLMESİ, Çev. D. Hakyemez
59. H. James, KISA ROMANLAR, UZUN ÖYKÜLER, Çev. N. Aytür - Ü. Aytür
60. Mirze Elekber Sabir, HOPHOPNAME (Seçmeler), Çev. İ. Öztürk
61. F. M. Dostoyevski, KARAMAZOV KARDEŞLER, Çev. N. Y. Taluy
62. Şudraka, TOPRAK ARABACIK (Mriççhakatika), Çev. K. Kaya
63. J. J. Rousseau, DİLLERİN KÖKENİ ÜSTÜNE DENEME, Çev. Ö. Albayrak
64. D. Diderot, AKTÖRLÜK ÜZERİNE AYKIRI DÜŞÜNCELER, Çev. S. E. Siyavuşgil
65. J. P. Eckermann, YAŞAMININ SON YILLARINDA GOETHE İLE KONUŞMALAR, Çev. M. Kahraman

66. Seneca, PHAEDRA, Çev. Ç. Dürüşken
67. M. de Unamuno, ABEL SANCHEZ -Tutkulu Bir Aşk Hikâyesi- TULA TEYZE, Çev. Y. E. Canpolat
68. W. Shakespeare, PERICLES, Çev. H. Koç
69. L. N. Tolstoy, SANAT NEDİR, Çev. M. Beyhan
70. W. Shakespeare, III. RICHARD, Çev. Ö. Nutku
71. Mevlânâ, DÎVÂN-I KEBİR, Çev. A. Gölpınarlı
72. T. De Quincey, BİR İNGİLİZ AFYON TİRYAKİSİNİN İTİRAFLARI, Çev. B. Boran
73. W. Shakespeare, ATİNALI TIMON, Çev. S. Eyüboğlu
74. J. Austen, AKIL VE TUTKU, Çev. H. Koç
75. A. Rimbaud, ILLUMINATIONS, Çev. C. Alkor
76. M. de Cervantes Saavedra, YÜCE SULTAN, Çev. Y. E. Canpolat
77. D. Ricardo, SİYASAL İKTİSADIN VE VERGİLENDİRMENİN İLKELERİ, Çev. B. Zeren
78. W. Shakespeare, HAMLET, Çev. S. Eyüboğlu
79. F. M. Dostoyevski, EZİLENLER, Çev. N. Y. Taluy
80. A. Dumas, BİNBİR HAYALET, Çev. A. Özgüner
81. H. de Balzac, EVDE KALMIŞ KIZ, Çev. Y. Avunç
82. E. T. A. Hoffman, SEÇME MASALLAR, Çev. İ. Kantemir
83. N. Machiavelli, HÜKÜMDAR, Çev. N. Adabağ
84. M. Twain, SEÇME ÖYKÜLER, Çev. Y. Salman
85. L. N. Tolstoy, HACI MURAT, Çev. M. Beyhan
86. G. Galilei, İKİ BÜYÜK DÜNYA SİSTEMİ ÜZERİNE DİYALOG, Çev. R. Aşçıoğlu
87. F. M. Dostoyevski, ÖLÜLER EVİNDEN ANILAR, Çev. N. Y. Taluy
88. F. Bacon, SEÇME AFORİZMALAR, Çev. C. C. Çevik
89. W. Blake, MASUMİYET VE TECRÜBE ŞARKILARI, Çev. S. Özpalabıyıklar
90. F. M. Dostoyevski, YERALTINDAN NOTLAR, Çev. N. Y. Taluy
91. Prokopios, BİZANS'IN GİZLİ TARİHİ, Çev. O. Duru
92. W. Shakespeare, OTHELLO, Çev. Ö. Nutku
93. G. de Villehardouin - H. de Valenciennes, IV. HAÇLI SEFERİ KRONİKLERİ, Çev. A. Berktay
94. UPANİSHADLAR, Çev. K. Kaya
95. M. E. Han Galib, GALİB DÎVÂNI, Çev. C. Soydan
96. J. Swift, ALÇAKGÖNÜLLÜ BİR ÖNERİ, Çev. D. Hakyemez
97. Sappho, FRAGMANLAR, Çev. Alova
98. W. Shakespeare, KURU GÜRÜLTÜ, Çev. S. Sanlı
99. V. B. Ibañez, MAHŞERİN DÖRT ATLISI, Çev. N. G. Işık
100. H. James, GÜVERCİNİN KANATLARI, Çev. R. Hakmen
101. G. de Maupassant, GEZGİN SATICI, Çev. B. Onaran
102. Seneca, TROIALI KADINLAR, Çev. Ç. Dürüşken
103. H. de Balzac, BİR HAVVA KIZI, Çev. B. Kuzucuoğlu

104. W. Shakespeare, KRAL LEAR, Çev. Ö. Nutku
105. M. Shikibu, MURASAKİ SHİKİBU'NUN GÜNLÜĞÜ, Çev. E. Esen
106. J. J. Rousseau, EMILE, Çev. Y. Avunç
107. A. Dumas, ÜÇ SİLAHŞOR, Çev. V. Yalçıntoklu
108. İ. S. Turgenyev, RUDİN - İLK AŞK - İLKBAHAR SELLERİ, Çev. E. Altay
109. L. N. Tolstoy, SİVASTOPOL, Çev. M. Beyhan
110. J. W. von Goethe, YAŞAMIMDAN ŞİİR VE HAKİKAT, Çev. M. Kahraman
111. L. N. Tolstoy, DİRİLİŞ, Çev. A. Hacıhasanoğlu
112. H. de Balzac, SUYU BULANDIRAN KIZ, Çev. Y. Avunç
113. A. Daudet, PAZARTESİ HİKÂYELERİ, Çev. S. E. Siyavuşgil
114. W. Shakespeare, SONELER, Çev. T. S. Halman
115. K. Mansfield, KATIKSIZ MUTLULUK, Çev. O. Dalgıç
116. Ephesoslu Hipponaks, BÜTÜN FRAGMANLAR, Çev. Alova
117. F. Nietzsche, ECCE HOMO, Çev. M. Tüzel
118. N. V. Gogol, MÜFETTİŞ, Çev. K. Karasulu
119. Nizamü'l-Mülk, SİYASETNAME, Çev. M. T. Ayar
120. H. de Balzac, TILSIMLI DERİ, Çev. V. Yalçıntoklu
121. F. M. Dostoyevski, STEPANÇİKOVO KÖYÜ, Çev. N. Y. Taluy
122. G. Sand, THÉRÈSE VE LAURENT, Çev. V. Yalçıntoklu
123. W. Shakespeare, ROMEO VE JULIET, Çev. Ö. Nutku
124. F. Nietzsche, TRAGEDYANIN DOĞUŞU, Çev. M. Tüzel
125. Ovidius, AŞK SANATI, Çev. Ç. Dürüşken
126. P. J. Proudhon, MÜLKİYET NEDİR?, Çev. D. Çetinkasap
127. H. de Balzac, PIERRETTE, Çev. Y. Avunç
128. L. N. Tolstoy, KAFKAS TUTSAĞI, Çev. M. Beyhan
129. N. Copernicus, GÖKSEL KÜRELERİN DEVİNİMLERİ ÜZERİNE, Çev. C. C. Çevik
130. N. V. Gogol, TARAS BULBA VE MİRGOROD ÖYKÜLERİ, Çev. E. Altay
131. W. Shakespeare, ON İKİNCİ GECE, Çev. S. Sanlı
132. A. Daudet, SAPHO, Çev. T. Yücel
133. F. M. Dostoyevski, ÖTEKİ, Çev. T. Akgün
134. F. Nietzsche, PUTLARIN ALACAKARANLIĞI, Çev. M. Tüzel
135. É. Zola, GERMINAL, Çev. B. Onaran
136. J. O. y Gasset, KİTLELERİN AYAKLANMASI, Çev. N. G. Işık
137. Euripides, BAKKHALAR, Çev. S. Eyüboğlu
138. W. Shakespeare, YETER Kİ SONU İYİ BİTSİN, Çev. Ö. Nutku
139. N. V. Gogol, ÖLÜ CANLAR, Çev. M. Beyhan
140. Plutarkhos, LYKURGOS'UN HAYATI, Çev. S. Eyüboğlu - V. Günyol
141. W. Shakespeare, YANLIŞLIKLAR KOMEDYASI, Çev. Ö. Nutku
142. H. von Kleist, DÜELLO -Bütün Öyküler-, Çev. İ. Kantemir
143. L. de Vega, OLMEDO ŞÖVALYESİ, Çev. Y. E. Canpolat

144. F. M. Dostoyevski, EV SAHİBESİ, Çev. T. Akgün
145. W. Shakespeare, KRAL JOHN'UN YAŞAMI VE ÖLÜMÜ, Çev. H. Çalışkan
146. H. de Balzac, LOUIS LAMBERT, Çev. O. Rifat - S. Rifat
147. Mahmûd-ı Şebüsterî, GÜLŞEN-İ RÂZ, Çev. A. Gölpınarlı
148. Molière, KADINLAR MEKTEBİ, Çev. B. Tuncel
149. Catullus, BÜTÜN ŞİİRLERİ, Çev. Ç. Dürüşken - Alova
150. Somadeva, MASAL IRMAKLARININ OKYANUSU, Çev. K. Kaya
151. Hafız-ı Şirazî, HAFIZ DÎVÂNI, Çev. A. Gölpınarlı
152. Euripides, YAKARICILAR, Çev. S. Sandalcı
153. W. Shakespeare - J. Fletcher, CARDENIO, Çev. Ö. Nutku
154. Molière, GEORGE DANDIN, Çev. S. Kuray
155. J. W. von Goethe, GENÇ WERTHER'İN ACILARI, Çev. M. Kahraman
156. F. Nietzsche, BÖYLE SÖYLEDİ ZERDÜŞT, Çev. M. Tüzel
157. W. Shakespeare, KISASA KISAS, Çev. Ö. Nutku
158. J. O. y Gasset, SİSTEM OLARAK TARİH, Çev. N. G. Işık
159. C. de la Barca, HAYAT BİR RÜYADIR, Çev. B. Sabuncu
160. F. Nietzsche, DİONYSOS DİTHYRAMBOSLARI, Çev. A. Cemal
161. L. N. Tolstoy, ANNA KARENİNA, Çev. A. Hacıhasanoğlu
162. G. de Maupassant, GÜZEL DOST, Çev. A. Özgüner
163. Euripides, RESOS, Çev. S. Sandalcı
164. Sophokles, KRAL OİDİPUS, Çev. B. Tuncel
165. F. M. Dostoyevski, BUDALA, Çev. E. Altay
166. W. Shakespeare, KRAL VIII. HENRY, Çev. H. Çalışkan
167. D. Diderot, KÖRLER ÜZERİNE MEKTUP - SAĞIRLAR ÜZERİNE MEKTUP, Çev. A. Cemgil - D. Cemgil
168. T. Paine, AKIL ÇAĞI, Çev. A. İ. Dalgıç
169. W. Shakespeare, VENEDİK TACİRİ, Çev. Ö. Nutku
170. G. Eliot, SILAS MARNER, Çev. F. Kâhya
171. H. de Balzac, MUTLAK PEŞİNDE, Çev. S. Rifat - O. Rifat - S. Rifat
172. W. Shakespeare, BİR YAZ GECESİ RÜYASI, Çev. Ö. Nutku
173. A. de Musset, MARIANNE'İN KALBİ, Çev. B. Tuncel - S. Eyüboğlu
174. F. M. Dostoyevski, ECİNNİLER, Çev. M. Beyhan
175. A. S. Puşkin, BORİS GODUNOV, Çev. O. Ozer
176. W. Shakespeare, HIRÇIN KIZ, Çev. Ö. Nutku
177. İ. S. Turgenyev, DUMAN, Çev. E. Altay
178. Sophokles, ELEKTRA, Çev. A. Erhat
179. J. Austen, NORTHANGER MANASTIRI, Çev. H. Koç
180. D. Defoe, ROBINSON CRUSOE, Çev. F. Kâhya
181. W. Shakespeare - J. Fletcher, İKİ SOYLU AKRABA, Çev. Ö. Nutku
182. Platon, SOKRATES'İN SAVUNMASI, Çev. A. Çokona
183. L. N. Tolstoy, İNSAN NEYLE YAŞAR?, Çev. K. Karasulu
184. N. V. Gogol, EVLENME - KUMARBAZLAR, Çev. K. Karasulu

185-1. F. Nietzsche, İNSANCA, PEK İNSANCA, Çev. M. Tüzel
185-2. F. Nietzsche, KARIŞIK KANILAR VE ÖZDEYİŞLER, Çev. M. Tüzel
185-3. F. Nietzsche, GEZGİN VE GÖLGESİ, Çev. M. Tüzel
186. A. P. Çehov, AYI -Dokuz Kısa Oyun-, Çev. T. Akgün
187. J. M. Keynes, PARA ÜZERİNE BİR İNCELEME, Çev. C. Gerçek
188. H. Fielding, JOSEPH ANDREWS, Çev. F. B. Aydar
189. C. Brontë, PROFESÖR, Çev. G. Varım
190. Kalidasa, MALAVİKA VE AGNİMİTRA, Çev. H. D. Can
191. W. Shakespeare, NASIL HOŞUNUZA GİDERSE, Çev. Ö. Nutku
192. Aiskhylos, ZİNCİRE VURULMUŞ PROMETHEUS, Çev. S. Eyüboğlu - A. Erhat
193. E. Rostand, CYRANO DE BERGERAC, Çev. S. E. Siyavuşgil
194. É. Zola, YAŞAMA SEVİNCİ, Çev. B. Onaran
195. F. M. Dostoyevski, KUMARBAZ, Çev. K. Karasulu
196. S. Kierkegaard, FELSEFE PARÇALARI ya da BİR PARÇA FELSEFE, Çev. D. Şahiner
197. Cicero, YÜKÜMLÜLÜKLER ÜZERİNE, Çev. C. C. Çevik
198. D. Diderot, RAMEAU'NUN YEĞENİ, Çev. A. Cemgil
199. W. Shakespeare, KRAL V. HENRY, Çev. H. Çalışkan
200. L. N. Tolstoy, KREUTZER SONAT, Çev. A. Hacıhasanoğlu
201. S. Kierkegaard, BAŞTAN ÇIKARICININ GÜNLÜĞÜ, Çev. N. Beier
202. Aisopos, MASALLAR, Çev. İ. Çokona
203. W. Shakespeare, CYMBELINE, Çev. Ö. Nutku
204. Aristoteles, ATİNALILARIN DEVLETİ, Çev. A. Çokona
205. V. Hugo, BİR İDAM MAHKÛMUNUN SON GÜNÜ, Çev. V. Yalçıntoklu
206. D. Diderot, FELSEFE KONUŞMALARI, Çev. A. Cemgil
207. W. Shakespeare, VERONALI İKİ SOYLU DELİKANLI, Çev. Ö. Nutku
208. Molière, İNSANDAN KAÇAN, Çev. B. Tuncel
209. L. N. Tolstoy, ÜÇ ÖLÜM, Çev. G. Ç. Kızılırmak
210. Stendhal, KIRMIZI VE SİYAH, Çev. B. Onaran
211. Feridüddin Attâr, İLÂHİNAME, Çev. A. Gölpınarlı
212. D. Diderot, KADERCİ JACQUES VE EFENDİSİ, Çev. A. Cemgil
213. V. Hugo, NOTRE DAME'IN KAMBURU, Çev. V. Yalçıntoklu
214. W. Shakespeare, CORIOLANUS'UN TRAGEDYASI, Çev. Ö. Nutku
215. Euripides, MEDEA, Çev. A. Çokona
216. W. Shakespeare, TROILUS VE CRESSIDA, Çev. S. Eyüboğlu - M. Urgan
217. H. Bergson, GÜLME, Çev. D. Çetinkasap
218. W. Shakespeare, KIŞ MASALI, Çev. Ö. Nutku
219. Homeros, İLYADA, Çev. A. Erhat - A. Kadir
220. Homeros, ODYSSEİA, Çev. A. Erhat - A. Kadir
221. W. Shakespeare, KRAL IV. HENRY - I, Çev. H. Çalışkan
222. W. Shakespeare, KRAL IV. HENRY - II, Çev. H. Çalışkan

223. L. N. Tolstoy, İVAN İLYİÇ'İN ÖLÜMÜ, Çev. M. Beyhan
224. W. Shakespeare, AŞKIN EMEĞİ BOŞUNA, Çev. Ö. Nutku
225. W. Shakespeare, AŞK VE ANLATI ŞİİRLERİ, Çev. T. S. Halman
226. C. Goldoni, SEVGİLİLER, Çev. N. Adabağ - L. Tecer
227. F. M. Dostoyevski, BEYAZ GECELER, Çev. B. Zeren
228. Sophokles, ANTİGONE, Çev. A. Çokona
229. W. Shakespeare, TITUS ANDRONICUS, Çev. Ö. Nutku
230. L. N. Tolstoy, ÇOCUKLUK, Çev. A. Hacıhasanoğlu
231. M. Y. Lermontov, HANÇER -Seçme Şiir ve Manzumeler-, Çev. A. Behramoğlu
232. Sophokles, TRAKHİSLİ KADINLAR, Çev. A. Çokona
233. W. Shakespeare, II. RICHARD, Çev. Ö. Nutku
234. Sun Zi (Sun Tzu), SAVAŞ SANATI, Çev. P. Otkan - G. Fidan
235. W. Shakespeare, KRAL VI. HENRY - I, Çev. Ö. Nutku
236. W. Shakespeare, KRAL VI. HENRY - II, Çev. Ö. Nutku
237. W. Shakespeare, KRAL VI. HENRY - III, Çev. Ö. Nutku
238. J. W. von Goethe, ALMAN GÖÇMENLERİN SOHBETLERİ, Çev. T. Tayanç
239. W. Shakespeare, WINDSOR'UN ŞEN KADINLARI, Çev. H. Çalışkan
240. GILGAMIŞ DESTANI, Çev. S. Maden
241. C. Baudelaire, ÖZEL GÜNCELER -Apaçık Yüreğim-, Çev. S. Maden
242. W. Shakespeare, FIRTINA, Çev. Ö. Nutku
243. İbn Kalânisî, ŞAM TARİHİNE ZEYL, Çev. O. Özatağ
244. Yusuf Has Hacib, KUTADGU BİLİG, Çev. A. Çakan
245. L. N. Tolstoy, İLKGENÇLİK, Çev. A. Hacıhasanoğlu
246. Sophokles, PHİLOKTETES, Çev. A. Çokona
247. K. Kolomb, SEYİR DEFTERLERİ, Çev. S. Maden
248. C. Goldoni, LOKANTACI KADIN, Çev. N. Adabağ
249. Plutarkhos, THESEUS - ROMULUS, Çev. İ. Çokona
250. V. Hugo, SEFİLLER, Çev. V. Yalçıntoklu
251. Plutarkhos, İSKENDER - SEZAR, Çev. İ. Çokona
252. Montesquieu, İRAN MEKTUPLARI, Çev. B. Günen
253. C. Baudelaire, KÖTÜLÜK ÇİÇEKLERİ, Çev. S. Maden
254. İ. S. Turgenyev, HAM TOPRAK, Çev. E. Altay
255. L. N. Tolstoy, GENÇLİK, Çev. A. Hacıhasanoğlu
256. Ksenophon, ANABASİS -On Binler'in Dönüşü-, Çev. A. Çokona
257. A. de Musset, LORENZACCIO, Çev. B. Günen
258. É. Zola, NANA, Çev. B. Onaran
259. Sophokles, AİAS, Çev. A. Çokona
260. Bâkî, DÎVÂN, Çev. F. Öztürk
261. F. Nietzsche, DAVID STRAUSS, İTİRAFÇI VE YAZAR, Çev. M. Tüzel
262. F. Nietzsche, TARİHİN YAŞAM İÇİN YARARI VE SAKINCASI, Çev. M. Tüzel
263. F. Nietzsche, EĞİTİCİ OLARAK SCHOPENHAUER, Çev. M. Tüzel

264. F. Nietzsche, RICHARD WAGNER BAYREUTH'TA, Çev. M. Tüzel
265. A. de Musset, ŞAMDANCI, Çev. B. Tuncel - S. Eyüboğlu
266. Michelangelo, CENNETİN ANAHTARLARI, Çev. T. S. Halman
267. D. Diderot, RAHİBE, Çev. A. Cemgil
268. Edib Ahmed Yüknekî, ATEBETÜ'L-HAKAYIK, Çev. A. Çakan
269. İ. S. Turgenyev, BAŞKANIN ZİYAFETİ - PARASIZLIK - BEKÂR, Çev. N. Y. Taluy
270. Aristoteles, POETİKA -Şiir Sanatı Üzerine-, Çev. A. Çokona - Ö. Aygün
271. Hippokrates, AFORİZMALAR, Çev. E. Çoraklı
272. G. Leopardi, ŞARKILAR, Çev. N. Adabağ
273. Herodas, MİMOSLAR, Çev. Alova
274. Molière, HASTALIK HASTASI, Çev. B. Günen
275. Laozi, TAO TE CHİNG -Dao De Jing-, Çev. S. Özbey
276. BÂBİL YARATILIŞ DESTANI -Enuma Eliş-, Çev. S. F. Adalı - A. T. Görgü
277. M. Shelley, FRANKENSTEIN YA DA MODERN PROMETHEUS, Çev. Y. Yavuz
278. Erasmus, DELİLİĞE ÖVGÜ, Çev. Y. Sivri
279. A. Dumas, SAINTE-HERMINE ŞÖVALYESİ, Çev. H. Bayrı
280. Sophokles, OİDİPUS KOLONOS'TA, Çev. A. Çokona
281. A. Dumas, SİYAH LALE, Çev. V. Yalçıntoklu
282. A. Sewell, SİYAH İNCİ, Çev. A. Berktay
283. C. Marlowe, PARİS'TE KATLİAM, Çev. Ö. Nutku
284. F. Nietzsche, İYİNİN VE KÖTÜNÜN ÖTESİNDE, Çev. M. Tüzel
285. C. Marlowe, KARTACA KRALİÇESİ DİDO, Çev. Ö. Nutku
286. Hesiodos, THEOGONİA - İŞLER VE GÜNLER, Çev. A. Erhat - S. Eyüboğlu
287. Horatius, ARS POETICA -Şiir Sanatı-, Çev. C. C. Çevik
288. W. Shakespeare, ÇİFTE İHANET, Çev. Ö. Nutku
289. Molière, KİBARLIK BUDALASI, Çev. B. Günen
290. Semonides ve Altı İambos Şairi, ŞİİRLER VE BÜTÜN FRAGMANLAR, Çev. Alova
291. D. Defoe, VEBA YILI GÜNLÜĞÜ, Çev. İ. Kantemir
292. O. Wilde, ÖNEMSİZ BİR KADIN, Çev. P. D. Deveci
293. L. N. Tolstoy, EFENDİ İLE UŞAĞI, Çev. A. Hacıhasanoğlu
294. H. de Balzac, VADİDEKİ ZAMBAK, Çev. V. Yalçıntoklu
295. C. Marlowe, MALTALI YAHUDİ, Çev. Ö. Nutku
296. H. Melville, KATİP BARTLEBY, Çev. H. Koç
297. Cicero, YASALAR ÜZERİNE, Çev. C. C. Çevik
298. E. T. A. Hoffman, MATMAZEL DE SCUDÉRY, Çev. G. Zeytinoğlu
299. SÜMER KRAL DESTANLARI, Çev. S. F. Adalı - A. T. Görgü
300. L. N. Tolstoy, SAVAŞ VE BARIŞ, Çev. T. Akgün
301. Plutarkhos, DEMOSTHENES - CICERO, Çev. İ. Çokona
302. Farabî, İDEAL DEVLET, Çev. A. Arslan
303. C. Marlowe, II. EDWARD, Çev. Ö. Nutku

304. Montesquieu, KANUNLARIN RUHU ÜZERİNE, Çev. B. Günen
305. Cicero, YAŞLI CATO VEYA YAŞLILIK ÜZERİNE, Çev. C. C. Çevik
306. Stendhal, PARMA MANASTIRI, Çev. B. Onaran
307. A. Daudet, DEĞİRMENIMDEN MEKTUPLAR, Çev. S. E. Sıyavuşgil
308. Euripides, İPHİGENİA AULİS'TE, Çev. A. Çokona
309. Euripides, İPHİGENİA TAURİS'TE, Çev. A. Çokona
310. Pascal, DÜŞÜNCELER, Çev. D. Çetinkasap
311. M. de Staël, ALMANYA ÜZERİNE, Çev. H. A. Karahasan
312. Seneca, BİLGENİN SARSILMAZLIĞI ÜZERİNE - İNZİVA ÜZERİNE, Çev. C. C. Çevik
313. D. Hume, İNSANIN ANLAMA YETİSİ ÜZERİNE BİR SORUŞTURMA, Çev. F. B. Aydar
314. F. Bacon, DENEMELER -Güvenilir Öğütler ya da Meselelerin Özü-, Çev. C. C. Çevik - M. Çakan
315. BABİL HEMEROLOJİ SERİSİ -Uğurlu ve Uğursuz Günler Takvimi-, Çev. S. F. Adalı - A. T. Görgü
316. H. Walpole, OTRANTO ŞATOSU, Çev. Z. Avcı
317. İ. S. Turgenyev, AVCININ NOTLARI, Çev. E. Altay
318. H. de Balzac, SARRASINE, Çev. A. Berktay
319. Farabî, MUTLULUĞUN KAZANILMASI, Çev. A. Arslan
320. M. Luther, DOKSAN BEŞ TEZ, Çev. C. C. Çevik
321 F. Rabelais, PANTAGUREL, Çev. N. Yıldız
322. Kritovulos, KRİTOVULOS TARİHİ, Çev. A. Çokona
323. C. Marlowe, BÜYÜK TİMURLENK, Çev. Ö. Nutku
324. Ahmedî, İSKENDERNÂME, Çev. F. Öztürk
325. M. Aurelius, KENDİME DÜŞÜNCELER, Y. F. Ceren
326. Cicero, DOSTLUK ÜZERİNE, Çev. C. C. Çevik
327. DEDE KORKUT HİKÂYELERİ, Çev. A. Çakan
328. Aristophanes, PLOUTOS, Çev. F. Gören - F. Yavuz
329. É. Zola, HAYVANLAŞAN İNSAN, Çev. A. Özgüner
330. RİGVEDA, Çev. K. Kaya
331. S. T. Coleridge, YAŞLI DENİZCİNİN EZGİSİ, Çev. H. Koçak
332. A. Dumas, MONTE CRISTO KONTU, Çev. V. Yalçıntoklu
333. L. N. Tolstoy, KAZAKLAR, Çev. M. Beyhan
334. O. Wilde, DORIAN GRAY'İN PORTRESİ, Çev. D. Z. Batumlu
335. İ. S. Turgenyev, KLARA MİLİÇ, Çev. C. D. Akyüz
336. R. Apollonios, ARGONAUTİKA, Çev. A. Çokona
337. S. Le Fanu, CARMILLA, Çev. Y. Yavuz
338. Seneca, MUTLU YAŞAM ÜZERİNE - YAŞAMIN KISALIĞI ÜZERİNE, Çev. C. C. Çevik
339. F. Engels, AİLENİN, DEVLETİN, ÖZEL MÜLKİYETİN KÖKENİ, Çev. M. Tüzel
340. T. L. Peacock, KARABASAN MANASTIRI, Çev. Y. Yavuz
341. H. von Kleist, AMPHİTRYON, Çev. M. Kahraman

342. H. de Balzac, EUGÉNIE GRANDET, Çev. V. Yalçıntoklu
343. W. Whitman, ÇİMEN YAPRAKLARI-I, Çev. F. Öz
344. Montesquieu, ROMALILARIN YÜCELİK VE ÇÖKÜŞÜNÜN NEDENLERİ ÜZERİNE DÜŞÜNCELER, Çev. B. Günen
345. Beaumarchais, SEVILLA BERBERİ, Çev. B. Günen
346. W. James, PRAGMATİZM, Çev. F. B. Aydar
347. Euripides, ANDROMAKHE, Çev. A. Çokona
348. Farabî, İLİMLERİN SAYIMI, Çev. A. Arslan
349. G. Büchner, DANTON'UN ÖLÜMÜ, Çev. M. Tüzel
350. GILGAMIŞ HİKÂYELERİ, Çev. S. F. Adalı - A. T. Görgü
351. Aristophanes, KADIN MEBUSLAR, Çev. E. Gören - E. Yavuz
352. S. Empricus, PYRRHONCULUĞUN ESASLARI, Çev. C. C. Çevik
353. H. de Balzac, GORIOT BABA, Çev. V. Yalçıntoklu
354. G. E. Lessing, DÜZYAZI FABLLAR, Çev. Z. Aksu Yılmazer
355. Epiktetos, ENKHEIRIDION, Çev. C. C. Çevik
356. DHAMMAPADA, Çev. K. Kaya
357. Voltaire, SADIK VEYA KADER -Bir Doğu Masalı-, Çev. B. Günen
358. Platon, PHAİDROS, Çev. A. Çokona
359. Beaumarchais, FIGARO'NUN DÜĞÜNÜ, Çev. B. Günen
360. J. Cazotte, ÂŞIK ŞEYTAN, Çev. A. Terzi
361. V. Hugo, DENİZ İŞÇİLERİ, Çev. V. Yalçıntoklu
362. SUTTANİPĀTA, Çev. K. Kaya
363. T. Paine, SAĞDUYU, Çev. Ç. Öztek
364. B. de Saint Pierre, PAUL İLE VIRGINIE, Çev. İ. Atay
365. F. Hebel, JUDITH, Çev. A. Fırat
366. Leukippos - Demokritos, ATOMCU FELSEFE FRAGMANLARI, Çev. C. C. Çevik
367. G. W. Leibniz, MONADOLOJİ, Çev. D. Çetinkasap
368. C. Dickens, DAVID COPPERFIELD, Çev. M. Arvas
369. G. Apollinaire, İKİ KIYININ AVARESİ, Çev. N. Özyıldırım
370. Aristoteles, RETORİK, Çev. A. Çokona
371. Herakleitos, FRAGMANLAR, Çev. C. C. Çevik
372. P. Lafargue, TEMBELLİK HAKKI, Çev. A. Berktay
373. PAPAĞANIN YETMİŞ MASALI -Şukasaptati-, Çev. K. Kaya
374. C. Dickens, İKİ ŞEHRİN HİKÂYESİ, Çev. Z. Batumlu
375. R. Descartes, YÖNTEM ÜZERİNE KONUŞMA, Çev. M. Erşen
376. Euripides, KYKLOPS, Çev. A. Çokona
377. Voltaire, SAFDİL, Çev. B. Günen
378. Descartes, RUHUN TUTKULARI, Çev. M. Erşen
379. L. N. Tolstoy, ŞEYTAN - PEDER SERGİ, Çev. G. Ç. Kızılırmak
380. SUVARNABHĀSA SŪTRA -Altın Işık Sūtrası-, Çev. K. Kaya
381. J. Austen, EMMA, Çev. H. Koç
382. P. Corneille, EL CID, Çev. B. Bilgiç

383. Antisthenes - Diogenes, KİNİK FELSEFE FRAGMANLARI, Çev. C. C. Çevik
384. W. Whitman, ÇİMEN YAPRAKLARI-II, Çev. F. Öz
385. F. Schiller, WILHELM TELL, Çev. B. Gönülşen
386. L. N. Tolstoy, AİLE MUTLULUĞU, Çev. A. Hasanoğlu
387. Ksenophon, OİKONOMİKOS -İktisat Üzerine-, Çev. A. Çokona
388. Zhuangzi, ZHUANGZİ METİNLERİ, Çev. G. Fidan
389. Voltaire, CAHİL FİLOZOF, Çev. B. Günen
390. C. Dickens, BİR NOEL ŞARKISI, Çev. Ç. Eriş
391. A. Conway, EN KADİM VE MODERN FELSEFENİN İLKELERİ, Çev. F. B. Aydar
392. S. Freud, TOTEM VE TABU, Çev. Z. A. Yılmazer
393. S. Freud, KÜÇÜK HANS, Çev. A. Fırat
394. Cicero, KADER ÜZERİNE, C. C. Çevik
395. Euripides, ORESTES, Çev. A. Çokona
396. Şāntideva, BODHİÇARYĀVATĀRA -Aydınlanma Yoluna Giriş-, Çev. K. Kaya
397. D. Defoe, KAPTAN SİNGLETON, Çev. Z. Avşar
398. Stendhal, FEDER YA DA PARAGÖZ KOCA, Çev. F. Akkoç
399. P. Marivaux, KÖLELER ADASI, Çev. B. Günen
400. Konfüçyüs, KONUŞMALAR, Çev. G. Fidan
401. Tyanalı Apollonios, MEKTUPLAR, Çev. C. Çevik
402. Süleyman Çelebi, VESİLETÜ'N NECÂT -Mevlit-, Çev. F. Öztürk
403. P. Merimée, CARMEN, Çev. B. Günen
404. C. Dickens, BÜYÜK UMUTLAR, Çev. D. Zeynep Batumlu
405. A. Daudet, TARASCONLU TARTARIN, Çev. K. Kahveci
406. L. N. Tolstoy, TİPİ -Seçme Öyküler ve Masallar-, Çev. E. Taştan
407. Euripides, HERAKLES, Çev. A. Çokona
408. G. Flaubert, BOUVARD İLE PÉCUCHET, Çev. V. Yalçıntoklu
409. Loukianos, HAKİKİ HİKÂYELER, Çev. E. Gören - E. İnanç
410. J. Payot, İRADE EĞİTİMİ, Çev. A. Berktay
411. G. Apollinaire, KATLEDİLEN ŞAİR, Çev. N. Özyıldırım
412. W. James, HAKİKATİN ANLAMI, Çev. F. B. Aydar
413. Guiguzi, İKNA SANATI, Çev. G. Fidan
414. J. S. Mill, OTOBİYOGRAFİ, Çev. Ö. Orhan
415. İbn Tufeyl, HAYY BİN YAKZÂN, Çev. O. Özatağ
416. İ. S. Turgenyev, KÖYDE BİR AY, Çev. E. Altay
417. H. Melville, MOBY DICK, Çev. S. Aral Akçora
418. Loukianos, FİLOZOF YAŞAMLARININ SATIŞI - DİRİLEN ÖLÜLER VEYA BALIKÇI, Çev. C.C. Çevik
419. L. de Vega, FUENTEOVEJUNA, Çev. S.S. Coşkun Adıgüzel, E. Kılıç